谨以此书献给奋斗着的中国体育人!

# 五环下的遇见

周玉甫 著

上海大学出版社
·上海·

图书在版编目(CIP)数据

五环下的遇见／周玉甫著．—上海：上海大学出版社，2022.1
ISBN 978-7-5671-4443-9

Ⅰ.①五… Ⅱ.①周… Ⅲ.①散文集—中国—当代 Ⅳ.①I267

中国版本图书馆 CIP 数据核字(2022)第 000359 号

总 筹 划　戴骏豪
策划编辑　徐雁华　江振新
责任编辑　徐雁华　江振新
助理编辑　陈　荣
封面设计　缪炎栩
技术编辑　金　鑫　钱宇坤

#### 五环下的遇见

周玉甫　著

上海大学出版社出版发行
(上海市上大路99号　邮政编码200444)
(http://www.shupress.cn　发行热线 021-66135112)
出版人　戴骏豪

\*

南京展望文化发展有限公司排版
上海华业装潢印刷厂有限公司印刷　各地新华书店经销
开本 710mm×1000mm　1/16　印张 22.5　字数 301 千
2022年3月第1版　2022年3月第1次印刷
ISBN 978-7-5671-4443-9/I·647　定价　58.00 元

版权所有　侵权必究
如发现本书有印装质量问题请与印刷厂质量科联系
联系电话：021-56475919

| 序 一 |

上海是中国近代体育的发祥地之一,也是中国奥运航船的始发地。新中国成立以来,上海体育蓬勃发展,写下了浓墨重彩的篇章。

和梅陇、莘庄、东方绿舟等训练基地一样,水电路176号是上海青少年体育人才培养的大本营和梦工场,留下了上海体育人对青春岁月的美好印记。60余年来,水电路176号走出了一大批成就卓著的体坛明星,也培养了万余名服务于社会的各类人才,为上海为这座城市书写了传奇、立下了功勋。

"世纪足球小姐"孙雯,奥运冠军许昕、刘子歌,刘翔的师傅孙海平,姚明的师傅李秋平,排坛名帅沈富麟,吴敏霞的师傅史美琴……一个个闪亮名字的背后,是上海体育一幕幕奋勇争先的场景、一个个赛场奇迹的诞生。

2022年新春,水庆霞率领的中国女足逆风攀登,勇夺亚洲杯冠军,给了全国人民莫大的惊喜,而这一奇迹的制造者,也与我们水电路175号息息相关。

《五环下的遇见》让我惊喜、感叹。因为这本书记录了不同时代体育人磨砺成长的故事,我们听到了时代的召唤,目睹了共和国铿锵豪迈的前进步伐,遇见了奥林匹克五环旗下的激情和美好,读到了体育人的勇敢、执着、坚韧、拼搏、爱国、奉献和感恩。

中国体育人的故事，既是个人的奋斗史，也是国家体育事业的发展史。习近平总书记一直强调要讲好中国故事，他说"文化自信，是更基础、更广泛、更深厚的自信，是更基本、更深沉、更持久的力量"。在中华民族伟大复兴的征程中，体育人应该讲好自己的故事，体现我们体育人的文化自信。

感谢周玉甫老师为我们撰写的《五环下的遇见》一书，他让我们看到了体育人的文化自信。书中的人物，不仅展示了我们体育人在赛场上"更快、更高、更强——更团结"的英姿和风采，而且也体现了体育人在人生赛场上对真、善、美的追求。

"少年强，则中国强。"少年强是多方面的，既包括良好的思想品德、学习成绩、创新能力、动手能力，也包括强健体魄、拼搏精神。

我希望，每一个怀揣梦想的体育少年，都要向榜样学习，有一份从容，守一份初心，虚心好学，增强各方面的素质，不负韶华、不负使命、不负遇见。

上海市体育局党组书记、局长
2022年2月23日

| 序 二 |

当我捧起周老师的《五环下的遇见》时，竟爱不释手、一口气读完了。周老师笔下的运动员，有血有肉，有温度有情怀，更有精气神。其中开篇第一人就是乒乓球奥运冠军、上海大学体育学院客座教授许昕。

读着许昕的故事，渐渐地，2021年上海大学体育节开幕式的场景又一次在我的脑海中浮现：许昕出现在主席台上时，全场响起热烈的掌声，上大学子的情绪一下子被点燃了。那一刻，"一流体魄、卓越精神"得到了很好的体现。上海大学党委书记成旦红向许昕颁发了客座教授的聘书，党委副书记欧阳华则勉励上大学子把赛场上的拼搏精神和团队力量延续到日常的学习和工作中，为学校发展作出更大贡献，副校长聂清希望许昕带来的奥运拼搏精神能够持久的溢满校园。许昕深情地说："在运动背后蕴含的道理与个人成长相通，成为一个优秀的社会人，体育精神往往贯穿其中，这就是体育运动对于大学生的意义。"

"体育承载着国家强盛、民族振兴的梦想。体育强则中国强，国运兴则体育兴。"从事一项体育运动，往往需要十数年的辛勤付出。其间，刻苦的训练、坚韧的毅力、求胜的欲望等等，共同演绎出一曲催人奋进的交响乐，让人面对挫折时，勇于直面困难、迎难而上。

人生能有几回搏。运动员的体育生涯往往并不长，因此他们为了抓住这转瞬即逝的机遇，备尝了常人难以想象的艰辛。一旦机遇降临时，他们便把"团结拼搏、勇于争先"的体育精神发挥到极致，这也正是体育运动常常能带给人们最大感动和鼓舞的原因所在。

虽然运动员的体育生涯是短暂的，但是融入其血脉中的体育精神却能给人以一生的影响：从北大荒走出的乒乓球奥运冠军张德英，怀揣400美金开启留学生涯，凭着一股子毅力在美国闯出一片天地；曾经的女排队长李国君，能吃苦、有承受力，因为难以割舍对排球的热爱而创办排球学校，为国家输送优秀的后备力量；一路"泳"往直前的陈弘，退役后她走向了更广阔的舞台，靠着艰苦打拼，成为西班牙国家科技创新基金会创新研发百人专家团成员……这些励志故事的背后，是体育精神的促发与推动。

习近平总书记指出："发展体育事业不仅是实现中国梦的重要内容，还能为中华民族伟大复兴提供凝心聚气的强大精神力量。""数十年来，一代又一代体育健儿向世界展示了中华儿女为国争光、团结协作、顽强拼搏的精气神，他们身上闪耀着的坚持不懈、永不放弃的精神正是中华体育精神最亮丽的底色。"体育是社会发展和人类进步的重要标志，也是综合国力和国家软实力的重要体现。弘扬体育精神，推动全民健身，提高身体素质，就是在为中华民族伟大复兴中国梦的实现积蓄力量。

"海纳百川、兼容并蓄"的城市精神，让上海成为各类体育盛会的竞技场，世界一级方程式锦标赛、ATP网球大师杯赛、国际马拉松赛、游泳世锦赛、篮球世界杯小组赛等大型国际赛事；太极拳、八段锦、木兰拳、赛龙舟等中华传统体育项目，轮番在上海这座国际化大都市上演，海派体育的国际性视野、开放性格局、群众性基础一览无余。因此，上海这片沃土，培养和造就了一大批体育健将。

## 序　二

　　《五环下的遇见》，书写的不仅是上海体育健儿的故事，更是新中国体育事业的发展史，中国人追卓越、创一流的奋斗史。在此衷心祝愿该书与各位读者美好"遇见"！

上海大学体育学院院长

2022 年 1 月 15 日

| 序 三 |

为学生文集作序，我是既高兴又忐忑。虽然自己心态上是 80 后，诗照写、会照开、宴照赴、舞照跳，但毕竟耄耋之年，限于精力和领域，当有所为，有所不为。于我而言，体育是另一个世界，像一个球迷，摇旗呐喊尚可，要做教练或上场试脚，就有些勉为其难。

湖州师范学院出了很多诗人和作家，以 82~85 届为例，比玉甫高的有伊甸、方向、沈健、晓弦、杨柳等，与玉甫同届同班的有杨振华、李肇忠，再后面一届，有邹汉明、陈伟宏等。作为老师，我看到前浪激荡、后浪奔涌，倍感欣慰。

玉甫在校时，曾写过诗，是远方诗社的社长，毕业后我曾去过他任职的嘉兴体校。后来，他去了上海，我们很少再有联络。但有缘总归会重逢，一次与陈伟宏一起参加聚会时，伟宏与玉甫连线，然后我与玉甫接上了头。不久，玉甫给我寄来了他的两本书，一本是上海教育出版社出的《体育三字经》，一本是吉林人民出版社出的《点燃心中的圣火》。两书是体育类青少年励志读物，尤其是《体育三字经》给我印象深刻，言少意丰，情感丰沛，结构精致，内涵丰富，字字珠玑，他在体校倾注了热情，付出了真爱。《体育三字经》中有这样一句：

"竞技场，真善美，人生路，松竹梅。"

短短 12 个字，虚实结合，境界全新，揭示了体育的本质、体育与人生的关系，传递了体育人的美好情感和崇高追求，让我对体育人的敬意油然而生。

之后，他又主编过几本书，都与运动员的体育人文素养培养有关。我觉得，他在不断地深耕。他所研究的以体育精神塑造运动员人格的课题论文，也获得了上海市级教学成果二等奖。

这次，玉甫给我寄来了《五环下的遇见》，让我从另一个侧面了解他走过的人生轨迹。

《五环下的遇见》是一本传记类散文集，内容上主要聚焦体育人物，展示了新中国、特别是改革开放的宏大叙事背景下体育人拼搏进取的风采。文集中有"世纪足球小姐"孙雯、奥运冠军许昕、世界乒乓球锦标赛冠军张德英、围棋女神芮乃伟、中国女排前队长李国君、世界冠军吴传玉的教练陈功成等知名运动员和教练员，还写了许多既在体校环境中浸润、又在社会大熔炉中锤炼成长的名教授、名记者、企业家等，展示了体育人在拼搏超越的体育精神激励下的多样人生。作者选的人物，不受制于条条框框，有最基层的教师和厨师，也有官员，这使得他的文集呈现更多的"磁场"和人文关怀。该书内容上还有一个特点，就是反映了玉甫的个人经历，让我们看到他在人生各个阶段中与体育的遇见，包括了他作为《都市快报》特约球迷记者，赴韩日世界杯的"艳遇"。

喜欢《五环下的遇见》这本书，我几乎是一天内读完的。吸引我的不仅是人物故事，也是作者语言和叙事方式。作者没有固定的叙事模式，拒绝千人一面，做到因人而异。如文章的导入，写张德英、姚振绪和陈功成，开门见山；写唐文厚、张明、陈弘、瞿一敏等，走马观花，迂回渐进；写教练王冠民，肆意渲染铺张，吊人胃口……文章有的洋洋洒洒上万字，不以为多；有的一两千字，不觉其短。写科学家王仁华无疑是非常有特色的一篇，为了展示更为丰富的内涵，作者以纪实文学的笔法，增强故事性，人物形象也更为活泼生动。在突出主角的同时，也让上海市青少年体育学校有了全镜式的展示，苏健校长、唐文厚指导、学生王后军和胡之刚等，人物形象跃然纸上，把初创时期上海体育人朝气蓬勃、奋发向上的精神面貌较好地呈现出来。当然，如果占有材料更为完整，将此文单独出来，在创作上加以完善，或许是更为出彩的名人传记。

我觉得，《五环下的遇见》最吸引人的是作者的人文情怀。素昧平生的遇见，能够吸引你的，永远是生命与生命的尊重、发现和鼓舞。写人物要以真为基础，善为标准。作者始终讴歌不负韶华、奋勇攀登的人生，读来余音袅袅，荡气回肠。但是，他同样深切关注时代车轮下的"小我"，毕竟，舞台中央聚光灯下的人物并非多数，即便你有高光的人生，也会有暗淡的时光，而那些空旷的边际中不被照耀的人生，才是生活的写真和常态。正如杨绛先生所言："惟有身处卑微的人，最有机缘看到世态人情的真相。"

我与体育没有多大的交集，但也有过与五环美好的遇见。

2008年，我在美国洛杉矶客居时，与著名体育传记作家、洛杉矶华人作家协会会长北奥先生时有来往。北奥是《天使之城的奥运往事》一书的作者，与女排名将郎平是好朋友，郎平还为《天使之城的奥运往事》一书作了引言。北奥跟我聊了很多郎平的故事。北奥说，郎平最吸引人的，是她的真实和坦诚。郎平在赛场上为国拼搏，谱写的是英雄史诗，但英雄也有落寞艰辛，也得为生计奔波，经历的艰难令人感同身受。透过北奥讲述的故事，再看玉甫的文字，我发现，他能够较好地把握一个"度"，他不想去过度塑造，而是在英雄与凡人之间寻找平衡，这样的故事也更让人信服，给人以思考。

看了玉甫写的故事，我为体育人骄傲，不仅是因为体育人拥有最佳的公平竞争的舞台，更是因为他们有丰富的内心世界：热爱国家、积极乐观、勇敢顽强、坚韧拼搏、感恩奉献……

《五环下的遇见》让我有了人生的另一种遇见，这种遇见是真诚的，你会被感动、激励和点燃。

李广德

湖州师范学院教授、传记文学作家

2022 年 1 月 6 日

| 目 录 |

## 第一辑　星海璀璨

许　昕：知来路，见未来 …………………………………………… 2
孙　雯：应似飞鸿踏雪泥 …………………………………………… 17
芮乃伟：风中的旅人 ………………………………………………… 39
李国君：那个永远踮脚走路的人 …………………………………… 46
张德英：一叶扁舟弄沧海 …………………………………………… 57
陆佳雯：心有多高，路有多远 ……………………………………… 74
倪夏莲：乒乓，此生最美的遇见 …………………………………… 85

## 第二辑　薪火传承

王冠民：一生只干一件事 …………………………………………… 106
水庆霞：天下谁人不识君 …………………………………………… 133
林文星：不可辜负的承诺 …………………………………………… 139
张孝品：举重若轻话平生 …………………………………………… 144
陈功成：碧水丹心系家国 …………………………………………… 152
唐文厚：无声胜有声 ………………………………………………… 166
瞿一敏：眼前得失等云烟 …………………………………………… 171

## 第三辑　风　景　独　好

王仁华：从少体校走出的科学家 …………………… 180
张　明：一个摄影记者的体育情缘 ………………… 211
张蘇方：独自远行 …………………………………… 217
陈　弘："泳"往直前 ………………………………… 226
赵文杰：不被辜负的人生 …………………………… 232
姚振绪：从追梦到领航 ……………………………… 251

## 第四辑　球　场　内　外

我与足球 ……………………………………………… 270
初生牛犊"勇"字当头 ……………………………… 272
墨美球迷场外斗法 …………………………………… 274
汉城今夜无眠 ………………………………………… 277
在红色风暴中感受足球 ……………………………… 279
地陪小姚 ……………………………………………… 282
与韩日世界杯的因缘 ………………………………… 285

## 第五辑　岁　月　留　痕

故乡洪溪的篮球往事 ………………………………… 290
让爱留住生命 ………………………………………… 295
幕后故事 ……………………………………………… 301

紫阳街 8 号 …………………………………… 304

厨师老杨 ……………………………………… 310

与《体校大看台》一起走过 ………………… 313

最真的奉献,最好的未来 …………………… 318

心有菩提花自开 ……………………………… 321

水电路 176 号的双子星 ……………………… 324

围棋助力人生 ………………………………… 329

珍贵的捐赠 …………………………………… 332

另一种回归 …………………………………… 335

**后记** ………………………………………… 338

第一辑

**星海璀璨**

# 许　昕：
# 知来路，见未来

　　2021年10月29日下午，在浏览微信朋友圈时，突然刷到我的高中同学、上海大学顾晓英教授朋友圈中的一组照片，其中一张是其自拍，背景是奥运冠军许昕。我有些纳闷：昨天，上海市委市政府在上海展览中心表彰奥运会全运会功臣，顾晓英怎么跑去追星了？再仔细一看，其他几张照片背景是上海大学体育场，好家伙，体育场主看台，满满当当都是人。我寻思，莫非是许昕今天与粉丝互动，选择去了上海大学？但再仔细看一下有关文字才知道，许昕今天是以上海大学特聘客座教授身份，参加上海大学首届体育节。上海大学党委书记成旦红为许昕颁发了

**上海大学党委书记成旦红向许昕颁发聘书**

大红聘书，许昕还为上海大学首届"体育达人"颁奖。

于是，我特意浏览了网上的有关消息。许昕的到来，像是在上大点了一把火，使体育节场面空前火爆。人民网、中国青年网等众多媒体都报道了许昕在上大的活动。尤其引人关注的是，共青团中央以《"老乡，上大怎么走"许昕的这个表情包，你们每个人脱不了干系》为题的文章，诙谐幽默，吸人眼球。配图中，许昕与张继科、马龙同框，张继科一脸茫然，马龙背过脸，许昕则笑着在问路人："老乡，上大怎么走？"

新闻下面的评论也亮了：

"早上六点从延长校区出发到宝山校区，真的是值了！"

"妈妈，今天我不仅看到了奥运冠军，还免费合影！"

"我旁边的女孩被抽到向许昕提问，狠狠地慕了！"

也有沪上其他高校学生的留言：

"羡慕别人的大学的一天！"

"羡慕上大已经不是一两天了！"

作为奥运冠军，又是新任的亚洲乒乓球联盟副主席，许昕魔力实足，为上海大学又添影响力。上海大学聘许昕为客座教授，使其成为上海大学的一员，双方收获满满。

## 一、燃梦少年

年届31岁的许昕，阳光、自信、待人以诚，让我想到前段时间很火的一首歌《少年》，歌词这样写道："我还是从前那个少年/没有一丝丝改变/时间只不过是考验/种在心中信念丝毫未减/眼前这个少年/还是最初那张脸/面前再多艰险不退却……"我觉得，许昕经历了16年国家队的锤炼，已多了一份成熟和干练。

镜头闪回到 2005 学年。那时，我担任学校一线运动队的语文老师兼班主任，这个班的学生来源主要是乒乓、棒球、柔道和垒球四支一线队伍。开学时，教室坐得满满的，但随着集训和比赛的开始，四支队伍像走马灯一样，不停轮换，有时，教室里空荡荡的，只有两三个人，门可罗雀。乒乓队大约有五六个人，胡冰涛、尚坤、赵子豪因为经常来上课，我对这几个人印象深刻，许昕在名单中，但始终见不到人。终于有一天，许昕来上课了，听课还挺认真的，等到课上好了，许昕却向我道别："周老师，我要去国家队了，下次课，我就不来了。"

"是吗？太好了，你真了不起。希望你在国家队站稳脚跟，在更大的舞台上证明自己，为国争光！"

我对学生的动态并不了解，特别是少年比赛。其实，许昕在 2004 年就已经在世界少年乒乓球挑战赛中拿到团体、单打、双打三项冠军，一颗希望之星已冉冉升起。

正当他要转身离开的时候，我叫住了他："对了，许昕，你的学费还没交。你走之前，把一学年的学费交给我，全班就差你一个了。"按照学校规定，不管是在读的，还是挂籍的，都要交学费。

"好的，周老师。"许昕非常爽快地答应了。

第二天，许昕特地到办公室找我，把学费交给我，并礼貌地向我道别。

就这样，许昕作为我的学生，他的朴实、内敛、有礼貌，令我印象深刻。或许换成另外一个学生，可能会跟我提出不交学费的请求，或者虽然答应，但并不落实在行动上。

记得许昕同一届的好几位二线女足队员，性格则完全不一样，当知道要去一线集训后，差不多教室的屋顶都要被她们掀翻的样子，有的还跟我嚷道："周老师，我以后到国家队，我给你签名啊。"

其实，每个生命都不一样，像花园中的花，有的热烈张扬，有的含蓄雅致。

胡冰涛、尚坤后来也去了国家队，赵子豪去得比较晚。我非常喜欢乒乓队的这几个学生，因为他们上课还比较认真，可能与曹燕华乒乓培训学校的队风有关系。曹燕华是校长，治校严谨，所以整支队伍精神面貌好，也十分重视文化学习。曹校长在宝山有她的大本营，她与杨泰实验学校合作办学，九年一贯制，她的办学理念是：不仅要培养世界冠军、奥运冠军，而且也要培养德智体全面发展的学生。

但是，在当时，我根本就没想到，这几位少年会有如此远大的前程。

许昕，里约奥运会和东京奥运会乒乓球比赛男团冠军主力，东京奥运会上，还与刘诗雯合作，获混双亚军，职业生涯已获 23 个世界冠军头衔。

胡冰涛，2007 年入选国家队，曾获得 2011 年世界大学生运动会乒乓球团体冠军，后进入上海交通大学学习。

尚坤，2007 年入选国家队，2017 年，他和许昕、赵子豪一起，系第 13 届全运会乒乓球男团冠军主力，2018 年全国乒乓球锦标赛与张超合作，获男双冠军。

赵子豪，2013 年入选国家队，2017 年第 13 届全运会乒乓球男团冠军主力，2019 年获第 30 届世界大学生运动会乒乓球男双和男团冠军，并获男单和混双亚军。

需要特别说明的是，许昕、尚坤、赵子豪三人组合出战第 13 届全运会乒乓球比赛，勇夺男团冠军，这是上海在时隔年 52 年后，重获全运会乒乓球男团冠军荣誉。52 年前，夺得全运会男团冠军头衔的是徐寅生、李富荣、张燮林，三位是清一色的世界冠军，如雷贯耳；另外两位参赛选手是余长春、于贻泽，也都是国乒大将。许昕、尚坤和赵子豪能够与前辈比肩，载入史册，实在是难能可贵。

| 五环下的遇见

上海男子乒乓球队勇夺第 13 届全运会乒乓球男团冠军
（左一至左三：赵子豪、许昕、尚坤）

## 二、一路征程

1990 年 1 月，许昕出生于江苏徐州的一个干部家庭。徐州历史悠久，有"九朝帝王徐州籍"之说，是两汉文化的发源地，有"彭祖故国、刘邦故里、项羽故都"之称，因其拥有大量文化遗产、名胜古迹和深厚的历史底蕴，也被誉为"东方雅典"。

深厚的地域文化，养育了徐州人的志气和英气。许昕也从来不缺勇气和信心。许昕妈妈回忆，上幼儿园时，有一天，许昕班里来了几位老师，组织小朋友做游戏，许昕最投入，反应敏捷，跑得最快。也是因为许昕在体育方面的天赋，他被以乒乓项目著称的少华街小学录取，于是就练起了乒乓。

在回忆那段时光时，许昕说，自己并非一开始就喜欢这个项目。"大人要我打，我就打；后来，慢慢赢多负少，我就越来越喜欢了。""父母为了激励我，给我买了10盘光碟，光碟都是介绍不同时期我国的乒乓球世界冠军，我一盘一盘看，每一盘看了不下10遍。"

许昕不仅球打得好，读书也一直很优秀。所以，父母对孩子打球非常支持，也非常放心。

由于球打得好，在小学三年级时，许昕被徐州市体校赵根英教练看中。对于许昕而言，这也是他人生的一个重要节点。赵指导曾培养输送了悉尼奥运会乒乓球男双金牌获得者阎森和2000年第45届世乒赛女团冠军孙晋，是难得的优秀教练。

小学五年级的时候，为了寻求更好的发展，许昕被徐州少体校推荐到江苏队。但江苏队入队名额有限，省队教练觉得许昕在众多"天才"中不算突出，只能进入自费班学习。当时，许昕遇到了汤志贤教练，训练中，汤指导发现许昕有灵气，与众不同，所以在许昕身上花更多的心血，许昕的成绩也有了较大的提升。那时，汤指导正要离开江苏队，受聘去上海曹燕华乒乓培训学校。2002年2月，汤指导带上许昕、胡冰涛，师徒一起前往上海市体育运动学校。

进校例行要"考核"，而当时业余体校南方赛区比赛正好同期举行，包括许昕在内一起进队的6名从外省市引进的苗子一鸣惊人，获得了团体冠军，许昕个人还摘取了男单金牌。紧接着，许昕又夺得全国业余体校总决赛团体、单打冠军，顺利通过"入校考试"。

能够招到许昕这样有天赋的好苗子，是曹燕华乒乓培训学校的运气。许昕和同批进来的队员们开始备战2002年上海市运动会，在这次市运会上，许昕和队友们包揽了乒乓球项目全部8块金牌中的7块，让曹燕华乒乓培训学校名声大振。

但不能否认的是，是市体校和曹燕华乒乓培训学校成就了许昕。

曹燕华乒乓培训学校的优势是其他学校不具备的。一是学校与市体校强强联手,后者曾培养了张德英、倪夏莲、何智丽、丁松等世界冠军,乒乓底蕴深厚;二是作为省级体校,市体校有先进的教学、训练和生活设施和强有力的后勤保障,对曹燕华乒乓培训学校是巨大支持;三是曹燕华是世界冠军,人脉广泛,且目光长远,精于运筹。

2002年,国家体委原副主任徐寅生来学校走访,还指导许昕打球。照片上,年逾六旬的徐主任弓着身子,用左手扶着许昕的左手,讲解挥拍的技术动作;12岁的许昕红扑扑的脸,有些紧张,似在琢磨老前辈点拨的技术要领。2007年,时任国家体育总局副局长的蔡振华来学校指导工作,蔡振华站在全体队员前,传授他的经验并勉励小运动员们。

国家体委原副主任徐寅生指导许昕

许昕说,这都是因为曹校长的关系,徐寅生主任是曹校长在国家队的恩师,而蔡振华副局长则是曹校长在第38届世乒赛上夺得混双冠军时的搭档。

因为有了市运会的优异成绩,曹燕华向上海市体育局提出申办一线专业队。2003年下半年,在上海市体育局的大力支持下,曹燕华乒乓培训学校正式成立一线队伍,许昕也成为俱乐部一线队伍中的第一批运动员。所以，后来许昕到国家队，是直接输送，没有再到东方绿舟的上海乒羽中心过渡。

从 2002 年到 2005 年，许昕在乒乓培训学校度过了 4 年时光，在这里他完成了乒乓球生涯的重要跨越：

2002 年，获南方赛区冠军、上海市运会冠军；

2003 年，进入一线运动队，成为专业运动员；

2004 年，世界青少年乒乓球挑战赛获团体、单打、双打三项冠军；

2005 年，U17 全国乒乓球挑战赛获得男单亚军；

2006 年 2 月，许昕入选国乒二队，同年 10 月，因为他的出色成绩，升入国乒一队，主带教练是直板快攻打法的秦志戬教练；

2007 年 1 月，许昕在 U17 全国乒乓球挑战赛中，以 4∶3 逆转李洋夺得男单冠军，这是他获得的第一个全国冠军；

2009 年 9 月，在第 11 届全运会上，许昕/王励勤组合获得男双冠军；当月，在乒乓球世界杯男子团体决赛中，许昕助中国队 3∶0 击败韩国队，获得职业生涯首个世界冠军。

从此，许昕开启了属于自己的时代，从 2009 年到 2021 年，他在世界乒乓球锦标赛中 10 次夺冠（男团/男双/混双），在乒乓球世界杯中 9 次问鼎（男团/男单），在世界乒乓球巡回赛年度总决赛中，两度折桂，再加上里约和东京奥运会上的 2 枚金牌，总共获得 23 个世界冠军的头衔，在中国乒乓球史上，留下了浓墨重彩的篇章。

## 三、"人民艺术家"

众所周知，许昕的外号是"大蟒"。之所以有此雅号，是因为他有很长的胳膊，球的旋转强，正手拉球劲道足，一旦让许昕上手拉球，那么胜算多半在许昕一方；而对手往往不习惯，可能会坚持几个回合，但渐渐地陷入困境，像蟒蛇"缠绕"一样，最后被缠死。

2015年乒超联赛，许昕与四川选手朱霖峰的一场对决令人印象深刻，其中一个42板的对拉球，叹为观止。当时许昕发球，双方前三板就积极抢攻，朱霖峰在第三板，一个刁钻的斜线，打在许昕的左侧球台边缘，似有千钧之力，但许昕是左撇子，向左一大步，再用他的长臂将球勾了回来。朱霖峰乘势扣杀，角度越拉越大，许昕则在左侧球台拉了几个回合的大斜线后，把战场移到中路，高霖峰则穷追不舍，高举高打。为了追求扣杀的线路变化，高霖峰再从中路打到右路、从右路打到中路，如此往复，惊险连连。看台上，观众都站起来，高声喝彩，为双方的精彩表演鼓掌喝彩。许昕面对被动局面，球打得非常有耐心，他的拉球在追求落点的同时，加大旋转的力度，并在拉锯中积极寻找反攻机会，几次拉扣，明显让高霖峰感受巨大压力。最终，高霖峰在最后一击时失误，将球高高打出界外。许昕挥动拳头，祝贺自己。教练席上，王励勤和教练组成员起立鼓掌；电视转播评论员在评论这一球时，情绪激昂，称是"十年一见的好球"。

赛后，媒体评论聚焦此球，美国《赫芬顿邮报》写道："许昕和朱霖峰的超级对拉是不可思议的，是展现人类坚韧精神的绝佳案例。"

2018年，在中国队世乒赛九连冠后，因为许昕的出色表现，《人民日报》对许昕赞赏有加，称他为"人民艺术家"。

从此，"人民艺术家"的称号成为许昕的独有标签，但许昕非常谦虚，在电视采访时，他说，对"艺术家"的头衔有点不适应，似乎太高调了。不过，他感谢大家对他的厚爱，并将以此为动力，为广大球迷奉献精彩的比赛。

采访中，我问许昕，你对自己的成就是怎样评价的？许昕没有犹豫就给出答案：自己还不是谈成就的时候，这个问题应该在我退役之后，由球迷来评价吧。

但不管如何，许昕能够取得如此佳绩，确实来之不易。我国乒乓球项目，可以说是所有体育项目中竞争最激烈的，能够荣膺世界冠军、奥运冠军，那绝对是天赋和努力的结果。并且，许昕打法上的逆袭，独树一帜，用独门秘籍杀出一条血路，让我们看到他对乒乓球历史的传承和创新。

许昕采用的是直板打法，这种打法是 20 世纪六七十年代的主流打法，是容国团、庄则栋和徐寅生等最早那一批世界冠军采用的打法，优点是发球手腕灵活，旋转变化多，接发球容易，技术多样，但随着横拍的兴起，直拍渐渐式微，因为直拍反手始终是弱点，直拍反打或者直拍反拉的爆发力还是逊于横拍的。所以，随着实战的检验，直拍打法难以立足。

不过，也正是因为直拍难以立足，所以一旦直拍选手能够逆流而上，那就是稀世之宝。我国直拍打法一直有传承，20 世纪七八十年代的江嘉良、郭跃华，20 世纪 90 年代开始的刘国梁、马琳、王皓，一直到现在的许昕。这一路走来，也是直拍技术不断更新发展的历史。从最早的直拍单面正胶，后来加进双面反胶，结合旋转、弧圈，打法更为多样。其中，王皓的直拍打法，增强了中远台对拉相持能力，反手彻底摒

**许昕比赛照**

弃推挡，使用反面进行搓、挡、拧、拉、撕、弹、冲，形成了完整强大的反手攻防体系，实现了直拍横拍化，即直拍横打，开创和引领了全新的直拍打法，是对传统直拍打法的一次彻底的颠覆性革新。而许昕又将中远台弧圈打法推向极致，他手感好，步法灵活，善于正手中远台缠斗，反手直拍横打无推挡，控球范围大，相持能力强，使简单粗暴"三板斧"打法，演绎成荡气回肠的演义小说，打法更具观赏性，"人民艺术家"的称号，应该实至名归。

## 四、感谢有你

2019年夏，在上海市体育运动学校成立60周年之际，学校曾专程赴京采访他。回顾走过的乒乓球道路，许昕内心充满感恩。

"在乒乓球世界，我能够走到今天，虽然与自己的努力分不开，但更多的是一种幸运吧，这一路走来，是无数人扶持、帮助的结果，尤其是不同时期的教练，对我的成长起到了助推作用。"

许昕的人生轨迹基本上是徐州—南京—上海—北京，在每个阶段，都遇到了最优秀的教练。

在徐州体校，许昕有幸遇见了赵根英指导。赵指导在他乒乓启蒙阶段，培养了很好的基本功，并迅速让他在同龄人中脱颖而出，赢在起跑线上，这非常关键。后来，赵指导又将他推荐到了江苏省体校，使他能够在更高的平台上，寻找发展的机会。要知道，赵指导是奥运冠军阎森的教练，培养了徐州历史上第一个奥运冠军，许昕能够在乒乓起步阶段就遇到这样的良师，真的是幸运。里约奥运会后，许昕曾专程看望赵指导。对于赵指导而言，又有弟子登上奥运冠军的领奖台，这是对她教练生涯的最好肯定。

在江苏省体校，许昕度过了将近一年半时光。江苏乒乓球项目人才济济，许昕似乎并不突出。许昕有些失望，但他认为乒乓球台上的胜负才是真正重要的，只要自己有实力，赢得了对手，自己就能比别人走得更远。许昕的教练是汤志贤指导，他曾带训过陈玘达 5 年之久，后来，陈玘获得 2004 年雅典奥运会男双冠军，可见汤指导功力深厚。汤指导关注到，许昕打球用脑子，很机智，技术不错，特别是左撇子，往往让对手不适应，用上海话来讲，就是"促狭"（刁钻），所以看好这棵苗子。2002 年初，为了寻求更好的平台，汤志贤带着许昕和胡冰涛，来到了曹燕华乒乓培训学校。许昕是年龄较大的队员，在汤指导的精心调教下，许昕成长迅速。在回忆自己的恩师时，许昕说："汤指导带训少年选手绝对有一手，后来输送到国家队的学生有七八名之多。""汤指导练得非常狠，每周除去外出比赛和三次文化课，全年周训练量最多时，达 35.1 个小时。感觉非常累，但看到收获的成绩，自己觉得非常值得。"

许昕回忆，当时俱乐部除了汤指导，还有两位年轻的主管教练刘珺和杜鹏，这两名主管教练比许昕大不了几岁，和队员们打成一片，所以，许昕感觉，这里的训练和生活环境让他如鱼得水。"我觉得，那时候是我进步最大的时期，能和教练打成一片，毫无障碍地沟通！"

2005 年 5 月，许昕的主管教练换成了曾在国家队和上海队执教的陆志清指导。许昕迎来了他球技突飞猛进的又一时期，陆志清带训许昕以后，将他的训练计划和时间表全部做了调整。"陆指导给我的训练计划一直都是密密麻麻的，虽然有点累，但我进步很快。"

在曹燕华乒乓培训学校，由于俱乐部的用人机制比较灵活，所以许昕有更多的机会，接触不同的教练，曹燕华校长也不时指点，给许昕很多的启发。曹校长还通过各种关系，请来了中国乒坛的元老和专家，不时来学校给小运动员们授课。另外，不断地创造机会，让运动员们参加各级各类的比赛，赛练结合，效果显著。

2006 年，许昕进入国家队，主管教练秦志戬将许昕列为年轻的直板打法接班人，加以重点培养。一开始把许昕定为重点时，这还难以服众，但是许昕通过莫斯科选拔赛，第一个取得了团体赛的入场券，一下子就站稳了脚跟。秦志戬认为，许昕为人大气，心理素质好，意志品质顽强，承重抗压能力出众，身体条件极佳，所以相信许昕能被委以重任。

但是，许昕性格特点是野心不大，心态上有随意性，所以战绩也不稳定，对此，秦志戬对许昕的技战术领域的薄弱环节，加以重点改进。他要求许昕要重意识、求质量、加速度、有锋芒。结合直拍选手的优点，要求许昕"学习马琳积极主动的意识，学习王皓的杀伤力和实力"。通过不断的磨炼，2009年，许昕先后在国际乒联巡回赛、第11届全运会、乒乓球世界杯团体赛、亚锦赛和东亚运动会上全面开花，屡屡获得冠军，开启了自己的辉煌时代。

当一名运动员已经站在很高层面的时候，再要突破自己是非常艰难的。2014年，为了进一步提升许昕的能力，经国乒教练组研究，许昕离开了主管教练秦志戬，来到了曾培养出马琳、王皓的"国乒金牌教练"吴敬平麾下。在国家队里，吴敬平正是以擅长调教直板球员著称的。

对于许昕，吴敬平认为，应该培养他"欲穷千里目，更上一层楼"的胸襟抱负。他觉得，许昕的目标不能老盯在争取团体、再争单打的思路上，而是要拿出了前所未有的拼劲与决心。

"虽然训练强度大，我的要求又高，但许昕毫无怨言，我要求练的东西，他全部按质按量地完成。那些小孩都休息了，他还在练。这些高强度训练他全都扛住了。"

许昕明白教练的良苦用心，想要凤凰涅槃，就要千锤百炼。里约奥运会前的封闭训练期间，一天，许昕训练后感觉肩膀很疼，连矿泉水瓶都拧不开，一检查才发现有两处肌肉拉伤。但就是在这样的情况下，他仍然坚持完成了技术训练课。

面对过往,许昕觉得自己太幸运了,在每一个阶段,几乎都是有顶尖的教练陪伴自己成长。

## 五、星语心愿

在上海市体育运动学校,许昕度过了4年美好时光。许昕说,每次回上海,都要去学校看看,球馆、宿舍、食堂和田径场,是四个必去的地方。在球馆,教练和队员都围过来,许昕和大家热烈攀谈,并与小师弟小师妹们打上几拍。训练结束后,许昕喜欢和大家去田径场踢足球,胡冰涛、尚坤、赵子豪、吴文豪等昔日队友都会赶过来,乒乓队卞直琪指导、洪伟指导、王雪松指导等一起参与。足球场上的脚法,自然比不上乒乓桌前那样的行云流水,但那种快乐,是单纯的游戏的快乐,也是家的温馨和快乐。

在上海市体育运动学校建校 60 周年时,许昕因为备战东京奥运会,没有回来参加庆祝活动,但他写了一封祝贺信,情真意切,其中写道:

"自 2003 年我成为专业运动员开始,我的人事关系就落在市体校。后来入选国家队后,我的人事关系还是在市体校。在每年的市体校年度考核中,我已经连续十五六年,成为上海市体育运动学校的'优秀员工'!这是一项特殊的纪录和荣誉,我甚至觉得,它比世界冠军的金牌还珍贵,因为这是家人给予的鼓励和支持。在此,我想对母校的领导、师长,由衷地说一声谢谢!"

同时,他通过视频方式,表达了对母校和学弟学妹们的祝福:

"上海市体育运动学校有六十年的光辉历史,是冠军的摇篮,我希望母校能够传承历史,继往开来,培养更多更优秀的人才。

"对于学弟和学妹们,第一,我希望你们学习和训练都要抓紧,训学并重,打好基础。第二,要主动思考,积极进取,改变'要我练'为

'我要练'；一旦你主动了，你的进步就会非常明显，这是我的切身体会。第三，要学会管理自己，做一个高度自律的人，有时最大的敌人，往往是你自己；要学会去克服一些不良的习惯——不管是训练、文化学习，还是生活中的其他方面。"

# 孙 雯：
# 应似飞鸿踏雪泥

当《五环下的遇见》一书基本定稿时，责任编辑徐雁华老师建议我补写对孙雯的专访，理由是"孙雯是特别的一个，希望不留下遗憾"。

其实，我不是没有考虑过写孙雯，甚至孙雯一个多小时的视频采访还一直躺在我的电脑里。我本来还想写郭蓓、沈富麟、孙海平、丛学娣、李秋平等校友，但无奈当时采访内容比较单一，宽度和深度都不够，我又不便再度打扰他们，故也就作罢。

**孙雯与时任国际奥委会主席萨马兰奇先生合影**

孙雯确实是最特别的那一个。她不仅是水电路176号女足的一个代表，而且是中国女足"铿锵玫瑰"的代名词。更重要的是，她文武兼济，剑胆琴心，既有英雄主义的气概，又有浪漫主义的情怀。在她身上，我们看到鲜衣怒马、沙场驰骋的风流，又有手持书卷、银碗盛雪的素简。她的事迹，对于今日之中国少年，是一种难得的教育和激励。于是，我还是决心写一写，就当是完成徐老师布置给我的一道命名作文吧。

## 一、"野路子"足球

1985年9月1日，12岁的孙雯背着书包，一脸稚气地来到水电路176号报到。在她身后，她爸爸提着一个装满生活用品和食品的大包，脸上都是汗水。

孙雯说，她依然记得那个张灯结彩、彩旗飘飘的日子。也就是从那时起，她在水电路176号度过了整整16个年头。

聊起那段最初的岁月，孙雯的回忆让我们颇感意外。她的眼神中似乎更多的是伤感与失落，话语间是对自己的调侃。

"我差不多是混进来的吧。我的入学路径有些特殊，我是从校园足球出来的孩子，与区体校出来的不一样，上海人叫'野路子'。

"记得读小学四年级时，学校要参加区小学生足球比赛，班主任看我活泼好动，就推荐我去踢球。我们在体育老师的带领下，每天下午训练1小时，连续训练了二三个月。然后，我们去参加南市区小学生运动会足球比赛，结果我们拿了冠军——不过，比赛只有两支队伍。

"后来，我们信心满满地去参加上海市小学生足球比赛，我们又幸运地拿了第二——不好意思，是倒数第二。那支倒数第一的队伍，因故弃权！

"当时参加训练,没有任何补贴,唯一的犒劳是麦乳精。虽然比赛成绩不好,但我们依然享受这黑白相间的世界,足球带给我们简简单单的快乐。

"进市体校之前,我们体育老师建议我去练举重,因为举重更容易出成绩。我当然说 No,我就喜欢足球。

"记得初选考试是在体育宫举行的,那是 1985 年的夏天,是爸爸带我去的。体育宫门口是一排桌子,爸爸先填表格,然后是文化考试,每门功课我差不多不到 20 分钟就交卷了,太轻松了。但足球考试却很艰难,由于基本功差,考试科目都被区体校考生秒杀。譬如颠球时,我非常紧张,勉强颠上 10 个球,兴奋得不行,觉得已经是了不起的成绩了。但一看人家区体校的考生,颠球二三十下轻松自如。那真是崩溃的感觉,觉得自己根本没有希望。"

但是,最终的结果是孙雯居然被录取了。

后来,孙雯问李志洁指导招收她的原因。李指导笑道:"本来确实是不打算招你的,因为你的基本功欠缺,主要测试项目成绩不理想。但我们安排了一个互动体验环节,先由大队员教技术动作,小朋友跟着练习,然后打一个分组比赛。在互动中,我发现你很认真、很投入、接受能力特别强。尤其在分组比赛时,你能将刚学的技术动作用出来,这说明你接受能力强、悟性高,所以就招了你!"

"当时互动体验环节,属于打发时间性质,可李指导的细心,让我幸运地进入市体校。"孙雯说起这一段经历时,我们都非常唏嘘。如果当初教练没有注意到孙雯的天赋,或许孙雯可能就没有机会从事专业的足球训练,更不用说成为"世纪足球小姐"了。

与孙雯相比,队友莫晨月属于根正苗红的那一类,她来自普陀区宜川二小,宜川二小是足球特色项目学校,教练武树发是上海足球队退役运动员,宜川二小曾代表上海市拿过"贝贝杯"全国小学生足球比赛的冠军。

聊起孙雯,莫晨月这样回忆:"孙雯一开始是'野路子',颠球、传接球等基本功不是太好，因为她所在学校不是区体校，也非足球特色项目学校。孙雯进市体校确实不易，我佩服她敢于尝试，有一份特别的勇敢吧。"

随后，她话锋一转，说："孙雯的'野路子'自有吸引人的地方，那就是不讲套路，在处理球时有你想象不到的地方，但呈现的结果却是最好的，而我们一般人就缺少这种想象力和创造力。"

诸有伍指导曾带训过孙雯，他说："孙雯进来的时候差不多是'白板'，因为在同龄人中，她身材矮小，速度、力量都不行，但她有灵光乍现的时候，如明明是左路配合，却向右传出一个空档。她在对抗中的应变和技术运用非常好，有想象力，这便是天赋。"

## 二、三次落选专业队

或许，在我们大多数人的想象中，孙雯贵为"世纪足球小姐"，肯定是禀赋异人、少年成名、一路顺风顺水。其实，她是历经了九九八十一难，许多困难是常人难以想象的，如果没有一份坚持和热爱，没有遇到良师，她断然无法走到云开日出的那一天。

孙雯回忆，在进入市体校最初的一段时间，因为人长得瘦小、基本功又不扎实，在训练和分队比赛中多次受到排挤和嘲笑。有一次，她实在受不了，哇哇大哭起来，觉得再也坚持不下去了。李志洁指导看不下去，就在红楼那儿，把学生召集起来训话："你们不要小看孙雯，她虽然在速度和力量对抗方面有不足，但她有的东西，你们没有。以后，她可能比你们之中的任何一个都强！"

教练的话拨云见日，让陷入自卑和压抑状态的孙雯坚定了信念。

由于"野路子"踢法，孙雯不仅受到同学的冷嘲热讽，就是一线队教练也不待见她。市体校女足是一二线建制，当时一线运动队称为大队，二线运动队又分为中队和小队。孙雯入学一年多后，她所在的中队要进行分流。所谓分流，就是有发展潜力的送到大队深造，没有潜质的，就只读书不训练了。就这样，与孙雯同一拨进队的汪蕾、陆蓉辉、杨颖等队员顺利进入一线运动队，孙雯等少数队员被分流掉。

一线队伍不收，意味着只能走读书这条路。孙雯的父母本来就反对孩子踢球，这下以为她能安心读书了。但孙雯心有不甘，还想继续踢球，就向李指导表达委屈。李志洁指导也觉得孙雯有些可惜，不忍心这么好的苗子就此"夭折"，就把孙雯推荐给了小班的马良行、夏伦芳指导。马指导了解这个"野路子"小姑娘，觉得她是个可造之材，也就接手下来。

后来，马指导跟人说起这个弟子，有自己独到的见解："孙雯是块璞玉，就看你怎么雕琢，我其实蛮喜欢她的这种特点，有创造力。别的运动员可能确实已雕刻得不错，有基础，用起来也很顺手，但给教练的空间其实不大。"

就这样，孙雯被"留级"到了小班，小班有莫晨月、唐伶俐、虞瑾、张爱娟、高宏霞、谢慧琳、王静依、顾媛媛、史健、盛霞、金漪等人。孙雯换了一个环境之后，一下子变成年龄最大的队员。在这里孙雯就像换了一个人，在速度、对抗能力等方面的优势一下子显现出来，她的自信回来了。她回忆道：

"后来，我在负责青训工作时，每每回溯自己的踢球经历，觉得足球运动员成材是一个长期的过程，6~8年是成为一个职业运动员的周期。选拔运动员时，我们要从不同的角度去考察，不仅从技术层面，还要从年龄、心理和原有基础等方面去考量。

"马良行指导非常有眼光，也很有耐心，他是我足球生涯中的重要伯乐。当时，小班的一批人中，最先被一线队伍征调的是唐伶俐和虞瑾。于是，我就眼巴巴地等着下一次，但下一次征调的是莫晨月，还是没有轮到我！这对我的打击非常大，但我依然相信自己。"

| 五环下的遇见

上海市体校二线女足合影（前排右三为孙雯、后排左七为马良行指导）

除了训练，还要经受伤病的考验。她回忆在进校第二年的一次队内比赛中，队友在解围时，将球一脚踢在她的左眼上，由于距离近、速度快，她来不及躲闪，被重重地击中，造成视网膜脱落。为此，她在上海市第四人民医院住了一个星期。

面对来路，孙雯坦言："其实不光是我，我们女足运动员一路走来，可能有无数个理由让你离开：天赋不好、勤奋不够、机遇不好、伤病、待遇太低、太累不想坚持、亲友的劝说、出国深造、合适的机遇……但我们大多数人都选择留下来。坚持是因为喜欢、因为热爱。"

## 三、"我要读书"

孙雯是"世纪足球小姐"，如若夸她是"学霸"，别人以为是在乱贴标签，故弄玄虚。其实，用"学霸"一词来形容孙雯再贴切不过。

1985年7月，孙雯小学毕业，她同时收到了两份录取通知书，一份来自上海市体育运动学校，另一份来自名校大同中学。

做小学老师的妈妈对女儿说："囡囡，你的文化底子不错，在年级里，你的成绩始终名列前茅，上大同中学的话，以后考个好大学，妈妈就满足了。"

舅舅也说："小姑娘要文雅一点，整天弄得像个假小子，疯疯癫癫，不好！"

孙雯回忆道："当时，我的态度很坚决，非市体校不去！但我答应妈妈，我会认真读书，成绩一定不会让妈妈失望。我妈看我这么倔，还是蛮开明的，没有坚决反对。我知道莫晨月比我惨多了，她爸是上海交大的教授，起初也不同意，她就背着书包，自说自话去了市体校。"

在市体校，孙雯一开始是"球场失意，课堂得意"。

顾媛媛是孙雯同班同学，她这样回忆道："孙雯，我们都叫她'大头'，因为她的头比较大，而且脑子特别好使，各科成绩优异。我们晚自修作业都来不及做，可她还有闲心看小说。我们都争着抄她的作业，有的抄不到原版，就抄盗版。"

陈陈老师是孙雯的班主任，他为我发来了他珍藏了35年的《上海市体育运动学校一九八五——九八六学年初一甲班成绩统计表》，孙雯学年的终评成绩是：政治86分、语文85分、数学97分、外语97分、生物96分，总平均分为91.4分。位列第二的是男足的李强，总平均分为86.6分；第三名是班长高锦霞（现为上海市塘沽学校副校长），总平均分为85.4分。

孙雯酷爱读书，她的故事总是那么特别。

1990年，因为在国家队训练中受了伤，孙雯暂时回到学校，一边疗伤一边读书。根据她的情况，应该安排在一线运动队文化班学习，但一线运动队每周只有12节课，分别安排在周一下午、周三晚上和周四下午。孙雯觉得一线队上课时间太少，学不到东西，于是主动回二线队文化班。教务科为照顾孙雯，把她安排在与她年龄对应的高二年级。但孙雯觉得，自己去国家队集训时间长，高一的课程几乎没上过，所以主动要求留级到高一。为了提高英语水平，她还利用晚间去社会办学机构强化学习。

还有一件事不能不提，那就是1995年她在《新民晚报》发表的《我要读书》一文。文章开头是这样写的：

编辑老师：

下笔的时候，有些沉重，有种不知从何写起的难堪。于是，一种悲哀油然而生，为自己，也为所有早早离开学堂正拼杀在运动场上的运动员感到悲哀。

很少有人看到，在鲜花、掌声、赞美背后的危机，那种在比赛场上头脑空空、只知死活硬拼的感觉，我不敢肯定每个人都有，但至少存在于相当一部分中国运动员身上，这不得不反映出一个实质性的问题：我们的运动员究竟有多少文化素养？我们提高运动成绩主要靠科学还是蛮干……

这是孙雯发自肺腑的心声，表达了对国家队和一线运动队文化教育缺位的思考和渴望读书的强烈愿望，可谓石破天惊之举。文章发表之后，引起了很多的关注，上海市体育局开始重视一线运动员的文化教育。在有关领导的关心支持下，开始了一线运动队与大学的"联姻"，其中，女足一线队伍挂靠上海同济大学。

队友莫晨月说，她是孙雯这篇文章的直接受益者。当年，孙雯进入复旦大学，攻读国际政治关系专业，而莫晨月和上海一线女足的其他适龄队员则进入同济大学学习（由同济大学送教上门）。

因为孙雯的示范作用，女足队伍有较好的文化传承。比孙雯小5岁的白莉莉，也曾是国家队主力前锋，她对文化学习的热情与孙雯一样执迷，她在同济大学和上海体育学院拿到了双学士学位。后来，白莉莉因为过硬的足球专业背景和良好的外语水平，受到亚足联的青睐，目前，她是亚足联女足事务部负责人。与白莉莉同期的国家队队友孙睿，文化底子也不错，退役后就读于上海同济大学传播与艺术学院，毕业后成为《申报》记者。我的一名女足学生陈新丽，是上海女足青年队的前锋，因备战全运会到东方绿舟集训一年多，结果回校参加高三一模考试，居然名列全班第一，让所有同学大吃一惊。后来，陈新丽考入上海体育学院体育教育专业，硕士毕业供职于河南师范大学。

中国体育已经到了重要的窗口期，运动员回归校园、体教融合已是大势所趋。孙雯回忆，2000年，她在美国大联盟踢球时，队友大都有自己的专业背景，或是律师、工程师、医生、公务员等，而美国女足长期以来在各类大赛中傲视群雄，稳居世界前列的一个重要原因是体育与教育的紧密结合，这让美国女足有广泛的群众基础，这也是值得我们学习和借鉴的。

## 四、光辉岁月

1989年是孙雯的幸运之年。经过马良行指导两年的精心打磨，继孙雯连续三次在进入一线运动队的选拔中被刷下来之后，终于在第四次选拔中脱颖而出，进入一线运动队，开启了专业足球运动员的生涯。那一年，孙雯17岁。

当年，上海一线女足的教练是李必和忻志高，技术顾问是上海足球名宿何家统和唐文厚，队员有水庆霞、张贵宝、张群、康群、马英、顾平娟、朱慧华、孙琦敏、吴文峥、张慧、陆惠兰、姜安丽、董瑞倩、汪蕾、陆蓉辉、杨颖、张燕蔚、唐伶俐、虞瑾、莫晨月、孙雯、肖燕、张爱娟、高宏霞和谢慧琳。

虽然进入上海一线队时间晚，但孙雯在联赛中表现抢眼，当年就被调到国家队试训；1990年11月，孙雯正式入选国家队，司职前卫。

孙雯上调一线队后，她的空间被彻底打开。队友莫晨月是这样评价的："我和大头（孙雯）位置差不多，有时司职前锋，有时担纲前卫。我的强项是基本功扎实，技术不错，瞬间爆发力和速度好，但在耐力和对抗能力等方面有弱点，发挥时好时坏。但孙雯不一样，她几乎没有弱项，她有技术、有速度、协调性好，也能够扛得住对手的冲撞；她踢球有灵性、意识好、组织能力强、视野开阔；还有一点很关键，她的发挥极其稳定，是球队的定海神针。"

1993年，孙雯恩师马良行指导经过竞聘，与李必、夏伦芳一起接手上海一线女足（马良行从1994赛季开始担任主教练），上海女足开始崛起。在经历了一年多的艰难爬坡后，终于迎来了上海女足的黄金时期，孙雯作为球队核心，功不可没。以下是上海女足在马良行指导下的光辉战绩：

1994年全国女足锦标赛冠军、超霸杯亚军；

1995年全国女足联赛冠军、锦标赛冠军和超霸杯亚军；

1996年全国女足联赛冠军、锦标赛冠军和超霸杯冠军；

1997年全国女足联赛冠军、锦标赛冠军、超级联赛亚军、超霸杯亚军和八运会冠军；

1998年全国女足联赛冠军、超级联赛冠军和超霸杯冠军；

1999年全国女足联赛冠军、锦标赛冠军、超级联赛亚军和超霸杯冠军；

2000年全国女足联赛冠军、超级联赛冠军、超霸杯冠军和锦标赛冠军；

7年19个冠军，上海女足独步天下，风光无限。上海女足团队也收获了上海市"三八"红旗集体、上海市新长征突击队、上海市劳动模范集体、全国"三八"红旗集体、全国先进女职工集体等荣誉称号。

作为上海女足的核心和头号功臣，孙雯屡获"最佳射手"和"最佳运动员"称号。

孙雯：应似飞鸿踏雪泥

**1996 年上海女足集体照**
前排左起：顾平娟　王静霞　陆惠兰　谢慧琳　高宏霞　赵　燕
　　　　　唐伶俐　虞　瑾　钱之华　岑　炯
中间左起：王　颖　陈妙燕　阙伟芬　夏伦芳　马良行　许　健
　　　　　左敏国　池　漪　潘丽娜
后排左起：孙　睿　莫晨月　单慧静　刘玉萍　张　慧　水庆霞
　　　　　白莉莉　肖　燕　孙琦敏　孙　雯

在国家队层面，孙雯也是绝对主力和核心，孙雯的高光时刻，也是中国女足的鼎盛时期。

孙雯先后参加了四届女足世界杯、两届奥运会、一届世界大学生运动会、三届亚运会和七届亚洲杯等重要赛事。在职业生涯中，孙雯共为中国队出场 152 次，攻入 106 球，尤其是在 1996 年亚特兰大奥运会和 1999 年女足世界杯上大放异彩，率领球队两获世界亚军的荣誉。其中，在 1996 年亚特兰大奥运会女足半决赛中，中国队以 3∶2 逆转巴西队，闯入决赛，令人印象深刻。在决赛中，孙雯以一个技惊四座的挑射，敲开了美国队大门，扳平比分。遗憾的是，美国队以一个明显的越位球，让中国队失去了登上世界之巅的机会。三年后，第三届女足世界杯在美国重燃战火，中国队以不败战绩进入决赛。决赛在玫瑰碗球场举行，对手依然是美国队。在90分钟常规比赛时间，双方0∶0互交白卷，加时赛两队均无建树，在点球大战中，美国队以5∶4惊险胜出。该届世界杯上，孙雯成为最耀眼的明星，她以7粒精彩进球，将"金靴奖"收入囊中，又因其出色表现，荣膺"金球奖"（最佳运动员奖）。

到了2000年悉尼奥运会，中国女足整体水平下滑，小组赛即遭淘汰，但孙雯个人的表现依然可圈可点。首场对阵尼日利亚队，孙雯用左脚攻入任意球，而第二场对阵美国队时，孙雯用右脚攻入任意球，成为女足奥运比赛的精彩瞬间，她还以4个进球，加冕本届比赛的"最佳射手"。

鉴于孙雯在足球领域的杰出成就，2000年12月，国际足联授予孙雯和美国老将米歇尔·阿科尔斯"世纪足球小姐"称号，而获得这一殊荣的男子足球运动员是球王贝利和马拉多纳。

田震的《风雨彩虹铿锵玫瑰》的歌词：
一切美好只是昨日沉醉
淡淡苦涩才是今天滋味
想想明天又是日晒风吹
再苦再累无惧无畏
身上的痛让我难以入睡
脚下的路还有更多的累
追逐梦想总是百转千回
……

这是一首气势如虹、极具穿透力的歌曲，是一代中国女足运动员顽强拼搏、为国争光精神的最好写照。那段激情燃烧的光辉岁月，留下了中国女足和中国球迷的最美回忆，也是上海女足铿锵玫瑰们的峥嵘岁月和幸福时光。

据《上海足球运动半世纪（1949—1999年）》记载，20世纪90年代进入过中国女足名单的上海女足运动员有：

水庆霞、顾平娟、陆惠兰、孙　雯、谢慧琳、唐伶俐、莫晨月刘玉萍、孙琦敏、高宏霞、王静霞、浦　玮、孙　睿、潘丽娜赵　燕、张　慧、白莉莉、奚爱娣、康　群

## 五、天马行空

孙雯和大多数体育女孩一样，阳光开朗、活泼好动，有自己的小心思、小秘密。在回忆体校生活时，莫晨月跟我们分享了孙雯的趣事：

"我们一起追过小虎队，喜欢《青苹果乐园》《逍遥游》《爱》《蝴蝶飞呀》《星光依旧灿烂》《庸人自扰》等歌曲，百听不厌，乐此不疲。那个阶段，特别开心！

"有一次，我们全队去外地比赛，晚上我和大头一起，在宿舍里看电视连续剧《楚留香》，但晚上要熄灯，于是，我和大头把电视机搬到床上，用被子把电视机罩住，然后我们在里面看。结果，第二天下午要适应性训练，我们午睡睡得太沉，全队就缺我们俩，领队跑过来敲门，我们才知道事情不妙！"

孙雯回忆道："其实那时，我们都蛮调皮的，如晚上睡不着，就叽叽喳喳说悄悄话，违反了队纪队规，教练就罚我们在操场上跑圈或打扫卫生。冬天出早操，我们盼着有雾的日子。由于操场跑道上有几百号人，各运动队都在一起跑，跑着跑着，好多人就'人间蒸发'了。"

孙雯说，打小她就是一个爱胡思乱想的人。后来做了球员，有段时间，常常心血来潮，一会儿玩打坐，一会儿练气功，想着如何济世救人，做个顶天立地的英雄，可就是没有想过成为一名球星。

孙雯的足球起点并不理想，没有区体校的经历，但她居然敢于报考，最终扣开了市体校的大门，这本身是一件非常奇妙的事情。

在文化班，班主任陈陈老师发觉，孙雯是一个非常独立的女孩，有高度的自律性，天赋出众，文化成绩别人难以望其项背。但是，她给人一种距离感，不在意什么头衔，她连班干部也不是——从小，她就是一个不想被左右的人。

当她用了洪荒之力，推开了一线运动队沉重的大门并跻身于国家队行列时，有一天，她却突然说，我累了。于是，她写了一篇引人关注的文章《我要读书》。

正当她在国家队踢得风生水起的时候，她却办理了复旦大学的入学手续，先是就读国际政治关系专业，后来又转到了新闻专业，梦想成为一名记者。若干年之后，她真的成了《新民晚报》的记者。入职新民晚报社时，她记录了那美好的时刻：

"昨晚，灯火辉煌。2003年最后一天的晚上，我完完全全地属于自己了。这个晚上，我将与昨天告别，与过去的一年告别，迎接明天的到来……2004年，我最大的心愿就是走出一条新的人生道路，完成从绿茵场向新起点的角色转换——当一名体育记者……当《新民晚报》记者，是我9年前的约定。那是1995年，我在《新民晚报》上发表了第一篇文章，那时就有人开玩笑地说，退役后你就去新民晚报社吧。今天，这个梦想终于成真。"

当她把一篇篇生动精彩的赛场报道推送给喜爱她的读者时，某一天，她却又来一个转身。她的某一段经历又成为一段传说。

她是一个飘忽不定、始终在发现和寻找的人。从2003年底到现在，她的角色经历过多次的转换：球员、记者、学生、球员（复出）、官员（上海市足球协会副秘书长、上海市体育对外交流中心主任），然后是辞职、出国，再后来是出任上海女足主教练、上海市足球管理中心副主任、江南大学客座教授、上海市青少年训练中心副主任等职。目前，她的身份是中国足协副主席、中国足协女足青训部部长兼女足青训总监。

当然，孙雯的天马行空还表现为球场上无限的创造力。

2004年2月，孙雯（左一）作为《新民晚报》记者采访上海大学老校长钱伟长（左二），左三为上海大学常务副校长周哲玮

上海女足领队阙伟芬对孙雯赞赏有加，她说："孙雯在足球上的天赋是别人很少具备的，她总能合理运用技术，摆脱对手，创造出射门机会。她特别会观察人，有的队友不擅跑动，她会把球传到她脚下；有的队友跑动积极，譬如莫晨月，孙雯会将球传到她前方3米处。还有，孙雯的任意球可以左右开弓，这种能力，即使在男足运动员中也是极少见的。"

## 六、回归足球

运动员退役后的路径，基本上是二种：要么做教练，要么选择机关、事业单位谋个职位。孙雯退役后，先在上海市体育局挂职，但主要任务是读书，并在新民晚报社做兼职记者。

她说："作为运动员，我们付出了所有的青春与梦想，我们在单一的环境中成长，然后你会发现你的世界原来是那么的狭小。退役后，我们应该怀一份自由的心境去拥抱这个世界，去寻找一些属于自己的东西。做记者是我的理想吧，可以锻炼自己。"

"事了拂衣去，深藏功与名。"按下人生的重启键，这是孙雯的性格使然。

有一天，队友顾媛媛的女儿突然对妈妈说："妈妈，今天孙雯来我们画室了，她是来参加成人绘画培训的！我好激动啊。"

队友莫晨月是市体校图书馆负责人，她回忆说："有一阶段，孙雯常来我们图书馆看书。她半真半假地跟我说：'木头（昵称），你们图书馆要招人的话，能否把我招进来。要是能做你的工作，我就满足了。'"

孙雯想过普通人的生活，但她又无法规避现实环境施予的影响。为此，她也在不断调整自己的心态：与其不能选择从容地离开，那么就选择从容面对。她说："我们这批人牺牲得那么多，经历那么多的挫折与失败，所以，无论在什么岗位，干什么工作，都是不惧怕挑战的。"

所以，每次当上海足球、中国足球需要她的时候，她就是那个勇于站出来的人。

2006年的12月15日，当中国女足陷入低谷时，离开中国女足两年零两个月的孙雯宣布复出。当时，所有的亲人、朋友都一致反对她的决定，但孙雯不畏前路，依旧我行我素。在她心底，牺牲其实算不了什么，恩师和国家的召唤，才是铿锵玫瑰的本色！

重返国家队，面对比她小10来岁的年轻球员，她用《无间道》中的一句台词"我不做老大已经很多年"来调侃自己，那种恍如隔世的感觉，是英雄也难免落寞。

2010年12月，上海女足因为人事问题遇到难题，恩师马良行又一次火线征召孙雯，孙雯又一次出山，担任上海女足主教练。

从2003年退役至今，孙雯虽然有过短暂的离开，但回归足球是她越来越明确的目标，而且随着中国女足的艰难发展，孙雯越来越感觉到肩上所担负的责任。

"许多人见到我，总提铿锵玫瑰，回忆20年前那一段中国女足辉煌的经历，这听起来是赞誉，但我品味到的是酸涩。真的不愿意看到这样的反差，历史不应该是当前中国女足的负累。我希望自己被淡忘、被超越。"孙雯如是说。

对于中国女足，孙雯一开始是默默关注，随后逐渐做一些外围的工作并一步步地走向中心。尤其是作为中国足协副主席、中国女足青训部部长，她必须站到前台，这也让我们看到了中国女足的希望。孙雯作为中国足协分管女足工作的副主席，她的建言和贡献，球迷心中自有评说。

2022年1月20日，第20届女足亚洲杯在印度孟买揭幕，水庆霞带队出征，中国队分别以4：0和7：0的成绩战胜了中国台北队和伊朗队。四分之一决赛中，又以3：1力克越南队，昂首进入四强。在半决赛和决赛中，中国队均是逆境追赶、力挽狂澜，拿到了时隔16年的亚洲杯冠军，这也是中国女足第九座亚洲杯冠军奖杯。

## 七、水电路的家

孙雯写给母校的《心中永远的坐标》一文的开头是这样的：

"说实话，记不得今年是母校的第几个生日了。一个学习过6年、工作过10年、而今又离开多年的地方，其实并不需要一个特殊的日子来开启属于它的回忆。因为，它早已是你的一部分。体校与我，不仅仅是人生一个物理性存在的坐标或者站点，更是我们岁月芳华的青春印记。无论你走到哪里，它都在那里，更在你心里。"

在采访中，孙雯还说："有一群人，十五六年朝夕相处，同吃同住，同学习同训练，同一目标，有血有泪，相互照顾激励，没有一个地方，比这令人记忆更深刻了。那不是家，是什么？所有青春都在那里——不仅是物理的东西，也是精神的东西。

"教练宽严相济,没有他们,就没有我。一开始带我的是李志洁和诸有伍指导,后来是马良行和夏伦芳指导,还有李必和忻志高指导。不同的教练教给我不同的东西,让我有更多的思考和选择。

"其实,我也为体校有非常优秀的文化老师而骄傲。他们大都是师大毕业不久,满怀理想,知识面广,上课有激情。"

在回忆母校的文章中,孙雯是这样写文化学习情形的:

"'氢氦锂铍硼,碳氮氧氟氖,钠镁铝硅磷,硫氯氩钾钙',对于上海市体校85届足球班学生来说,一口气把这化学元素的周期表前20个背出来,不是难事。个子矮矮的肖庆黛老师教会我们:'告诉你们一个诀窍呀,用上海话背这20个字,保准又快又不会忘。'结果这一记就是30年,至今不少人还可以脱口而出,包括我。前些日子,在讨论体校足球前世今生的时候,这顺口溜镇住了北京在场的同事们。

**2015年秋,孙雯和张爱娟探望肖庆黛老师**
(右起:张爱娟、肖庆黛教师、孙雯、张爱娟女儿)

"'说新闻，知天下事，便要东西南北通，你看它们的头一个字的字母组合起来就说 NEWS'，物理老师拿起笔，在黑板上按照上北下南的结构，把几个英文单词和地理方位，一股脑呈现在我们面前。略带山东口音的鲁普，在教我们加速度、能量守恒的同时，各种知识信手拈来。"

在采访时，孙雯还回忆起高中班主任龚煌带全班同学骑车 40 多公里去佘山的情形，一路欢声笑语，一路青春飞扬。孙雯说，或许那是 80 年代才有的美好遇见。"润物无声，许多事情是不能用言语来表达的，但文化老师慢慢在改变你、影响你。当时只是平常事，过后思量不寻常！"

孙雯对食堂师傅的回忆也那么真切，她说："食堂的四毛叔叔（宋伟昌，曾任国家女足厨师多年），言语不多，人很和善，菜烧得特别好。女足在广东鹤山集训，因伙食不好，领导就调他过去。他一个人很忙，女足替补队员时常去帮他买菜、刷碗，吃饭时，我们大家帮着端菜。我还请教过四毛叔叔清蒸鱼的做法，这道菜后来成为我的拿手菜。"说起这些，孙雯得意地笑了。

"四毛叔叔也会悄悄在球场外看我们训练或比赛。当我们有说有笑地回来，他一脸喜庆，跟我们打招呼；若是我们输了比赛、无精打采地回去，他立马走开，像犯了错的孩子，一个人闷头抽烟。平时，我与他交流很少，很惭愧。感谢他，感谢他的默默付出，感谢他的那份传递美好的善意。"采访中，我发现，孙雯的表达总是那么自然真切。

"其实当时，单位的每一个员工都会关注我们的。今天，我想说出那份感谢。"孙雯说出最后那句时，我们几乎要掉下眼泪。

至今，我还清晰记得我们一起为女足加油的情景。每逢女足有重要比赛，学校都会组织文化老师去为女足姑娘加油助威，虹口足球场、同济大学、上海大学和苏州、吴锡、南京等地的赛场我们都去过。队员们看到老师来了，就向我们热烈招手。记得李大用老师总走在最后，让别的老师先走。原来，他嫌队员们叫他李老师（上海话谐音：连老输），不好意思走在前面。但上海女足一般很少输球，我们大都乘兴而去、乘兴而归。

## 八、但留鸿影天地间

想用一个特别的词来形容我心目中的孙雯，无奈却是词穷。

我想到了"天上人间"这个词。天上，琼楼玉宇，美若仙境；人间，柴门犬吠，芸芸众生。

"天上人间"见于唐·崔颢《七夕》："仙裙玉佩空自知，天上人间不相见"，也见于南唐·李煜《浪淘沙》："流水落花春去也，天上人间。"前者是凄美爱情的感伤，后者是物是人非的领悟。

王菲有歌，名曰《天上人间》，表达的是如梦如雾、至纯至美的情感：

风雨过后不一定有美好的天空

不是天晴就会有彩虹

所以你一脸无辜不代表你懵懂

不是所有感情都会有始有终

孤独尽头不一定惶恐

可生命总免不了最初的一阵痛

……

孙雯是一个在凡间行走的飘飘仙人。或许我们只看到她在绿茵场上攻城拔寨、手捧奖杯时的高光和欢颜，但那些日复一日在风雨中历练的艰辛和面对伤病的灰暗落寞，我们谁又能看到。1996年1月，孙雯经受了人生的至暗时刻，因为突如其来的伤势，无奈做了半月板摘除手术。医生坦言：参加奥运会，除非奇迹发生！手术后一个月，孙雯的腿还不能90度弯曲，两个月后才能勉强行走。为了尽快恢复，孙雯瘸着腿上训练场。或许是因为孙雯的坚持，或许是孙雯对于中国队来说实在太重要了，主教练马元安最后还是冒险带上她去了亚特兰大。

在那届比赛中，孙雯大放异彩，为中国队夺得亚军立下汗马功劳。

天上虽佳，但人间值得；因为有你，回忆才如此美好！

20多年过去了，江湖有她的种种传说。在每一个事件中，我们都会看到一个特立独行的孙雯。她本可以一叶扁舟，衣袂飘飘，乘风归去，但人间有太多的牵挂，欲走还留，仗剑而行，她背负了太多的沉重。

孙雯不喜悦色巧言，人云亦云，喜欢闭门修身，在中国传统文化的海洋中寻找心灵的高地。

孙雯喜欢苏轼，怀兼济天下之雄心，却又在独善其身中找慰藉，而苏轼的诗句总是那么契合她的境遇：

"大江东去浪淘尽，千古风流人物。"

"回首向来萧瑟处，归去，也无风雨也无晴。"

"人生到处知何似，应似飞鸿踏雪泥。"

"人间有味是清欢。"

"拣尽寒枝不肯栖，寂寞沙洲冷。"

喜欢孙雯的文字。在《忆南师》一文中，我们看到了她对中国传统文化的孜孜以求，文章中所展示的文采、思想和境界，让我们看到孙雯版的"天上人间"。

"一封为纪念南怀瑾先生百年诞辰的邀稿电邮，让2012年中秋之月的景象，又一次跃然于我脑海。阿塞拜疆，月高悬、夜清冷，正在那里参与国际足联女足比赛组织工作的我，用手机摄下了那晚的圆月，并珍藏至今。这是我，一个深受慈师教诲的人，私下里对先生最好的怀念。"

"岁月渐长，渐渐有了些名气。外在看来，很精彩。可少有人知道，那段成名的日子，有多灰暗。本来一个简简单单的球员，享受足球场上的忘我和快乐，却突然，要面对更多复杂的周遭。一边享受着成名带来的虚荣，并努力扮演好一个大家乐意见到的明星角色。一边，又对可能丢失的真实自我，感到惶恐和不安。每每想要做更自由的自己，却不敢面对。从那以后，我开始明白，人的幸福不是世俗和外人所谓的成功，而是内心深处不为人知的感受……"

　　这是"世纪足球小姐"的文字，我只是成段地摘录，赞美似乎显得多余且庸俗。

　　此刻，我想到了宋·朱敦儒的《水调歌头·白日去如箭》中的最后两句："淡淡飞鸿没，千古共销魂。"

　　我想，何须对面把酒，明月共照、佳文共赏，何尝不是人生的境界。

# 芮乃伟：
# 风中的旅人

在草拟校友采访名单时，我们自然地想到了芮乃伟。虽然围棋项目从市体校分离出去已近 30 年了，且这个项目也非奥运项目，但芮乃伟对于世界女子围棋运动来说是神一样的存在，她也是中国体育的一个传奇，我觉得，必须采访到她。

2019 年 5 月初，我尝试给芮乃伟发短信，很快得到她的积极回应。她说，目前在北京，无法接受采访，但她会关注校庆事宜。我说，没关系，只要她有机会回上海，通知我们就行。

大约过了半个月，我突然收到芮乃伟的微信，她告诉我，6 月 25 日，中国围棋甲级联赛上海赛区比赛在上海松江洞泾镇举行，届时，乘比赛结束之际，可以接受采访。我喜出望外，期待与芮乃伟的见面。

6 月 25 日中午，我提早 2 个小时赶到洞泾镇社区文化中心，摄制团队也提前一个半小时到达，

**芮乃伟比赛照**

机位选择、灯光调试、模拟对焦人物、背景布置……我们尽可能把一切准备妥当，万事皆备，只待主角入座。

原来预估的比赛结束时间是下午 3 点 30 分，但一直到 4 点 15 分，比赛房间的门才被轻轻推开。我关注到，芮乃伟一手持折扇，一手提包，浅灰色圆领衫上绣着梅花，颇有古风中的侠客风范，这是她给我的第一印象。

见到我们，芮乃伟略显疲惫的脸上洋溢着笑容，她身子前倾，向我们问好。

由于时间紧，来不及寒暄客套，我们马上进入工作状态。摄影师出于现场效果考虑，建议她放下折扇，芮乃伟随手将扇子递给工作人员。和她的棋风一样，芮乃伟对我们的提问简捷明快。

谈起市少体校的那段时光，芮乃伟回到了 40 多年前那个青涩少女的时期。

"其实，我那时还是一个非常自卑的人，比较内向，不善言辞，不合群，但市少体校给了我一个很好的锻炼平台。教练戴庆中非常和善，总是鼓励我。但是，我们有时也很任性，有一次出早操，我们四个围棋队女生集体赖床，教练进来，我们蒙住被子睡。戴教练很生气，罚我们在田径场跑了四圈。"讲到这个细节，我们都笑了起来。

"朱家琪是我们的数学老师，由于我的数学成绩好，他让我做数学课代表。我胆小，不敢向同学收作业，朱老师让我大胆管理，说谁不听话，他就去收拾谁。慢慢地，我变得勇敢了，不胆怯了。后来，我还担任过班长和广播站广播员，这些最初的历练，对我的成长非常必要。我觉得做广播员蛮有成就感的，每天早训结束，我就冲到广播室，打开播音设备，每天播的第一句话是'上海市青少年体育学校广播站现在开始播音'。如果有校园新闻，就播一下；如果没有，就放放音乐。然后，才去吃早饭，觉得挺有意思。"

芮乃伟讲起往事，往往有生动的细节，我们听得津津有味。

"市少体校的集体生活非常有趣。我们围棋队和射击队运动员住在女生宿舍最大的一个房间,有10多人吧。到了夏天,照例是要午睡的,但我睡不着。射击队的姐姐负责登记去买冰棍,有一次,我一个中午吃了5根冰棍!厉害吧。"芮乃伟说起这些,不自觉地笑了。

"但在市少体校也有些糗事,有一次回家,拿着被子枕头之类的,要回家洗,结果没扎结实,半路上散落了一地,那种手足无措的样子,至今还觉得傻得可爱!"

谈起市少体校,芮乃伟还提起许多人。

"我的弟弟芮乃健,他比我早半年进市少体校,棋也下得不错。78年下半年,我们姐弟俩都准备进市队,但父母觉得,围棋项目前景不明,两个小孩都进专业队,风险太大,所以就不让弟弟进市队。就这样,我弟弟就放弃了做职业棋手的机会,考入上海交大,走了一条与我完全不同的道路。后来,他在全国大学生围棋比赛中,两度折桂,也体现了他的功力。

"我的师姐华学明(现为国家围棋队领队,曾多次获得全国女子围棋冠军)成绩比我好,也最勤奋。后来,我和她成了好朋友。杨晖(6次全国女子围棋个人赛冠军,与孔祥明、芮乃伟、张璇并称中国女子围棋'四大天王')是美女,出道比我早,擅长写诗,很早就进了国家队,经常给我写信,还交流写诗的体会。周家梅后来去了德国,张学慧去了澳大利亚。关于男队,当时有曹大元(世界业余围棋锦标赛冠军)和钱宇平(富士通杯亚军)等,他们后来都取得过不错的成绩。"

芮乃伟觉得市少体校的经历对她的人生帮助很大,这个阶段为她打下了较为扎实的围棋基本功,培养了她的意志品质,同时,丰富的校园生活也锻炼了她各方面的能力。

芮乃伟在市少体校的时间不长,1977年9月进市少体校,1978年12月进入上海队。1979年,年仅15岁的芮乃伟入选国家围棋集训队,从此开启了长达40年长盛不衰的职业棋手生涯。1988年,她取得围棋专业九段资格，她也是围棋史上第一个女子九段棋手；从 1993 年到 2003 年，芮乃伟在十届世界女子围棋比赛中八夺世界冠军，成为当之无愧的世界女子围棋第一人。

芮乃伟的成就，可能更多体现在与男选手的同台竞技方面。1992 年，进入第二届应氏杯四强，这是她的里程碑。2000 年，在韩国围棋"国手战"中，芮乃伟打败李昌镐取得挑战权，决赛以 2∶1 力克曹薰铉，夺得桂冠，轰动韩国乃至世界围棋界，成为第一个夺得重要棋赛冠军的女棋手。

芮乃伟是"棋坛常青树"，总是在不断书写传奇。2015 年，在第 3 届全国智力运动会职业围棋女子个人赛上，52 岁的芮乃伟代表上海队出战，夺得金牌；2017 年，54 岁的芮乃伟夺得了第 13 届全运会女子围棋专业组冠军，她也是全运会历史上夺冠年龄最大的运动员；2019 年，56 岁的老将依然活跃在棋坛，在韩国新安国际元老围棋大赛团体赛中战胜老将徐奉洙……

芮乃伟取得过无数冠军，但当我们由衷赞美她所创造的奇迹时，我们或许忽略了，她可能是中国棋手中经历最为坎坷的一位。

芮乃伟是一个非常有思想深度的人，我怕我们递给她的问题过于泛化、低质，所以很想跟她探讨作为一个棋手的困惑、她与外部环境的冲突，讨论面对生活的棋盘，她是如何布局、腾挪和突围的，特别是 1989 年离开国家队后，在日本、美国和韩国的漂泊生涯，她是如何看待这一段经历的，她又收获了什么？

对于这些问题，芮乃伟的回答不缠于局部与细节，只取大势，体现了一个棋手的智慧和大局观。

她说："棋手是有国界的，但围棋没有国界；作为一个棋手，围棋就是你的精神家园，哪里水平高，哪里就是你朝圣的地方。去日本是为了围棋，让自己有一个突破；到美国，也想在女子围棋方面做一些普及和推广；后来又到了韩国，韩国棋院以宽广的胸襟接纳一个异国棋手，这令人终生难忘。作为一个职业棋手,你必须心存敬畏,你必须与最高水平的选手去切磋,你必须去超越一些东西,尽管你要付出巨大的代价,但你别无选择。"

她与江铸久先生合著的《天涯棋客》一书,曾写到她在市少体校的一件趣事。有一次,戴庆中教练要求芮乃伟与华学明下对手棋,但芮乃伟为小事与华学明闹别扭,两人各拿一块棋板坐在自己的桌子面前,谁也不愿坐过去。教练发现芮乃伟"倔",就让华学明主动坐过去。华学明是姐姐,让着芮乃伟,就主动示好,这事就算过去了。

芮乃伟在日本的六年多时间,她以教业余爱好者下指导棋谋生,这对她的棋艺长进毫无帮助。她不能参加日本棋院组织的常规赛事,只能参加为数不多的非常规比赛。但她还是牢牢把握住机会,取得了了不起的成绩,应氏杯四强是其中之一,还有在世界女子围棋比赛中接连夺冠,显示了她的实力。

我问芮乃伟:"您最难忘的是哪一盘棋?"她说是亚运会中国队从1:2输给韩国队的那一盘棋。

"那是2010年,围棋第一次进入亚运会,中国队顺利进入决赛,对手是韩国队。唐奕二段执黑中盘战胜韩国名将赵惠莲八段,执白的宋容慧五段在形势不错的情况下被金仑映二段逆转。在我与李玟真五段的关键一战中,我在前半盘一直领先,由于优势意识较浓,后半盘下得稍微有点松,最后被对方的官子妙手逆转,以一又四分之一子的劣势惜败。"

"亚运会冠军似乎对你并不是很重要。"我有些不解。

"不,那是刻骨铭心的记忆,因为我们是一个团体,我们代表着国家。那时,唐奕趴在我肩上哭了……

"真的,那一瞬间,我愿意用我所有的金牌来换这块亚运会金牌——尽管这块金牌并不能衡量一个职业选手的最高水平。"

最后我问道:"在您人生中,尤其在您围棋职业生涯中,您最感谢的人是谁?"

"要感谢的人太多了,是否可以给我两个名额?"芮乃伟显得有些为难,迟疑中透出纯真。

"一个是我的先生江铸久,他是与我风雨同舟的人。我觉得他是一个有正义感的人,我们也就慢慢走近了。在困难的时候,他给了我重要的支持。我们相恋多年,最终修成正果。但我们的结婚却有些特别,因为他在美国,而我在日本——我们之间隔着一个太平洋,但我们结婚了!"

原来,按照日本的法律,男女双方办结婚手续并不要求双方同时在场,只要手续齐全,一个人前往即可。于是在1991年8月21日,芮乃伟就在日本船桥市的一个民政部门办理了结婚手续。但好事多磨,作为中国人,他们还必须到中国大使馆办理结婚登记,而这一等就是一年多。

"还有一个人,当然是我的老师吴清源。对于我来讲,他是神一样的存在。他从小有围棋天赋,被称为'围棋神童',14岁赴日学棋。1933年,年仅19岁的吴清源运用自创的'新布局'对阵本因坊秀哉,翻开了围棋史上崭新的一页。特别是在1939年至1956年间,他在十番棋擂台赛中击败了同时代所有超一流棋手,令当时日本棋坛所有顶尖人物全部降级,创造了围棋界的'吴清源时代',被誉为'棋圣',听听这些经历,你就知道他有多厉害。能够得到他的指点是我的幸运。不过,当时投到他老人家门下,是吴老自己提出来的。当时,吴老要作一个关于21世纪围棋发展趋势的讲座,而他的另一个弟子林海峰在他面前极力推荐过我,给吴老留下了很深的印象,所以在他做讲座时点名要我做她的助手,和他一块儿挂盘讲棋。我随后就正式拜他为师,我也是他的关门弟子。他对我的帮助是全方位的,在围棋方面,我的棋子往往下得比较猛,全局观不好,他的指导让我提升了围棋的水平和境界。在围棋理论方面,吴老能够把中国传统文化的精髓融入围棋之中,他提出'六合之棋',即东西南北和上下是一个整体,围棋要讲阴阳和谐、自然中和。吴老师还教会我如何对待生活，他说'生活如棋'，他的思想、他的修行，也是我毕生学习的榜样。"

一个小时的采访时间很快就到了，因为上海围棋队领导和选手们都在车子上等她，所以在和我们合影后，她与我们握手告辞。

一个小时的采访，恍若一场梦，来也匆匆，去也匆匆。

"风中的旅人"是芮乃伟微信的昵称，这个昵称富有诗意，也契合她的人生境遇——直面征途，追求自由，喜欢纯净，做最好的自己。

# 李国君:
## 那个永远踮脚走路的人

李国君是个大忙人,因为公务缠身,采访的时间调整了几次,但她最终还是来了。人还没有上到五楼,她的笑声已经从进入校门的那一刻传导过来。去门口迎接她的鲁英副校长是她上海队的师妹,鲁校长的嗓门也不小,两人手拉在一起,话就一筐一筐的。李国君特别会观察人,只要是眼熟的,她都主动打招呼,党办的陆钦忠是她排球队闺蜜的爱人,自然要聊几句;走过盛茂武校长办公室,礼节性地打个招呼。

她说,"回家"是最开心的事。

**与李国君合影**

在贵宾室落座，不用预热，李国君打开话匣子，滔滔不绝。她的肢体语言非常丰富，hold 住全场的能力非常强大，正像她球场上的气势，对于接受采访，她完全是驾轻就熟。

## 一、和弟弟一起报考市体校

李国君出生于 1966 年，喜欢体育完全是受父亲的影响。父亲是上海商业队的篮球运动员，身高 1 米 84，是球队的主力中锋，有个电影叫《大李老李和小李》，影片中小李的原型就是李国君的爸爸。李国君喜欢看父亲打球，渐渐地，她也喜欢上了体育。1977 年，李国君进入普陀区体校。两年后，李国君报考了上海市体育运动学校。她回忆说："和我一起进入市体校的，还有我的弟弟李国斌。进市体校考试时，我同时被几位教练看中。有个投掷教练王宝玉，把我叫到田径场，田径场排队测试的人很多，我其实不想去，但我不会拒绝别人。我就随便拿了一个三公斤还是四公斤的铅球，挺沉的，我也不会什么动作，就是随便一推，还蛮远的。王指导脸上马上绽放笑容，说我是块料，要我练田径。但我不喜欢铅球项目，心里七上八下。当时，我蛮机灵的，我说，我弟弟也挺不错的，你试试我弟弟吧。结果，弟弟成了王指导的弟子，后来他又改行去了上海技巧队，并荣获国家级运动健将的称号。

"最有意思的是，射箭队的吴英教练也把我叫过去拉弓箭，我随手一拉，吴教练就开心地笑了。他真希望我能练射箭，但我打心底里还是喜欢排球。

"排球队测试的人很多，我被安排在最后一个，一直死等，心里很紧张。但我有阿 Q 精神，默默对自己说'好戏还在后头'。等叫到我的名字，我就拼命地为自己加油，与队员们击掌，等到排球测试完成后，顾美娟教练夸我作风好，张祖恩教练鼓励我，说我是打主攻的料。但当时我身高不够，只有1米68，是参加测试运动员中倒数第二矮的，人又胖，我心里很没底。最终，我还是被录取了。"

## 二、踮脚走路的那个人

李国君性格风风火火，她说："市体校生活节奏非常快，我永远都是踮起脚尖走路的那个人。"

每天早上5点45分，寂静的校园被铃声惊醒，运动员们掀开被子，毫不犹豫地起身。穿衣、整理、洗漱，而这一切都必须在15分钟之内完成，楼下集合跑步到田径场。

"那时候在田径场出早操，人挨人，里三层，外三层，跑道几乎没有缝隙。学校规定早操是一个小时，但我一般都练一个半小时，因为我把吃早饭、休息的时间也挪作训练时间。每天我觉得我比别人多练了，赚到了，这种感觉真好！"

训练上，李国君最会挤时间，但升旗、上课她能够做到掐准时间不迟到。早操后去食堂，从不落座，而是站着喝几口豆浆，然后抓了馒头赶去升国旗。别人可能是踱着方步走过去，但她总是一路小跑，超越别人，站到队伍里，她居然每次都不是最迟到达的那个人。当国旗冉冉升起的时候，李国君向国旗行注目礼，细心的老师会发现，李国君的手里还攥着两个馒头。

不过，有一次，李国君出事了。

那天早上，李国君和往常一样，早锻炼结束得迟。她一路小跑到食堂，食堂师傅知道这个练排球的小姑娘来了，赶紧把预先留好的吐司递给了李国君。那个吐司蛮大的，上面有肉，只是四周有点硬，李国君拿起来就往嘴里塞，三下五除二，她习惯速战速决。可是，因为

李国君：那个永远踮脚走路的人

吃得太快，那个吐司边角卡喉咙里了，喷出血来，李国君觉得这可不得了，马上跑着去找张祖恩教练。张指导也没碰到过这样吓人的场面，他立马跑到食堂借了辆黄鱼车，载着她直奔第一人民医院。李国君回忆说："在这期间，我一口口吐血，吓坏了！还好，医生在做了简单处理后，就让我们回来了。我那天中午、晚上都没吃饭，因为我没法咽，咽口水都疼，但我还是坚持要练，教练骂我不要命了，我在一边不作声。"

李国君是个拼命三郎，她说："我的词典里没有'午睡'这个词，因为它太奢侈了，做运动员如此，现在依然如此。"

李国君回忆，每天中午吃完饭，她总是一个人来到篮排球馆（两个

**李国君比赛照**

馆连在一起），她一个人在排球场上对着墙壁练扣球，有时，为了练精准度，还用布蒙住眼睛练球。我问她，你这样练不是太累了吗，而且也影响下午的训练效果。但她却笑笑说，她是一个绝不喊累的人。"训练时，整支队伍中只要还有一个人没倒下，那个人一定是我李国君！"

说来也巧，旁边的篮球场上也有一个不要命的女孩在玩命投三分球，只不过这个投三分的女篮队员身边总有一个同学在为她捡球，并不断地叫好。那个女篮队员越投越兴奋，这让李国君略显落寞。若干年后，李国君进了国家排球队，当了中国女排队长，而那位女篮队员也进了国家队，也成了中国女篮的队长。她，就是丛学娣。

说起这些，李国君笑了，我们也笑了。

## 三、机会给有准备的人

李国君是中国女排"白银一代"的领军人物，在 1989 年第五届世界杯和 1990 年第十一届世锦赛中，中国女排均取得了亚军，1990 年的世锦赛，她还被国际排联评为"最佳运动员"。

李国君真的是太优秀了，但回首过往，她却说了一句让我感到非常意外的话："我从来都不是正选队员，我是那个总在替补席上修炼、然后证明自己的人。"

到市体校，好多运动员是直送的，而李国君不是。她先进入普陀区体校，在区体校待了两年。其间，有市体校教练来招生，也关注到了这个有点胖而可爱的小姑娘，但最终没有将她带走。两年后，她到市体校考试，因为胖和身高有欠缺，所以也是跌跌撞撞进来的，还差点被田径队和射箭队拉了"壮丁"。别人在市体校待上两年后就去了上海青年队，可李国君一待就是四年。

"我总是在夹缝中求生存。当时上海青年队也不要我，嫌我矮胖。

李国君：那个永远踮脚走路的人

上海市少体校女子排球队载誉归来（前排左一为李国君，后排左一为汪竞雄指导，后排右一为张祖恩指导）

我告诉你，我的人生都是争来的。"李国君谈起成功，音量有些高，那种激动中传递着某种委屈，也体现了李国君的好强性格，不认命！

"在市体校，每次比赛我先是替补。我总是蠢蠢欲动，拍拍张指导，意思是可以换我上场了。张指导给我机会，然后我每次都能发挥好，我就有一种挑战精神。渐渐地，张指导对我放心了。

"我最失落的是，上海队一直不要我。但张祖恩教练（曾为国家男排主力二传）总是鼓励我，要我有耐心。他给上海队李宗镛教练打电话，给我争取了一个机会。那是1983年，全运会的模拟赛在杭州举行，我穿13号球衣随行。你知道一个队是12名队员，13号就意味着编外，而编外一般是不能进场地的。所以12个人坐上圆桌吃饭，我也很知趣，就不往这一桌挤。然后我就规规矩矩地等着人家重新编组，哪想到我竟然被编到了教练那一组，那一组有袁伟民、邓若曾……哎哟，就我一个小队员。大人在说话，我那个头就像个拨浪鼓一直在转，为什么？大人不动筷，小队员也不能动筷，就一直在看。然后，国家体委排球处的公元弟处长说，这个小胖子挺可爱的，是哪个队的？李宗镛教练说我是上海队的。于是我赶快自报家门，打什么位置，擅长什么，赶快展现自己……我只有一周的试训机会，那一周我把一天当两天用，甚至每天训练比她们多练一小时。我知道，我如果试训好了，就意味着能留下；如果不好，就只能离开。

"当时，我们与东道主浙江队比赛，大比分是1：2落后。看到场面落后，我第一次主动请缨，但教练都没有回头看我一眼。当我看到上海队大比分落后时，我再一次提起嗓门对教练说：'教练，可以换我了吧！'此时，教练回过头看了我一眼，依旧没有回应我的请战。第三次，我按捺不住内心想上场的渴望，鼓足勇气大声地对教练说道：'教练，我可以上了吧！'教练回头皱着眉头，'你能行吗？'我几乎是脱口而出，'我能行！'因为我的人生字典里从来没有'不行'二字！最终，我在赛场上证明了自己，我做到了！我们也很幸运地以3：2赢了东道主。回到上海的两个月后，我就入选了中国青年女子排球队。

"1986年，我从国青队来到国家队，我当然是替补，但我始终在等待机会。我觉得，我不能老等人家老队员退了我再上去，而是要在老队员正当年的时候，我能够顶替上去，这才是实力。"

1989年开始，李国君开始担任国家队的主攻手，在四号位强攻，力量足，变化多，成为中国女排的灵魂队员，中国女排也因为有了李国君这个领军人物，迎来了"白银时代"，1989年和1990年，中国女排两次获得世界亚军，但1992年巴塞罗那奥运会，因为球队战术问题和李国君的突然受伤，中国女排又一度沉寂。李国君没有赶上中国女排的鼎盛期，英雄难免落寞，但她已经做到了极致。

李国君：那个永远踮脚走路的人

1989年，中国队获女排世界杯亚军，李国君（右一）被国际排联评为最佳运动员

## 四、感恩生活的给予

生活是一面多棱镜，每个人都有自己不同的生活侧面，而正是这些侧面，恰恰更能生动地能展示人物的个性、教养和精神世界，展示她们独特丰富的别样人生。

李国君从小就是一个懂事的孩子。因为她和弟弟都参加体育训练，父母比别的家长辛苦。在区体校训练时，开始时每天都要接送，风雨无阻。但稍大一点，李国君就不让爸爸妈妈接送。每天晚上，李国君和弟弟都是抱着闹钟睡觉的——不是怕听不到铃声，而是怕闹钟把爸爸妈妈吵醒！每天早上闹钟一响，姐弟俩就第一时间将闹铃关掉，生怕把爸爸妈妈惊醒了。到了体校，姐姐担当起"妈妈"的责任，对弟弟履行照顾和监督的职责。她对弟弟很严厉，有一次周日要返校了，弟弟正发烧，

53

爸爸又正好出差了，弟弟在妈妈面前提出不想去学校了。李国君听了就教育起弟弟，说："爸爸说过，碰到困难不能退缩，要不然你就不要走体育这条路！走，跟姐姐一块去学校。"李国君拽着弟弟就走，妈妈从后面追出来，埋怨道："你这丫头，唉，究竟谁是妈啊！"在姐姐的督促下，弟弟被逼上了公交车。车到公兴路站时，距离水电路上的体校还有很长一段路，弟弟实在走不动，李国君不由分说地背起弟弟就往学校走。

"体育改变了我的一生，它首先培养了我顽强的意志、坚韧的品格。"李国君如是说。

在姐姐的影响下，弟弟也非常懂事，训练成绩和文化成绩都很优秀。有一次，弟弟曾跟她开玩笑："姐姐，你当过国家青年队队长、国家队队长，但你没当过班长，对吧？"

"是吧，那时，我在市体校排球队人最小，不要说班长，队长也是很晚才当的，你当过班长，你比我牛！"李国君觉得弟弟说得有理，就顺便送了个人情。

在家里，爸爸总是鼓励姐弟俩，是他们最坚强的后盾，妈妈则更加和风细雨。

"妈妈和爸爸有时会来看我，每周一次。每次来，我都不会让他们来排球馆，因为我怕妈妈受不了。记得有一次，妈妈悄悄进了排球馆，她在那边看，我在这边拼命练，我浑然不觉，直到有队员碰我一下，我才意识到有人在看我。那时，我就奔过去，跟妈妈抱在一起，我们俩的眼泪就唰唰地流下来。

"其实，我知道练排球很苦，真的，有时候这份苦不是常人能够吃得了的，但我愿意吃这份苦，因为你吃的苦能够换来荣誉，特别是想到五星红旗升起的那一刻，你就会觉得海阔天空，所有付出都是值得的。"

## 五、精彩的下半场

1993 年，李国君因为伤病的困扰宣布退役，人生新的一页等待着她去书写。

李国君是上海体育系统第一个吃螃蟹的人。回到上海的李国君于 1993 年底，创办了国君—银泰女子排球俱乐部，这是全国第一这家以运动员名字命名的排球俱乐部。1997 年，她和进才中学签署了合作协议，这个培养模式打破了以往专业队输送人才的惯例，李国君也成了全国范围内实践"体教结合"的第一人。2001 年，李国君与进才中学校长袁小明一同创办了李国君排球学校。20 年来，李国君和她的孩子们收获了诸多荣誉，代表上海拿了全国中学生排球锦标赛、全国少年排球赛、全国青年排球赛和亚洲少年排球赛等大赛的冠军；向国家排球队、国家沙滩排球队、上海队、八一队、广东队等输送了 30 多名优秀运动员，上海男排主力戴卿尧、八一队二传吴逸闻都出自李国君门下。

作为教育专家，谈到时下的体教融合，李国君打开了话匣子。

"当年选进才，看中的不仅是学校的名气，更是这所学校的文化氛围，尤其是进才中学给予排球学校学生插班学习的'特殊待遇'。环境造就人，既然是'体教融合'，就要真正地将两者结合到一起去。"李国君说，"在我看来，运动训练和文化教育缺一不可，文化教育是基础，更为重要的是，训练要融到教育之中。"

李国君坦言："当年进市体校，就算想读书，就算成绩再好，为了打球也要有所牺牲。现在的孩子，特别是像我们俱乐部的运动员，不能贸然走这条路，不光要打好球，也要让孩子接受良好的文化教育。这是以人为本，是时代的进步。"

李国君排球学校的学生分布在三所学校，大多数学生都寄宿，集中起来管理，上百个学生的名字她全都叫得出来。李国君最让家长信服的，就是对运动员的文化教育从不放松。每周五离校回家前，她都督促学生们把语文、英语要背的课文背出来再走；每学期设立奖学金，不管是训练还是读书，只要有进步，一律都有奖励。李国君培养人有个"三好"标准：做好人，读好书，打好球。现在，复旦大学、上海交通大学、上海大学等高校每年都来招李国君排球学校的毕业生，升学率达到100%。

  采访完李国君，我感慨良多。李国君是60后，她是那个时代优秀运动员的代表，不仅在球场上，也体现在生活的方方面面。她是幸运的，因为她赶上了改革开放的大时代，而且投身于体育这个最能展示她非凡能力的舞台。这一代人有太强的承受力——虽然比起他们的大哥大姐、知青兄妹来，或许少了些人生的大风大浪，但这一代人依然令人尊敬。

  我希望，大家不仅记住比赛场上叱咤风云的李国君，更要记住隐忍执着、永不言弃、侠骨柔情的李国君。

张德英：
## 一叶扁舟弄沧海

在希腊奥林匹克公园纪念墙上镌刻着这样一句话：无所不能的神，请保佑我获得胜利；如若不能，请赐给我勇气。

现代奥运会从1896年开始，中国体育人历尽艰难坎坷，屡败屡战。直到1959年，乒乓球运动员容国团在德国多特蒙德举行的第25届世乒赛上勇夺男单冠军，才结束了中国在世界体育舞台上的冠军荒，历时整整64年。

也正是容国团拿到第一个世界冠军的那一年，上海市青少年体育学校应运而生。18年后，张德英在英国伯明翰举行的第34届世乒赛上，与队友一起勇夺女团冠军，这也是市少体校获得的第一个世界冠军。

更为特殊的是，张德英是中国1 680万知青中唯一的世界冠军。

张德英生于1953年，她是与新中国一同成长的一代人。在她的背后，是波澜壮阔的历史画卷，一叶扁舟是如何在历史的巨浪中经受考验、驶向彼岸的？我有幸采访到了这位世界冠军。

### 一、霸占乒乓桌的小女孩

张德英说，自己从小就喜欢乒乓球，有一种着魔的感觉，什么都可以不要，但不能没有乒乓球。这种疯魔是与那个时代的氛围息息相关的，也是与上海乒乓球运动良好的发展紧密相连的。

1959年，容国团为中国夺得了第一个世界冠军，拉开了中国体育走向世界的大幕。容国团有一句名言："人生能有几回搏！"这句响亮的口号，曾激励无数热血青年投身社会主义建设的伟大事业；对体育少年而言，榜样的力量是无穷的，全国由此掀起了乒乓球运动的狂潮，可谓春风过处，万物葳蕤，生机勃勃。

1961年4月，第26届世乒赛在北京举行。在那届运动会上，中国代表团取得了男团、男单、女单3项冠军，而参加男团比赛的3名队员中，有2位是上海籍选手，分别是徐寅生和李富荣。这也展示了上海乒乓球运动的强劲实力，开启了上海乒乓球运动的荣耀征程。在《国球之"摇篮"：上海乒乓名将访谈录》一书中记载："新中国成立以后的七十年间，中国在乒乓球比赛中共获得115个世界冠军，其中来自上海的运动员、教练员就有20人之多，在全国排名第一。"另外，在入选国际乒联名人堂的运动员中，中国运动员有32位，来自上海的则有8位，他们分别是徐寅生、李富荣、张燮林、林慧卿、张德英、曹燕华、王励勤和许昕，比例高达25%。

乒乓球运动的巨大成功有力促进了这项运动的普及与提高，当时，上海中小学普遍掀起打乒乓球的热潮。张德英在常德路小学就读，她看到高年级同学打乒乓球，心里痒痒的，也缠着爸爸要买乒乓板。爸爸疼爱女儿，满足了女儿的要求。当时，学校只有3张乒乓桌，全校几百号人都要一试身手，僧多粥少。张德英性格外向，天生"冲得出"，她的招数是：在下课铃声响起之时，拿上乒乓板冲向乒乓房，抢占地盘！可即便这样，因为她年龄小，还是有比她跑得更快的高年级同学捷足先登。不过，张德英人小鬼大，想出必杀招：在上课结束前几分钟，总是借上卫生间的名义，从容走出课堂，抢占乒乓桌。后来，张德英甚至发展到直接逃课，这样，学校乒乓室就成了她的专用教室！也正是她的好强争胜，张德英被体育老师相中，入选校乒乓队，开始了她乒乓球追梦征程。

1964年暑期，上海市青少年体育学校招生，徐介德教练看中这个眼光锐利、虎头虎脑的小女孩，张德英很幸运地被带到了市少体校。

## 二、周总理为她颁发奖状

对于张德英而言，在市少体校的五年，是她生命中的芳华记忆。

20世纪60年代初，水电路上的市少体校，是众多上海体育少年向往的地方，每年有近两千人报考，而招生指标仅一百来人。

当张德英踏入市少体校的大门时，心中充满了喜悦。校园好大，里面有田径场、足球场、篮排球场、田径房、乒乓房、游泳池，教学楼和食堂也很气派，学校占地300多亩，比原来的常德路小学，不知要大多少倍！

学校食堂伙食好，每天有一元钱的伙食补贴，这可是很难想象的事情，因为30元的伙食补助，几乎就是一个人的月工资！社会上绝大多食品、副食品都要凭票限量供应，但在市少体校，外面很难买到的鱼肉禽蛋食品，学校食堂几乎天天供应。

当然，最开心的就是走进乒乓球馆，那一长溜10多张乒乓桌，让她心花怒放。在这里，她再也不用抢乒乓桌了！

张德英师从首届全运会女双亚军池惠芳教练。进校以后，池教练主要抓基本功、动作的规范性。张德英打球"路子野"，规范性不够，但优点是勤奋、专注、有一股狠劲、头脑灵活。教练的要求，她领会得非常快，所以，没过多久，技术水平在短期内有了突飞猛进。张德英有"野心"，她将庄则栋、徐寅生、李富荣、张燮林、林慧卿、郑敏之、李赫男等世界冠军的照片贴在床头，以此激励自己。

"当时，练球的氛围非常好。新生很多，教练不可能专门对你一个人下功夫。我们小班的运动员是一组,很多时候是大班的男队员与我们对练。大队员都很负责,与我对练的是师兄吴新民(上过美国《时代》周刊),他在发球时有个习惯动作,左脚先要猛力一蹬,然后借势发力。我也学师兄的这一招,结果,这也成了我的习惯动作。"张德英谈到那一段经历时,开心地笑了。

经过一年多的刻苦训练,张德英的成绩蹿升飞快,在上海市少年比赛中脱颖而出,拿到了女单冠军。1966年,13岁的张德英与徐剑琴、邵培珍编在混合组,在池惠芳教练带领下参加了在北京举行的全国21城市少年乒乓球比赛,拿到了团体冠军。

获全国21城市少年混合组团体冠军合影留念(前排右一为张德英)

"现在回想起来,那次比赛是我人生中最珍贵的记忆——不仅仅是因为我取得了这个冠军,更重要的是,给我颁奖的是敬爱的周恩来总理。总理给我颁奖的照片我一直珍藏着。只有13岁的我,当时根本不懂事,但随着岁月的推移,才知道那是我人生多大的造化!"

## 三、"不识时务"的懵懂少年

天高任鸟飞，海阔凭鱼跃。拿到全国少年冠军的张德英踌躇满志，在她眼前展开的是一望无垠的美好前程。

但是，天有不测风云。1966年，"文化大革命"开始后，学校组织各种形式的政治学习，只有13岁的张德英，若把她扔在运动场上，她就生龙活虎；而让她一天到晚开会、背语录、表决心，她根本就静不下心。那时，上海市队正要选调运动员，张德英入选原本应是板上钉钉的事，结果却因为所谓的"表现不佳"而化为泡影。就这样，张德英第一次感到命运的无常。

"文化大革命"开始后，训练和文化学习都不正常了。再到后来，训练馆由铁将军把门，不准训练！张德英居然撺掇小伙伴，翻窗进入乒乓房。为了防止学生擅自练球，乒乓房里的球网被卸了，电灯泡也被拧了下来。但这难不倒张德英，她和王家麟两个人，为了打球，私自去购买电灯和球网，然后在乒乓房里大开杀戒，打得昏天黑地。

他们不仅在学校偷偷摸摸打球，还居然骑着单车，到附近工厂、学校去打野球。人家见是两个乳臭未干的小孩，有些不屑一顾，但甫一交手，就甘拜下风，打完一局，就把他俩当"模子"了。当两人趾高气扬地走出工厂时，厂里的小伙觍着脸请他们下次一定再来！但张德英心想，就这么臭的水平，还说下次再来，我可不来了！于是，他俩又会寻下一个目标——这是这对乒乓少年的光荣，也是他们的寂寞无奈！

时间到了1968年，球是彻底不能打了，全国"上山下乡"运动轰轰烈烈开始了。根据上级要求，学校动员在校生都要响应党和国家号召，分批上山下乡。就这样，仅黑龙江生产建设兵团一地，市少体校先后有6批次68人前往，张德英是其中年龄最小的一个。

"那一年，我才15岁。学校在食堂门前开动员大会，号召大家到农村去、到边疆去、到祖国最需要的地方去。但我就是不报名，因为我是冠军，我要打球，我不想去黑龙江。这是我的真实想法。工宣队做我的思想工作，但我非常抗拒。最后，爸妈还是做了我的思想工作，'囡囡，我们还是要服从组织安排，球不可能再打了，因为市少体校停止招生、停止训练了'。"

在百般无奈之下，初三尚未毕业的张德英在报名表上签下了名字。

"记得我走的那天是1969年的4月29日，学校全体师生都来欢送我们，我们一起去的同学有19个，有排球、足球、篮球和乒乓球队的，也有田径队的。汽车把我们拉到老北站，我们女同学都哭得昏天黑地。"

从上海到黑龙江林场，知青专列在3 000多公里的铁路线上开了整整三天三夜。虽然有千万个不情愿，但那片有着林海、雪原、湖泊和珍奇异兽的神奇的黑土地在等待着她们，张德英还是充满了期待。

## 四、在北大荒重塑人生

在报名去北大荒的时候，张德英一脸稚气地问工宣队："叔叔，到黑龙江生产建设兵团，有乒乓球打吗？"

"黑龙江生产建设兵团属于沈阳军区，整个东北都是沈阳军区管辖，难道那么广袤辽阔的东北大地还放不下一张小小的乒乓桌？"工宣队叔叔回答道。

张德英觉得叔叔说得很有道理，自己的想法未免太幼稚了！

经过三天三夜，火车开到黑河地区的一个叫不上名字的火车转运站，这也是张德英一行的目的地。当火车抛下40多号知青呼啸而去后，知青们蓦然发现，这个接受知青屯垦的火车转运站，除了一间值守人员住的简易小屋，其他一无所有！

带队领导说:"知青同志们,我们是来战天斗地的,现在是考验我们的时候。今天,咱们就地搭帐篷宿营!"

北大荒的第一夜,张德英无法形容当时绝望的感觉。

"没有经历过的人是无法想象的,以为别人在说天书。当时只有两个帐篷,一个住男的,一个住女的。同住的还有劳动改造的一干服刑人员。我们女生根本不敢睡觉,大家背靠背坐了一宿。

"离开上海时,我们还可以放声大哭,但在这里,哭还有什么用呢?"

在转运站,知青们的主要工作是搬运货物。听到火车的轰鸣,他们就本能地起身、集中整队,通常的工作是卸煤、搬木材和面粉之类的东西。简易木屋没有电灯,在没有月亮的晚上一片漆黑。最大的问题是厕所在野外,要走一段路,所以开始时,女孩子都结伴而行。张德英说,最难忘的是到了第七天,从上海发来的家信到了。晚上,知青们点起蜡烛,一边看信,一边哭。哭声由少到多、由弱而强,整个转运站都笼罩在悲凉的气氛中,但无边无垠的林海最终将这些撕心裂肺的哭声吸纳在夜色里,化为乌有。天明后,这里又有嘹亮的军歌响起。

"三个月后,我爸来信说生病住院了。当时,我一方面是太想爸妈了,另一方面也想逃离这个地方,于是就寻思着回去。但请假是不太可能批准的。我主意大,撺掇另一知青跟我一起逃。结果同伴到了哈尔滨就后悔了。她说逃回去的话,不光自己没有好果子吃,连父母也会受连累。我说,我才不怕呢!结果,同伴回了农场,而我独自南下。"

张德英人小鬼大,她寻思:自己擅自离队,组织上肯定要派人来堵,走常规的线路不安全。于是,她决定乘火车,在哈尔滨前一站下车,然后再坐哈大线,到大连坐轮船返沪。到大连,她花了九块钱买了一张五等舱船票,当轮船鸣笛起航的那一刻,她终于松了一口气。

张德英回到上海,父母被吓了一大跳,小姑娘居然逃回来了!连队前后发了五份电报要她回去,语气一份比一份严厉。父母也想办法让她留下来,托人就近到崇明插队,但她户口在黑龙江生产建设兵团,兵团不放，那就毫无办法。于是，张德英只好回去，受到了警告处分。

　　受了处分的张德英自然矮人一截。作为对她的教育和处罚，她的工作也作了调整，先是去喂猪。她最怕猪，猪的叫声让她心惊肉跳；她爱干净，而整天与"二师兄"在一起，让她头皮发麻。后来，连队又让她去食堂，劈柴担水搬煤，烧七个炉子，什么脏活累活都干。有一次，一个黑河过来的老同学顺道来看她，问张德英："喂，小老虎（张德英的绰号），侬哪能要烧这么多炉子，弄得过来吗？"张德英很直爽："唉，做做就习惯了，劳动改造呀，有啥办法啦。"

　　张德英的生活虽然很艰难，但连队都是年轻人，而且有不少是市少体校的同学，大家嘻嘻哈哈，日子过得还蛮开心。繁重的体力劳动，释放了青春的压抑，张德英和大家一样，逐渐都明确一个目标：要彻底抛弃资产阶级享乐思想，扎根边疆，用青春和汗水去改变边疆的落后面貌。至于那个乒乓梦想，她似乎早就遗忘了。

　　1970年夏，师部领导来连队检查工作，看到连队上海人特别多，宿舍卫生特别整洁，桌子上还摆放着书籍和照片，表扬了这批上海知青，还顺口说："唉，你们如果有人会拍照，把美好的青春影像留下来该多好！"

　　"领导，我会啊！我以前拍照、洗片都干过。"在一旁的张德英脱口而出。

　　"是吗，小姑娘看不出啊，人才啊。"经过简单的交流，领导当即拍板，"张德英，你明天来一趟师部，我派你去哈尔滨出差，采购120相机，再买一些胶卷和药水。就这么定了！"

　　就这样，张德英在师部开了一个名叫"北国风光"的照相馆，旁边还有小卖部、理发店和服务社等。照相馆营业以后，周边的知青都来了，一元钱一张照，生意红火，最多一天拍了300多张。冲洗照片时，因为在药水中浸泡时间过长，张德英的手都变黄了。为了做好服务工作，张德英还主动下连队，遇到了许多同学和上海知青。她没想到的是，下面的连队条件更艰苦，吃的是黑馍馍加菜汤，住的是简易木房，还漏风，有的连房门也没有。有那么一瞬间，张德英似乎一下子有了莫名的优越感，但这种优越感又瞬间消逝，被悲哀无奈所替代。

南开大学新闻与传播学院院长刘亚东曾是知青，他在一篇回忆文章中提到王海容，写到过知青的艰难生活。当时，知青的疾苦少人问津，一个与王海容有交情的同学要她将一封反映知青生活现状的信转给毛主席。王海容没有借故推脱，把这封信交给了主席。她的这一善举为全国知青

张德英在黑龙江生产建设兵团一师师部照相馆工作时留影

做了一件功德无量的好事。主席阅后作了重要批示，后来周总理主持召开了全国知青工作会议，知青的生活有了一定改观。

"一个人一生只要做过一件好事，我们就要纪念她。"这是刘亚东纪念文章的最后一句话，意味深长。这件事从一个侧面反映了那个时代一千多万名知青的真实处境。

## 五、"乒乓外交"机遇下的人生逆转

1971年3月28日，第31届世乒赛在日本名古屋举行。在那届比赛中，中国队在总共7个项目中夺得男团、女单、女双和混双4块金牌，风光无限。更重要的是，由此开启的"乒乓外交"对中美关系的正常化意义重大。为此，中央新闻纪录电影制片厂和北京电视台联合拍摄了黑

白纪录片《乒坛盛开友谊花——第三十一届世界乒乓球锦标赛》，影片在全国播放。

5月初的一个晚上，师部在露天广场上播放这部纪录片，知青们拿了小板凳倾巢出动。晚上天气有些阴冷，大家的观影热情却非常高涨。张德英也非常开心，抢占了有利地形，但她心里却有着特殊的情结，激动期盼中带着几分失落、迷茫。当男子团体决赛颁奖时，徐寅生教练和队员们高高举起斯韦思林杯时，张德英感到特别亲切，因为在她读小学时，世界冠军徐寅生的照片就贴在她的床头。在女单决赛中，来自上海的林慧卿战胜同样来自上海的郑敏之获得冠军时，知青们都报以热烈的鼓掌，张德英的手拍着拍着，一下子就哭了。

她原本也可以成为站在最高领奖台上的那个人！

回到宿舍，大家还在兴奋中，张德英却沉默了。她从箱子里找出那块用毛巾裹着的红双喜乒乓板，发现板上的胶皮都已化了，她已经有4年多没有摸过这块板了，她呜呜地哭了。巨大的失落感，像无边的黑夜将她淹没。她的脑子里有无数个为什么：为什么我不能到市队？为什么学校要停训？为什么我必须到北大荒？北大荒为什么连一张乒乓桌也容不下……

张德英在油灯下展开信纸，给徐寅生教练写信：徐指导，我是黑龙江生产建设兵团一师某部的上海知青张德英，原是上海市青少年体育学校乒乓球运动员，曾获得1966年全国少年比赛冠军，周总理还为我颁过奖……信中，她表达了想再回去打球的愿望。可是，这封信石沉大海。

在很多年后的一次聚会上，张德英见到徐主任，问他是否收到过这封信。徐寅生非常惊讶，说没有收到，要是收到她的信，肯定会回信的！

人生无常，命运多舛，老天爷对张德英的考验还没有结束。

因为"乒乓外交"的巨大助推力，乒乓球运动再次风靡祖国大地。张德英和知青们动手弄了几块木板，拼成一个乒乓台，工作之余，知青们打得不亦乐乎。张德英当然没有对手。不久，生产建设兵团在孙吴县政府礼堂举行乒乓球比赛，这给了张德英一展拳脚的机会。在那次比赛中，张德英毫无悬念地赢得女子组冠军，也正因为张德英实力超群，主办方让她同男子组冠军、同样来自上海的王昉打一场友谊赛，结果，张德英胜出。

这个冠军虽然并不显眼，但重新点燃了张德英重返乒乓球舞台的希望。

张德英获得乒乓球冠军的消息在兵团报纸上刊登后，引来了多方关注。省队让她去试训，但张德英心有余悸，她摔过跟斗，不敢擅自去试训。就这样，打报告走流程，军区不同意。此时，张德英父亲病重，她被允许探亲。在经过哈尔滨时，张德英抽时间偷偷去完成测试。

"当时，我没有正规的球鞋，穿了一双翻毛皮靴。他们见我这奇怪的打扮，有点轻视，但站到乒乓台前时，我把他们全干趴下了。"黑龙江省队的吴指导当场拍板要张德英，但张德英说，去兵团办手续可能费一番周折，希望能给她时间。

但这一等，就是大半年！

其实，张德英也有其他选项，沈阳军区体工队、北京对外贸易学院都要她，但她一心想进专业队，实现自己的冠军梦想，所以都一一回绝了。

当时，沈阳军区也是为了留住人才，一直压着张德英的报告。但张德英清楚，自己已经浪费了前后六年的大好时光，不能再等待了，她必须主动出击。

那是一个冬日的晚上，张德英硬着头皮去找参谋长。

"晚上零下30多度，外面是纷纷扬扬的大雪，我冒着雪，脚下发出咯吱咯吱的单调声音。当时我心里特别沉重，也特别紧张，但我有一份勇气，这份勇气是体育运动给我的。

"当我敲开师部参谋长家的大门时，他非常亲切地叫我进去，参谋长夫人为我沏茶。我向参谋长详细诉说了面临的困境和自己想继续实现乒乓梦想的愿望，讲到伤心处，忍不住流下了委屈的泪水。在一旁的参谋长夫人也悄悄地抹眼泪。

"参谋长默默地倾听，非常耐心，不随意打断我的话。他只是问了我父母的情况，特别是对我父亲的健康表示关切，让我非常感动。他没有当场表态，要我等消息。"

第二天，师部人事处打电话给张德英：经师部研究，同意她赴省队集训，并通知次日早上7点，师部将派车送她去火车站。

"出发的那天早上6点45分，参谋长的吉普车就停在我们宿舍前面。根据领导要求，除了本宿舍的知青，我不能与连队的战友们告别。就这样，我悄然离开了这个爱恨交织的地方。"

这是一班开往春天的列车，积雪在消融，松林在吐绿，鸥鹭在飞翔。张德英突然发现，这个令她失望至极的地方，原来还是有那么美丽的一面。在火车嘹亮的轰鸣声中，大兴安岭广袤无垠的松林像肃立的战士，在向她挥手道别，她的泪水又一次掉下来。这是她的第二故乡，是她重生的地方，将一个不谙世事的都市小女孩，磨炼成可以直面一切困难和挫折的勇敢战士。

"在我的人生中，参谋长是我一生的贵人。没有他，就没有世界冠军张德英。"张德英如是说。

## 六、中国队的张德英

张德英是黑龙江省队的绝对主力。1972年6月，张德英首次参加全国成年组比赛，就获得女子双打第三名的佳绩。1974年，作为黑龙江省队女一号，张德英与队友合作，一举夺得全国锦标赛团体冠军。

因为张德英的加盟，黑龙江女队水平突飞猛进，人们也习惯称她为"黑龙江队的张德英"。但张德英对这个称呼感到刺耳，她说："我不喜欢'黑龙江的张德英'，我要让大家叫我'中国队的张德英'！"

张德英是一个天赋极高的运动员，但她更是一个特别刻苦的运动员。为实现"中国队的张德英"这个目标，她千方百计为自己加练。周日，人家都休整，张德英一个人加练两个小时发球，所以，她的高抛发球非常稳定。在力量训练时，她在小腿上绑上沙袋，小腿上勒出了血印，队友都惊呆了，但她依旧谈笑风生；她还在黄沙上练步伐，和男队员比长跑。

1975年，为征战斯堪的纳维亚公开赛（又称小世界杯），国家队向张德英发出邀请，征调她进国家队集训。显然，如果她能在集训中脱颖而出，就有资格身披国家队的征袍。

"我走的时候，拖着一个很大的行李箱，我跟队友们说，我肯定不会回来了。"除了天赋、刻苦，张德英还有超常的自信！

张德英的国家队集训顺利过关，第一次代表中国参加国际比赛。但没想到，因为鞋跟过高，在访问期间的训练中她崴了脚，脚肿得连球鞋都穿不下。她轻伤不下火线，索性散着鞋带，咬牙坚持。每天打完比赛，嘴唇都被咬破了，大腿被掐得都是淤青。19场比赛，她以18胜1负的战绩经受住了考验，成了"中国队的张德英"！

1976年，第三届亚洲乒乓球锦标赛在朝鲜平壤举行，张德英获单打亚军，并与河南选手张立合作，获双打亚军，与八一队李振恃（上海队输送）合作，获混双第三名。

1977年，张德英参加在英国伯明翰举行的第34届世乒赛，在团体赛中，张德英出战朝鲜队、日本队和韩国队等重要场次比赛，共打了4盘单打、3盘双打，全部以2∶0取胜，为中国队夺得团体冠军立下战功。另外，张德英还在单打比赛中夺得第三名。

1979年，张德英参加在朝鲜平壤举行的第35届世乒赛，在女团决赛中又以全胜战绩为中国队再立新功，并获单打第三名，还与张立合作加冕女双冠军。

| 五环下的遇见

张德英比赛英姿

1981年，在南斯拉夫诺维萨德举行的第 36 届世乒赛中，中国队囊括全部七项冠军，张德英系女团冠军的主力队员，并与另一上海选手曹燕华合作，荣膺女双冠军。

为表彰张德英为中国乒乓球事业作出的特殊贡献，国家体委五次授予她国家体育运动荣誉奖章。

## 七、从此天涯一扁舟

由于中国乒乓球队人才济济，新秀不断涌现，1981年世乒赛后，年届 28 岁的张德英，纵是世界排名第一，威风不减，但也要顺应潮流，急流勇退。

张德英说，自己能够从绝境中走出，尚能在世界乒坛占有一席之地，此生足矣。

是啊，张德英是千万知青中唯一的世界冠军，她的人生并不是预设的，她与体制内的运动员有着太多的不同。一叶扁舟可以抵达梦想之所，人生已了无遗憾。她经历过太多的风雨，也迎来了满天彩霞，现在到了刀枪入库、放马南山之时。"一蓑烟雨任平生""也无风雨也无晴"，人生境界，夫复何求？

在外浪迹15年，张德英终于正式回到上海。她担任上海乒乓队女队教练。张德英笑称，她是一个不安分的人，喜欢走自己的路。五年后，一叶扁舟再次出发，加入了"洋插队"的行列。

张德英坦言："我们都是被时代推着走的人。如果上山下乡赴黑龙江生产建设兵团是被动选择的结果，那么去美国留学打球是我自己的主动选择。我觉得，个人的选择权体现了一个时代的文明进步，我很庆幸赶上了一个更包容、更多元的时代。"

采访中，张德英谈到了她的赴美经历。

应美国乒乓球协会副主席的热情邀请，张德英赴美求学。当时，云异国他乡也需要莫大的勇气，因为前方是不可预知的困难。巧的是，同机赴美的还有中国女排名将周晓兰。下机后，张德英和周晓兰同住在张德英洛杉矶担保人的家里。两人促膝长谈，相见恨晚。次日，周晓兰转车去马里兰州，而张德英怀揣400美金开启了大学学习生活。虽然不懂英文，但世界冠军的经历、她的自信和吃苦精神，使她很快融入大学生活。她一边读书，一边兼职做乒乓球教练，很快有了一批学生，也结交了许多朋友。后来，由学生搭桥，张德英还去了韩国和中国台湾，做这一段时间的教练。

1998年，在外漂泊了12年的张德英回归祖国。在领导的关心和支持下，张德英在卢湾体育馆创办了张德英乒乓球培训中心。张德英觉得，上海的乒乓球基础非常好，特别是竞技体育，已领先于全国，培养了一大批世界冠军。但群众体育还有非常大的潜力，而且，乒乓球项目的广泛开展，对竞技体育也是有力的支撑。成立张德英乒乓球培训中心，也是她乒乓梦的延续。

张德英不单单只是追求经济效益，也同样关注社会效益。球馆开馆头三天，免费向社会开放。她举办各种类型的业余大赛，还为福利院的小朋友组建了"爱心乒乓球队"，履行一个企业家的社会责任。在张德英的人生经历中，"知青"是一个无法抹去的身份，她对"知青"特别有感情，因为她是1 680万名知青中的一员，也是全国知青中唯一的世界冠军。为了致敬那段难忘的岁月，从2017年开始，张德英举办了"张德英杯"老知青乒乓球赛，国际乒联终身名誉主席徐寅生、国家体育总局原副局长李富荣、世界冠军曹燕华等都前来捧场。作为比赛的发起人、承办方和知青代表，张德英在开幕式上做了精彩发言，并起头唱起了《到农村去到边疆去》：

到农村去到边疆去

到祖国最需要的地方去

到农村去到边疆去

到革命最艰苦的地方去

祖国啊祖国

养育了我们的祖国

要用我们的双手

把您建设得更富强

……

张德英的歌声像一粒火种，瞬间点燃了台下无数知青的心灯。大家一开始是轻轻地哼唱，继而声音由远及近、由弱变强、由低到高，最终汇成滔滔洪流，奔涌向前……

48年前，这批风华正茂的上海知青，舍小家、为大家，奔赴大江南北、祖国边陲；而今，这批满脸风霜、两鬓苍苍的老人们，唱起这首歌时依然热血沸腾。在他们的歌声里，那些美好的青春岁月回来了——那并非是简单的歌颂，而是对逝去的青春和一段峥嵘岁月的庄严缅怀。或许，时代亏欠了那一代人，但那一代人胸怀理想、先国后家，无愧时代和后人，他们铿锵的步伐已是空谷足音，将永远回响在历史的天空。

在采访中，我自始至终感受到张德英的那种独特鲜明的个性，敬佩她的坦荡率真，那种未曾被岁月磨平的精神气度，给人留下难以磨灭的印象。这让我想起电影《熔炉》中的一句台词：

"我们一路奋战，不是为了改变世界，而是为了不让世界改变我们！"

在采访的最后，张德英表达了对小运动员们的期待。

"我的经历比较独特，现在的小运动员可能无法理解。我希望他们拥有梦想，珍惜今天，对人生有自己的思考，做一个勇敢的人！"

陆佳雯：
# 心有多高，路有多远

2021年是上海体育大年：奥运会5金4银2铜，创历史最好成绩，全运会36金27银28铜，喜获丰收。作为上海市体育运动学校的一员，我也为学校在奥运会、全运会中取得的佳绩感到骄傲。东京奥运会上，学校输送的许昕、黄雪辰、张芷婷等优秀运动员交出1金3银1铜的出色答卷；全运赛场，学校输送的199名运动员参加了比赛，其中，89名

陆佳雯在第14届全运会女子跳高决赛中的风采（王佳斌拍摄）

运动员分别在集体和个人项目上，勇夺 9 金 5 银 7 铜。

媒体对奥运会、全运会选手的报道非常热烈，蝉联奥运冠军的许昕被称为"许旋风"，风头强劲，而 19 岁的美少女陆佳雯不仅是"颜值担当"，还被誉为"中国田径的希望之星"。

11 月 17 日，我采访了陆佳雯，与她进行了一个小时的访谈。

## 一、"年轻人不讲武德"

话题要从 2021 年的陕西全运会女子跳高决赛谈起。

这是陆佳雯的第一次全运会，比赛可谓一波三折，悬念丛生。最终，陆佳雯以绝杀登顶，真的是太精彩刺激了。

"这是我第一次参加大型综合性运动会，有点紧张。这与两年前的青运会完全不同，青运会时，对手较弱，所以我一点也不紧张，比赛很放松，跳出了 1 米 90 的成绩。但本次大赛不一样，我是进入决赛选手中年龄最小的，比赛的压力非常大。"

陆佳雯的主要对手是刘肼毅、胡麟鹏、张春璐、杨文蔚等。跳高选手的身材条件出众，全运会女子跳高赛场就像走秀场。刘肼毅曾屡获全国冠军，经历过大赛的考验，经验丰富，有大姐大的气场；有"北体六校花"之称的胡麟鹏曾获得过年度总冠军和全国冠军赛冠军的头衔，人气高涨；而来自香港特别行政区的杨文蔚，有模特经历，也曾创造过 1 米 88 的佳绩，媒体用"颜值逆天""颜值顶格"来形容她，热度爆表。当然，全场焦点，其实还是在陆佳雯身上，不仅因为年轻和颜值，更是因为实力，三年来，虽然大赛表现还有待突破，但每一年她都是年度最佳成绩的创造者，尤其是青运会 1 米 90 的成绩，是其他选手未曾触及的天花板。

9 月 21 日，全运会女子跳高决赛在西安奥体中心拉开帷幕。起跳高度为1米65，陆佳雯轻松跃过。但在1米70的高度，陆佳雯技术动作有些不充分，第一次试跳居然没过。后面，虽然1米75一次过，但1米80和1米84，陆佳雯均是第二次才跃过，这对最终的排名将产生不利影响。不过，当横杆升到1米84时，只有三位选手跃过这个高度：陆佳雯、刘朏毅和张春璐。这也意味着全运会奖牌已经到手，陆佳雯的第一目标已完成。当横杆升到1米87时，陆佳雯似乎从刚才的紧张中放松下来，第一次试跳就顺利过关，将压力抛给了对手。刘朏毅也不负众望，第二次跃过了横杆，张春璐则三次失败，失去争夺冠亚军的机会。由此，女子跳高比赛从群英会演变成两位高手的对决。面对1米90的高度，刘朏毅和陆佳雯的第一次试跳均以失败告终，在第二次试跳时，刘朏毅惊险过杆，压力再一次抛给了19岁的陆佳雯。当对手完成这个高度，兴奋的笑容绽放在脸上时，陆佳雯却一下子蒙了，脑子一片空白。陆佳雯是这样回忆的：

"本以为1米87一次过，自己应该离冠军不远了，没想到对手这么顽强。在心理还未调整的情形下，我的第二次试跳以失败告终。那真是一种绝望的感觉。

"但是，我马上从失败中醒悟过来，在第二次试跳结束后，立刻与刘指导进行了简短交流。她提示我：你的腾空高度是可以的，要相信自己，你现在要做的就是放松，笑一笑。"

我问陆佳雯，第三次试跳的高度是否是教练提示的？

"这个我们都有预案的。第三跳，即使我跳过1米90，也是亚军，还不如冲1米92。而且，我跳1米90时，感觉腾空的高度没有问题，只是在步点和过杆动作上稍稍有误差。我觉得，1米92并非不可能。"

陆佳雯重拾信心，再次站到了步点前：助跑、起跳、过杆、落垫，一气呵成，太完美了！陆佳雯用美丽的弧线，惊艳了西安奥体中心。陆雯激动地高举双手，跑向看台方向，上海竞体中心的领导们都雀跃欢呼起来，向陆佳雯挥手致意。

对于刘璐教练而言,本次比赛弟子陆佳雯收获了冠军,而她的另一位弟子刘逸雯获得了第八名,实现了赛前的目标,可谓双喜临门。

陆佳雯跃过 1 米 92 时的英姿(王佳斌拍摄)

全运会后,上海《五星体育》采访了陆佳雯,节目第一次采用背景板,主持人要她选一句话作为标签,陆佳雯选了"年轻人不讲武德"来自嘲,她说:"在进入女子跳高决赛的选手中,我年龄最小,但我打败了那些年龄比我大许多的选手,所以有点不讲武德吧。"

## 二、被雪藏的希望之星

早就想和陆雯佳聊聊,写一写这个天才少年的故事,因为在四五年前,陆佳雯就已是中国体坛冉冉升起的希望之星了。但学校不希望对她做过多的宣传,原因是领导和刘璐教练都觉得,陆佳雯需要一个自然成长的空间，不宜拔苗助长；过多宣传，会影响她的心态和训练。确实，随着运动成绩的提升，陆佳雯心理膨胀的苗头开始出现，搞特殊化，觉得别人就应该迁就她，对批评的话有点听不进去。

2017年，陆佳雯跳过1米80后，大家都看到了女子跳高项目的希望。上海田径运动中心也曾希望让陆佳雯尽快到一线训练，以加速她的成才，毕竟一线运动队的训练强度和保障手段，比市体校二线训练要强得多。但是，时任上海市体育运动学校校长盛茂武，力主陆佳雯留在市体校训练。主要原因是：陆佳雯还是少年选手，过早过强的专业训练，可能会对其产生负面作用；特别是陆佳雯是有个性的运动员，刘璐教练的包容性好，她也习惯在刘璐的指导下训练；更为重要的是，刘璐教练的训练方法非常有针对性，近几年，其带训的刘逸雯和陆佳雯均取得优异成绩，实践证明她的训练方法、手段是高水平的。时任上海市体育局副局长杨培刚也非常关心陆佳雯的成长，亲自出面协调。最终，田径运动中心和市体校协商决定，陆佳雯、刘逸雯纳入上海田径运动中心管理，两人的训练仍在市体校，市体校女子跳高项目为一二线贯通，其后勤和科医配套，为陆佳雯、刘逸雯的训练提供了优质保障。

在采访刘璐教练时，她回顾了陆佳雯的成长经历，其间曲折是一般人难以体会的，有些故事也只能留存在师徒的心里，毕竟少年运动员的心智还不健全，教练的包容、引导太重要了，如果离开原来的土壤，在以成年人为主的训练环境中，确实不一定有利其发展。陆佳雯这几年间的进步，也证明了当时这个决策非常正确。

出生于2002年8月的陆佳雯，虽然是本届全运会最年轻的女子跳高选手，但我们来看一下，在刘璐教练带教下的陆佳雯的履历有多惊艳：

2016年，上海市中学生运动会女子跳高冠军，成绩为1米72；

2017年，年仅15岁的陆佳雯，在上海市田径锦标赛中，跳出了1米80的成绩，摘得桂冠，达到了女子跳高一级运动员标准；

2018年，在辽宁锦州举行的全国U18田径锦标赛中，未满16周岁的陆佳雯跃过 1 米 88 的横杆，独占鳌头，并创造了该年度全国女子跳高最好成绩；

2019 年，陆佳雯在洛阳举行的第二届全国青年运动会中，再次刷新个人最好成绩，以 1 米 90 的佳绩夺得冠军，并将 2019 年世界少年最佳成绩提升了 1 厘米，也创造了全国最好成绩；同年，陆佳雯还在香港举行的第三届亚洲少年田径锦标赛中，以 1 米 83 米的成绩夺得冠军，并打破了赛会纪录；在卡塔尔举行的第 23 届亚洲田径锦标赛中，获女子跳高第四名；在第 27 届中日韩青少年运动会上，摘得女子跳高金牌。

媒体对陆佳雯也是不吝赞美之词：

"陆佳雯这两年进步非常大，成绩也稳定，并非是昙花一现的流星天才，17 岁的她有着成为中国女子跳高未来领军人物的潜质，或许可以成为下一个郑幸娟，代表中国出战世界赛场，抓住机会打破金玲保持 31 年的 1 米 97 的全国纪录。"

2021 年是全运年，陆佳雯相继在广东肇庆、福建福州、陕西西安举行的田径分站赛上夺得冠军。

其实，陆佳雯全运会夺冠，虽然是惊险绝杀，但她的实力已经摆在那里。

## 三、教练眼中的陆佳雯

采访刘璐教练是在午休时间。让我感到意外的是，她的嗓子有些沙哑，面色也不太好，这让我有些歉疚。但她还是很热情，跟我说："周老师，你想了解什么，尽管问。"

交谈从她所带学生聊起。让我再次意外的是，她说，她目前带了 17 名学生，年龄从 12 岁到 20 岁，除了陆佳雯和刘逸雯两个一线队员，大部分是二线队员，有的新进的，才刚刚练跳高，只能算三线队员。

我说，你这样会把自己累死，不同的运动员，要有不同的计划和教学啊。她笑笑，拿起大号茶杯，咕嘟咕嘟地大口喝水。

"现在确实是太忙了，课时训练计划起码要制定三份。一线肯定是重点，二线也不能放松，新进来的，人家把好苗子送到你手里，你得负起这个责任。现在，真的觉得时间不够用。因为我训练时常用大茶杯喝水，陆佳雯有一次好奇地问我，你干吗拿这么大的茶杯？我说，你们这么多人，我对一个人说10句话，对20来人就要说200句话，更何况这三个小时我没有停过说话。陆佳雯听后，似有所悟，有些心疼我。她是队里的大姐姐，有时能够辅助我一下。"

"或许我的情况有点特殊，学生需要我，领导也特别关注女子跳高项目，我不能有闪失啊。我时常会想起习总书记说的那一段话，'时间不等人！历史不等人！时间属于奋进者！历史属于奋进者！'我曾经也是专业运动员，那时，跳过1米90是我的梦想。现在学生为我实现了，很欣慰。现在，陆佳雯应该有更高的目标，她的自身条件好，时代也在进步。"

我心里又是诧异又是钦佩，刘璐教练引用习总书记的话那么自然，那么贴切，没有任何矫情。我知道她是一个有使命感的人，也非常理解她的处境，毕竟年过五十，遇到那么好的一批运动员，能够带领运动员以奔跑的姿态迎接每一天，这真是非常美好的事业。

刘璐教练跟我聊了陆佳雯的基本情况。2014年，上海田径专家张如义在督导时，发现川沙体校高凤英教练（也是陈雁浩的恩师）带训的女孩身体条件特别好，当即向刘璐教练打电话，强烈推荐。因为高凤英教练带她练的是跨栏，陆佳雯不懂跳高的项目特点，所以不想来市体校。后经多方做工作，陆佳雯还是按时来市体校报到了，刘璐教练为了稳住陆佳雯想了一个折中办法，让她先跟瞿一敏教练练跨栏，偶尔来练练跳高，培养一下兴趣。三个多月后，陆佳雯有了比较，觉得跨栏挺累的，训练量特别大，而跳高训练相对轻松多了，而且，跳高组的氛围特别好。于是，陆生雯回到了刘璐教练的麾下。

刘璐教练（右）与陆佳雯在训练中

"小姑娘有一个很大的优点，就是胆子大，敢做动作。一般不会跳高的运动员见到横杆会紧张害怕，但陆佳雯不会。具备这种特质的运动员其实是蛮难得的。"

在采访中，我不自觉地用"天才"来形容陆佳雯，确实，她在同龄的跳高选手中太优秀了，但刘璐教练并不同意我的观点，她说，陆佳雯有天赋，但并非天才。天才是无师自通或一点就通，无须耗神耗力就能达到很高水平。但陆佳雯的每一点进步，都是靠她的努力和勤奋、日复一日打磨出来的。

"听说陆佳雯有个性，不太好管。你是如何降服这匹野马的？"

"搞教育工作，我们都知道少年成长是曲折的，走一些弯路有时避免不了，重要的是我们不能放弃对每名学生青春期的引导和管理。陆佳雯在15岁就跳过1米80，成为一级运动员，这在田径项目中是罕见的。

小孩有了成绩就会有些飘，跟教练和老师较劲，不服管，这时必须要做规矩，这对孩子的成长非常重要。"

是啊，陆佳雯经历了那个阶段，她在回顾年少轻狂时，跟我说，"我真的感谢刘指导，没有她就没有我。2018年，我随国家队去芬兰参加世界青年田径锦标赛，是我一个人去的，没有了教练的临场指导，我的成绩很不理想，原本有1米88的实力，但我只跳过1米77。通过比赛，也让我明白山外有山、天外有天，我并不是这个世界上最优秀的。"

刘璐教练说："孩子每一个阶段有每个阶段的问题，伤病、生理周期、青春期叛逆、莫名的不顺心，有时你会遇到各种各样的问题，有时甚至你会觉得，你似乎一下子不认识这个人了。但我们必须很快找到问题的根本，并寻求一套适合她们的方法去解决问题。"

通过短短一个小时的谈话，我体悟到刘璐教练的艰辛，经历多少山重水复的困惑，她总算迎来"轻舟已过万重山"。我真心为这对师徒高兴。陆佳雯也说："我和刘指导共同熬过了最艰难的时候，欣慰的是我们走过最艰难的那一阶段，全运会算是迎来了黎明。我也更理解刘指导的良苦用心。"

说这些话时，我惊讶于这个19岁女孩语气中的沧桑感——这也让我实实在在感到陆佳雯成长的不易。但陆佳雯又说："其实，刘指导是真的把我们运动员当作自己的女儿，她有严厉的一面，但更多的是温馨的回忆。每次比赛结束，她都带我们去逛景点，为我们每个人买东西，出手大方。平时，她也带我们组聚餐，真的像妈妈一样。"

## 四、寻找属于自己的星辰大海

在采访中，我和陆佳雯谈到她的未来。

"在你夺得全运会冠军后，媒体和网友们都已经在为你展望未来，有人说，你是郑幸娟之后中国女子跳高的希望，有望打破辽宁选手金玲保持了 30 多年的 1 米 97 的全国纪录，甚至有望冲击 2 米大关，打破亚洲纪录。"

"其实，我想的没那么远，不想好高骛远。我想的只是做好现在的自己。我知道自己的实力和水平还远没有达到那样的高度。"

"我觉得，媒体和网友对你的期待是有一定道理的，你在跃过 1 米 92 时，整个身体高出横杆至少有 3 厘米吧。"

"跳高需要实力做保证，也需要天时地利人和，偶然性太大了。如果我的训练水平和技术能力都达到很高的程度，我想，我肯定会去冲击一下。至少，我必须要挑战自我，超越自我。"

我发现，陆佳雯其实挺能聊的，她对我提出的问题，都能流畅地表达自己的观点，而且思路非常清晰。

"你觉得，你的弱点是什么？"在抛给她这个问题时，我的初衷是，希望她能够直面困难，少走弯路。不管你有多成功，其实每个人都有迷失的时候，在某种意义上说，你的成功，在很大程度上取决于战胜自己。

陆佳雯略作思考，她说：

"我的弱点主要还是训练上吧，在体能和耐力方面有不足，虽然跳高项目更加重视技巧性，但能补上体能和耐力的短板，肯定会有提高吧，另外，在技术方面也要改进，尤其是稳定性方面。

"当然，我觉得自己应该有更强的自律性。您刚才问我，为什么我的微信昵称是'肥球'，因为我的体型瘦长，所以你们觉得不相衬，但全运会后，教练给我放了一个长假，我就管不住嘴，爱吃零食，长多少肉，自己心里有数。有时，吃了想睡，不想练。训练中也会倦怠，耍小性子。还有，练得累了，打打游戏，放松一下自己，但也会忘了时间。这些都是我的缺点吧。"说起这些，陆佳雯自己也笑了。

陆佳雯说得非常好，坦率、真实、可爱。如果她是我的女儿，我也希望她不要背负太多大人的期望，但事实上，陆佳雯已经不是普通的女孩了，有那么多人，在人生看台上期待她的一次次出场，期待她为上海体育、为中国田径事业书写新的篇章。

2019年第2届青运会，她是上海体育代表团的旗手，当她举着旗子走在队伍最前列时，她已是一代青年的代表和楷模——不管陆佳雯是否准备好，但她必须努力成为那个角色。

2021年，在第14届全运会后，因为表现出色，她被记大功一次，并被授予"上海体育事业突出贡献奖"。

接下来就是2022年的杭州亚运会，大家都期待着陆佳雯的精彩表现。

对于19岁的陆佳雯而言，荣誉与责任都超出了她的预期。当年投到高凤英教练门下时，妈妈对她的期望是，好好读书，好好训练，以后读一个大学，人生就完美了。现在，陆佳雯不再是那个在奥林匹克大门外张望的女孩，而是一个肩负光荣使命、践行伟大奥林匹克精神的使者，她必须从内心真正接受这份荣誉，并以此作为淬炼自己的动力，做一个勇敢的攀登者。

在时代的大江大河里，有过太多的榜样。1957年，郑凤荣跃过1米77的高度，创造了世界纪录，那真是石破天惊，她所经历的艰难与磨砺，是一代青年舍我其谁、勇攀高峰的典范。1985年，陆佳雯在市体校的前辈杨文琴，一年内三破亚洲纪录，创造历史，她的奋斗经历，也同样鼓舞人。我觉得，陆佳雯在汲取前人的成功经验时，需要渐渐建立起自己的精神高地。其实，征服横杆，也是一个征服自己、驾驭自己的过程。心智的成熟，阅历的丰富，文化涵养的提高，思想境界的提升，都是打开成功之门的钥匙。

一条小溪终将奔向河流，它的曲折蜿蜒，原本都是风景。

让我们祝福陆佳雯。

倪夏莲：
乒乓，此生最美的遇见

如果没有乒乓球，难以想象，现在的倪夏莲会是怎样？

如果不是倪夏莲，我们也很难想象还会有第二个人，以58岁的高龄出现在奥林匹克运动会的乒乓赛场。

了解倪夏莲成长轨迹的人都知道，倪夏莲并非是一个为乒乓而生的人，但乒乓馈赠给她的却是最慷慨的。

2021年7月，在东京奥运会乒乓球女单比赛中，年届58岁、代表

时任国际奥委会主席萨马兰奇先生与倪夏莲亲切握手

卢森堡出战的倪夏莲，虽以 3 : 4 极微弱的劣势输给了比她小 41 岁的韩国新锐申裕斌，但依然赢得无数赞誉。各类媒体纷纷报道：《奥运会乒乓球历史上年纪最大的选手倪夏莲：把每一次比赛当做蜜月行》《上海"老阿姨"乒坛"活化石"，倪夏莲五朝元老五味自知》《不老传奇倪夏莲》……"老阿姨"的风头甚至盖过了夺得奖牌的选手。

58 岁的倪夏莲，依然迎来高光时刻，乒乓是她此生最美的遇见。

## 一、上帝没有礼物

1963 年 7 月 4 日，倪夏莲出生在上海杨浦区一个只有 19.8 平方米的小屋里，排行老四，上有两个哥哥、一个姐姐。由于父母都在工厂上班，她被送到故乡嵊县（今浙江省绍兴市嵊州市）甘霖镇下倪村，由奶妈蒋玉兰抚养。断奶后，倪夏莲重新回到上海，由奶奶一手带大。

倪夏莲与乒乓结缘是 7 岁开始的。当时，她家马路对面的房管所里有一台黑白电视机吸引了附近居民，有一段时间，电视播放亚非乒乓球友好邀请赛，人气爆棚。小夏莲也去"轧闹猛"（凑热闹），那一来一往跳动着的白色小球强烈地吸引着她，而当中国队登上冠军领奖台时，那阵阵喝彩声，让她心旌摇荡。小夏莲想，长大了，我也要站到领奖台上，为国争光。

倪夏莲就读于杨浦区控江二村小学，体育老师郑申康要挑选运动员，就让全校三四十个会打球的小朋友，带着小板凳，在乒乓房坐成一排，然后打擂台。有一天，小夏莲居然一直赢球，拿来的小板凳一次也没坐过。就这样，她成了校队一员。

经过几年的打磨，小学三年级时，倪夏莲在控江二村小学已是"小荷露出尖尖角"。郑申康老师把她推荐给区体校，但区体校不收，原因是小夏莲个头太矮了。于是，她又去江少体校（江湾体育场办的业余体校，乒乓球世界冠军沈剑萍也从这里走出）集训，她的比赛成绩是第二，但人家也以相同理由拒收。小夏莲不甘心，对教练说："教练，我会慢慢长高的，您收下我吧。"教练摇摇头："不行，你爸妈身高都矮，你长不高的！"

小夏莲的心凉凉的。这个世界太残酷了。

路似乎没有了，但他的老师郑申康没有放弃她。他觉得小夏莲是块料，就想办法把她托付给杨浦区体育场的缪德瑞教练，后来缪教练去了区体委，又把小夏莲托付给杨浦区工人队的黄天福教练。黄教练带的都是大年龄队员，小年龄就只有倪夏莲一个，但这给了倪夏莲与大队员一起训练的机会，有助于提高成绩。经过一段时间的训练，好强的小夏莲逆势成长，在全市业余组比赛中获得了第一名的优异成绩。终于，江少体校向她发出了邀请，倪夏莲第二次踏进了江少体校的大门。

江少体校在乒乓球人才济济的上海，只是一个基层的三级训练点。入队后的小夏莲，既没有队服，也没有训练津贴和饭菜票，但她有吃苦耐劳的精神，志向高远，每天扎扎实实地训练，进步很快。1975年夏天，12岁的倪夏莲获得上海市小学生乒乓球女单冠军。

即使拿到了过硬的冠军，也并不意味着可以一帆风顺。按照招生政策，市少体校已经不再招收63年出生的12岁年龄组的学生了。倪夏莲又面临着进退两难的困境。不过，倪夏莲总能绝处逢生。1976年，市少体校丁赛祯教练由于手下运动员不够，还想在同龄的学生中再看一看，于是组织了一次集训，人数是10人，为期10天，倪夏莲被选进集训队。进队第一天，第一次大循环比赛，倪夏莲第一；集训最后一天，第二次大循环比赛，倪夏莲还是第一。凭借两个过硬的第一，倪夏莲昂首走进了市少体校的大门。

有人说，倪夏莲有福，你看她人长得多喜庆，但倪夏莲自己说："上帝从来没有给过我礼物，我的每一步都是我努力得来的。"

## 二、羽化成蝶

在市少体校,倪夏莲度过了两年的美好时光。

倪夏莲是最勤奋的一个。教练整队时,她站得最直,并且始终带着微笑;每天出操时,有人会借故请假,但她从不偷懒耍滑;每天的宿舍卫生,她的床铺和桌子整理得最干净;周末不训练,她和好友黄晓真爬窗进入乒乓房打球。其实,当初丁教练招生时,也嫌她个子矮,但能打第一名,没有理由不要啊!进校以后,看到这个小姑娘特别懂事、特别勤奋,丁教练打心眼里喜欢。倪夏莲身材矮小,技术上的缺点是控制范围小,击球时腰腹力量不够,脚步移动还有欠缺,为此,丁教练花了很长时间才纠正了她的毛病,倪夏莲的技术得到了很大的提升。

在后来的回忆中,倪夏莲对两件事耿耿于怀,终生不忘。

有一次,语文老师布置了一个作文题"我的理想"。倪夏莲写得非常投入,她写到上海出了很多的乒乓球世界冠军,像徐寅生、李富荣、张燮林、林慧卿、李赫男、郑敏之等,决心向他们学习,要成为世界冠军,为国争光。语文老师看到这篇文章,认为是不可多得的佳作,不仅在全班同学面前朗读,还把作文给了校广播站播出。结果,倪夏莲成为热点人物,大多数同学默默羡慕她,当然也有人背后说风凉话:"瞧她这矮小的身板,还想当世界冠军?""讲大话吧,这样的文章谁不会写?!"

倪夏莲听到议论,甚是不平,这也激起了她的强烈愿望:你们可以讥笑我,但你们无法阻挡我成为世界冠军的梦想!

还有"观影事件"。1978年4月,全国乒乓球分区赛在浙江平湖举行。一天下午,倪夏莲正好没有比赛任务,而赛场旁边是平湖电影院,电影海报《摩雅傣》深深吸引了她,她太喜欢看电影了。没有多加思考,她就买了张电影票进去看电影了。不料,此事被队友告发,组织为严肃纪律,取消了倪夏莲的比赛资格。正所谓"吃一堑,长一智",这次挫折让她有了深刻的反省:社会是复杂的,个人是渺小的,你要时时注意自己的言行,学会生存之道。

1978年夏天,她通过了全国选拔赛,跻身世界中学生运动会中国队名单,前往土耳其首都伊斯坦布尔。这是倪夏莲第一次出国,伊斯坦布尔是美丽的滨海旅游城市,迷人的自然风光、独特的人文景观,给她以强烈的视觉冲击和心灵震撼,碧海、蓝天、鸥鸟,游走在这诗情画意里,恍如梦中。当然,倪夏莲和小伙伴们都明白他们此行的目的,很快便投入训练和比赛中,她拿到了女子团体和双打冠军。

**倪夏莲训练英姿**

这年秋天,上海市第六届运动会拉开帷幕。年仅15岁的倪夏莲和比她高两届的队友徐莉鸣搭档,代表杨浦区参赛。她俩不负众望,拿下了团体和女双冠军,女单决赛又在她和徐莉鸣之间展开,结果,倪夏莲又将女单金牌收入囊中。

那一年,15岁的倪夏莲进入了上海队,完成了由业余选手到专业运动员的进阶之路。

## 三、隐忍攀登

1979年，第四届全运会乒乓球预选赛在南京举行，倪夏莲首次参加全国比赛。上海队由三获全国女单冠军的黄锡萍领衔，另有国家队新锐曹燕华，已具备争冠的实力。因为是新人，倪夏莲没有参加团体比赛，而是出战女单、女双和混双。在女单比赛中，倪夏莲以3∶0战胜了黑龙江的李淑英和田静，又以3∶1赢了如日中天的童玲，让人眼前一亮。但上海女乒有得有失，整体上发挥失常，冲金失利。不过，倪夏莲的表现还是相当抢眼，给国家队教练留下深刻印象。在三个月后的决赛中，倪夏莲又以3∶0击败童玲、3∶1战胜曹燕华，取得了全运会女单银牌，再次引人瞩目。

鉴于倪夏莲在全运会上的出色发挥，上海队破例将她的工资从42元上调到92元。同年，国家队也向上海队发出调令，倪夏莲踏进了国家队的大门。

中国乒乓球队是藏龙卧虎之地，是所有乒乓球运动员心中的神圣殿堂。原本在比赛场上虎虎生威的倪夏莲，一到国家队觉得自己实在像个小媳妇。三十来号人，能够担纲主力的也就那么四五个人，大部分人是"陪太子读书"。倪夏莲身体条件不好，技术不出众，还没有一点背景，更没有在大赛中拿过过硬的冠军，自然矮人一截。她认真剖析自己，认为要在国家队出人头地，只有"笨鸟先飞"。于是，她总是第一个到训练场，最后一个离开，每捡一个球，都是带着小跑的。她每天都过得提心吊胆，生怕有一天教练对她说：倪夏莲，你回地方队吧！

倪夏莲记得最令她难堪的一幕：有一次吃饭时，她无意中坐到主力队员一桌，结果老队员直接瞪着眼拿她开涮，将她赶了出去。

在离开国家队很多年后，有一次，教练跟她提起：倪夏莲，记得当时为什么没把你退回地方队吗？因为你当时太刻苦了，你捡球都是带跑的，打扫卫生总是第一名，上文化课又是最认真的一个，我们不忍心让你离开啊！

是啊，差不多有3年，倪夏莲都在熬，她似乎已体会不到打球的快乐。那是她人生最艰难的一个阶段。

如何突破瓶颈？有一天，周兰逊教练在食堂遇到倪夏莲，对她说："夏莲，你技术上有瓶颈，现在是否想去改变？如果改为长胶打法，或许会有突破。"周教练的话让她灵光乍现，怦然心动。不过，要改变打法谈何容易，自己的优势是前三板以快制敌，而一旦用了长胶，速度下降，优势也会随之消失。但她又觉得，长胶自有长胶的威力，那就是不易吃转球，手腕更灵活、更为隐蔽，出手一瞬间变化快。如果打法成熟，效果一定好，乒乓球前辈张燮林就是这种打法，故人称"乒坛魔术师"。现在自己最需要的是突破，是提升，想要成为世界冠军，那必须破釜沉舟才行！于是，倪夏莲选择成为第一个"吃螃蟹"的人。

为了攻克技术难题，她自告奋勇，要求转到马金豹教练手下训练。一开始，她对长胶极不适应，"磕也磕不住""凶也凶不出"，像骑手换了匹脾性乖戾的野马，无法驾驭，队内比赛成绩一落千丈，甚至回上海队比赛也几乎沦为边缘人物。倪夏莲慢慢摸索，向梁戈亮请教，他对不同胶皮的使用有经验；还向同样来自上海市少体校的师姐张德英请教，张德英也乐于帮助这个比自己小10岁的小师妹，跟她一起练球，一起探讨，使她获益良多。那个阶段，倪夏莲全身心投入，一天训练时间由5小时增加到8小时，连走路也在摆弄手腕。倪夏莲说："那时琢磨球，真的是着了魔，吃完一餐饭，竟然记不得吃过什么菜。"

针对倪夏莲训练实际，马金豹教练制定了"凶而不急、稳而不失机会"的策略，摸索出正手八种打法，成为倪夏莲的独门秘籍。经过艰苦的锤炼，倪夏莲的球技到了炉火纯青的地步，长胶极大的迷惑性，再加上左撇子，倪夏莲令对手极不适应，这种打法是难以破解的谜。1982年，倪夏莲随队出访日本，18场比赛，仅失1场，被称为"黑马"。同年，在全国选调赛中，她横扫国内高手，取得第二名的佳绩。倪夏莲终于凤凰涅槃。

## 四、为国争光

1983年4月，第37届世乒赛将在日本东京举行。经过国家乒乓球队领导和教练的反复酝酿，入选中国女团的有曹燕华、倪夏莲、童玲、耿丽娟。倪夏莲终于等来了期盼已久的那一天，为国争光的愿望就要实现了。

她不仅取得团体赛资格，还报了单打和混双。特别是男队一号主力、白马王子郭跃华主动找到倪夏莲，要和她配对混双，让她喜出望外。在团体赛中，中国女队以3：0连胜荷兰队、法国队、南斯拉夫队、捷克斯洛伐克队、匈牙利队、德国队和朝鲜队，杀入半决赛。半决赛遇到了苏联队，女队派出了曹燕华、童玲和倪夏莲3名队员，她们不负众望，以3：0战胜了苏联队。决赛对手是占据天时地利人和的东道主日本队，她们宣称要以"玉碎"的精神与中国队殊死一争。徐寅生团长亲自敲定中国队出战阵容，曹燕华和耿丽娟出任单打，因为她俩在中日交战中，都是全胜；女双则由倪夏莲和曹燕华配对，因为自1979年全运会开始，两人联手未尝败绩。最终，两场单打高奏凯歌，女双配合默契，完胜对手。就这样，倪夏莲和队友捧起了考比伦杯。这也是中国女队历史上第六次获得女团冠军的荣誉。

在混双战场，倪夏莲与郭跃华合作，以3：1击败南斯拉夫的舒尔贝克、巴蒂尼奇组合（舒尔贝克是混双欧洲冠军，也是两届世乒赛男双冠军成员）。四分之一决赛，郭倪组合在前三盘以1：2落后的情况下，战胜队友刁明和卜启娟组合。半决赛中，他俩又以3：1力克夺冠呼声甚高的蔡振华和曹燕华组合，闯入决赛。决赛对手是世界排名第一的陈新华和童玲组合，郭倪组合以3：2摘走金牌。

在本次比赛中，倪夏莲还与曹燕华配对，夺得女双季军。在最为瞩目的女单比赛中，倪夏莲击败了韩国削球手安海淑、日本的正胶快攻手岛内良子，以及曾经战胜过多名中国选手的欧洲冠军弗里赛可普，为中国队扫清了前进道路上的绊脚石。

在那届比赛中，除了男双冠军旁落外，中国队取得了男团（江嘉良/蔡振华/谢赛克）、女团（曹燕华/童玲/倪夏莲）、男单（郭跃华）、女单（曹燕华）、女双（戴丽丽/沈剑萍）和混双（郭跃华/倪夏莲）六项冠军。其中，上海选手有3位，来自虹口的曹燕华、来自杨浦的沈剑萍和倪夏莲。

经过第37届世乒赛的洗礼，倪夏莲成为国家队重点队员，球技日臻成熟。那一年，她才20岁，正是风华正茂。况且，在第37届世乒赛上，她的外战成绩最佳，不失一局，这在历届世乒赛中是外战最好的成绩，她的世界排名又位列前五。对此，她对前途有了更大的期待。

可是，或许是因为成绩亮眼，少数队员滋生了骄傲自满情绪，沾染了抽烟、喝酒等不良习气。于是，国家乒乓球队整风肃纪，开展批评和自我批评。倪夏莲按照上面的要求进行认真的自我对照检视，也指出了队内存在有失规范的现象。其实，她是最纯朴的一个，能够实事求是，组织上也正是看中她这一点，让她率先发言。或许是不够世故吧，她的发言让某些人听来有点刺耳。此事之后，倪夏莲被一些人孤立，留下了隐患。

1985年，国家队教练组在研究参加第38届世乒赛中国队名单时，考虑到新老结合、打法互补等种种问题，最终，倪夏莲没能跻身女团名单。对她而言，这是很大的打击。不过，她还是参加了女双、混双和单打的比赛。结果，她与曹燕华合作，获得女双亚军；与滕义搭档，拿到混双季军；在单打比赛中，取得第五的成绩。

第 38 届世乒赛后，倪夏莲未能从人事纷争的阴影中迅速摆脱出来，思想苦闷，激情减退，便萌生去意，主动打了辞职报告。从领导、教练到队友都作了挽留，但她还是选择离开。国家队专门为她安排了一个小型欢送会，全体主力队员都参加并题字留念。

从 1979 年到 1986 年，倪夏莲在国家队前后度过了 7 年的光阴。7 年并不短，但对于将要离别、年仅 23 岁的倪夏莲而言，还是太过匆匆。当她拖着行囊走出训练基地的大门时，回首一望，泪便流了下来。北京的二月，天寒地冻，万物萧条，只有那蜡梅树在寒风中透出一份倔强。

倪夏莲认为，国家队给予她很多很多，从一个无名小卒到成为世界冠军，这不是每个运动员光凭奋斗就可以得来的，还要天赋、机遇以及方方面面的因素。

倪夏莲觉得，对于过往，重要的是珍惜和感恩。

## 五、重启人生

1986 年 2 月，倪夏莲离开了国家队，到上海交大就读科技英语专业。绿色的草坪，斑驳的梧桐树，孜孜以求的学子，这是倪夏莲向往的地方。

虽然起点低，但倪夏莲学得非常投入。这让她想起在市少体校的两年时光，可以有时间看一些自己喜欢的书，譬如《居里夫人传》《钢铁是怎样炼成的》《福尔摩斯探案集》等，还可以跟同学一起骑车、逛街、看电影。当然，她的精力主要还是集中在专业学习上，她主动请教老师，还从上届学生那里借来课堂笔记，认真对照消化。骨子里，她就是一个要强的人。

在她内心，她想彻底告别昨天，真正做一个学生，重新开始自己的生活。但是，每个人都在被社会推着走。1987年，为备战第六届全运会，上海市体育局又征召倪夏莲入队。倪夏莲内心非常纠结，对乒乓球爱恨交织，内心已不想再碰这块乒乓板了，但自己毕竟是上海队培养的，她是一个念情感恩的人，还是义无反顾地暂时回归上海队。最终，上海女乒赢得了全国第六名的成绩。

70年代末至80年代后期，随着改革开放的不断深入，中外体育交流和民间文化交流成为常态，包括一大批世界冠军在内的乒乓球国手被公派出国执教，更多的是加入"洋插队"的行列。仅以上海为例，杨瑞华、余长春、姚振绪等多次被公派出国任教，其中，余长春最后定居加拿大。曾是归国华侨的林慧卿移居香港，世界冠军李赫男、李振恃、张德英先后去了美国，黄锡萍去了南斯拉夫，乒坛伉俪施之皓、曹燕华云了德国，曾着戎装的沈剑萍前往马来西亚，何智丽东渡日本。在时代的机遇面前，倪夏莲在恩师马金豹的帮助下，跨出人生重要转折的一步。1989年8月，26岁的倪夏莲与德国拜耳公司俱乐部签订了合约，前往德国克雷菲尔德市，展开了全新的旅程。

在德国，初来乍到，语言不通，人生地不熟悉。预订的房子被人租走，骑自行车不小心摔了一跤，住所与工作地点有很长的距离，每天疲于奔波，但有一点让倪夏莲马上建立了信心，她不仅在拜耳公司俱乐部无对手，就是德国俱乐部之间的比赛中，倪夏莲保持了赛季全胜的战绩。在一次国际比赛中，倪夏莲又碰到曾经的老对手、欧洲冠军弗里赛可普，结果，倪夏莲以21∶5和21∶3轻松赢得比赛。

机缘巧合，倪夏莲的出色表现，引起了近邻卢森堡国家队的密切关注，他们提供优厚待遇，邀请她为卢森堡效力，希望她出任卢森堡国家队教练兼运动员。卢森堡虽是袖珍小国，但环境优美，国家富庶，人民安居乐业，是一个文明发达的国家，倪夏莲对前程充满期待。

这毕竟是人生的重大选择，就像当初去德国之前一样，倪夏莲有些犹豫和不舍。倪夏莲入境时，市长彼尔·克劳斯到入境处迎接她。他一见到倪夏莲，就张开双臂，一下子把她搂在怀里，像迎接多年不见的女儿。

在卢森堡，倪夏莲以自己精湛的球艺和谦逊善良的品格，赢得了卢森堡社会的接纳和认同，她也迎来了自己乒乓球生涯中的第二春——那也是永恒的春天。

在这以后的岁月里，倪夏莲代表卢森堡国家乒乓队先后辗转于德国、美国、波兰、意大利、荷兰、英国等国家和地区，她走到哪里，就把冠军带到哪里，被誉为"欧洲不可战胜的乒乓女王"；连续获得1996年、1997年、1998年欧洲十二强女子单打冠军，卢森堡国家乒乓队也从欧洲三级队，晋升为欧洲甲级队第五名；倪夏莲的个人排名从1993年的世界第六十，上升到1998年的世界第四。

1998年和2002年，倪夏莲两次获得欧洲女单冠军的荣誉。特别是2002年，她已是39岁高龄，十分不易。她不仅要面对众多欧洲年轻选手的冲击，同时大量的"海外兵团"选手曾是中国队或地方队的高手，要想夺取冠军，可谓危机四伏。但是，倪夏莲凭着练就的深厚功力，披荆斩棘，载誉而归。为此，倪夏莲成为卢森堡的英雄，多次受到大公（即国王）的亲切接见，报纸和电视上经常出现她的名字和形象。普通民众见到她，都对她充满敬意，她到商场购物，许多店主都不愿收她的钱。

更为传奇的是，从2000年悉尼奥运会开始，倪夏莲代表卢森堡竟5次出现在奥运会舞台上，创造了乒乓球运动员不老的神话。

## 六、奥运传奇

其实，倪夏莲的奥运梦早在1986年就结束了。

那一年，她离开国家队，英雄落幕，年仅23岁。并非是她能力不行，而是倪夏莲心累了，离开或许是最好的选择。

比倪夏莲大1岁的上海籍选手曹燕华,有"国乒天才"美誉,1935年拿到了第38届世乒赛女单冠军和混双冠军后,决绝地脱下了国家队的战袍,那年,她也23岁。

同样来自上海、比倪夏莲小1岁的何智丽,逆风攀登,摘得1987年第39届世乒赛女单桂冠。但桂冠也是荆冠,纵是当年排名世界第一,何智丽还是与1988年汉城奥运会失之交臂。那一年,何智丽实足年龄也仅23岁。

离开国家队,也就意味着离开了乒乓球运动的最高殿堂,奥运梦更是镜花水月。不过,倪夏莲心中自有一幅美丽的蓝图:从此做一个小女人,凭借从小习得的乒乓球技艺,谋一个稳定的工作,过安定的生活,结婚、生子;有一所房子,一个花园,享受春暖花开,翻土、播种、施肥,侍弄花草,收获果蔬。那是她期望的乐土。她希望,江湖从此不再有她的传说。

但是,加入卢森堡国籍之后,她面临着为卢森堡争取荣誉的义务和责任。1996年,卢森堡奥委会向倪夏莲发出邀请,希望她能代表卢森堡出征奥运会。倪夏莲经历过大风大浪,她心里并没有要为他国再攀高峰的想法,她只是想在俱乐部过普通的生活,倪夏莲最终选择放弃。

为了迎接2000年悉尼奥运会,卢森堡奥委会又来做她的工作。37岁的倪夏莲一方面出于对第二故乡的尊重,卢森堡国家和人民给予她那么多友善和关爱,这让她无法推辞;另一方面也是因为她心中对乒乓球仍然怀有巨大的热情,奥运梦在她心中复活了。在悉尼奥运会上,倪夏莲打进女单十六强,这是一个非常不错的成绩。

2002年,39岁的倪夏莲依然夺得欧锦赛女单冠军。2004年雅典奥运会时,她排名世界第八,自动获得奥运资格,但是,倪夏莲只是想过平静的家庭生活,她又一次选择了放弃。

2008年,第29届奥林匹克运动会将在北京举行,年届不惑的倪夏莲思绪万千,首都北京就像一块强力磁铁紧紧地吸引着这个海外游子。

倪夏莲又拿起球拍，重披战袍，开始为奥运会备战。为了达到足够的积分，倪夏莲从2007年开始频频出现在国际赛场。她的梦被点燃了，觉得每场比赛都是在接近梦想。她说，自己似乎又进入了沸腾年代。2008年8月，倪夏莲随卢森堡代表团来到北京，奥运会开幕式上，倪夏莲挥舞着手巾走在卢森堡代表团的前面，神采飞扬。倪夏莲作为该届比赛中最年长的乒乓球选手引人关注，第二轮比赛，她与中国台北选手黄怡桦的比赛非常精彩，45岁高龄的倪夏莲宝刀不老，以4∶1胜出，让人印象深刻。

此后，倪夏莲又陆续参加了伦敦和里约奥运会。倪夏莲说，每次结束比赛，都觉得是时候结束了，但真到下一次，她经不起卢森堡奥委会和乒协有关领导的劝说，那份向往又让她怦然心动。奥运会早已是她的恋人，无法割舍。她觉得自己运气太好，每次总能过关斩将，顺利突围。每次比赛，没有人比她更享受比赛；她觉得，每一次入选奥运会，都是一次生命的凯旋。她是卢森堡国宝级运动员，2016年，53岁的倪夏莲成为卢森堡代表团的旗手出现在里约奥运会，并且，在那届比赛中，她先是以4∶3战胜了东道主选手，接着又以4∶2战胜了中国公开赛和日本公开赛的冠军、代表西班牙出战的沈燕飞，闯入32强。为此，她兴奋得彻夜难眠，毕竟，她53岁了。

2019年6月，倪夏莲获欧运会乒乓球比赛第三名

当然，我们最难忘的是 2020 年的东京奥运会。预选赛前，一个年近六旬的奶奶级选手，上有 90 岁的老母亲要照顾，下有一对儿女需要操心，在卢森堡所谓的国家乒乓球队，其实就是她一个人的团队，所有保障工作都由她一个人完成，困难非常大。她想过放弃，但可爱的卢森堡乒协却没有放弃倪夏莲，他们说："倪夏莲，你不参加，卢森堡人民不答应，世界人民也不答应！"热爱抵过岁月漫长，热爱也让她一次次创造奇迹。倪夏莲凭借手上的功夫和良好的心态、正确的战术，在欧洲赛区，第一个突出重围，拿到东京奥运会入场券。当她战胜对手时高高跃起的照片通过互联网传遍世界时，整个世界都被感动了。在东京奥运会上，倪夏莲面对比她小 41 岁的韩国小将，依然精神抖擞，场面不落下风，最终以 3∶4 惜败，但虽败犹荣。奥运史上，她像田径选手玛莲·奥蒂、体操选手丘索维金娜、马术运动员伊恩·米勒一样，以执着坚持、永不言弃的精神力量，为后人树立了不朽丰碑，成为奥林匹克精神的象征。

## 七、感恩遇见

乌鸦反哺，羔羊跪乳。不管你走得多远，都要知道自己的来处。倪夏莲是一个重情重义的人。她知道，这一路走来，如果没有别人的扶持，她不可能走到今天。

人生路上，最难忘却是师恩。她不会忘记小学体育老师郑申康，他是最早的引路人，在输送无果的情况下，把她托付给杨浦区体育场的缪德瑞教练带训，后来缪教练又把她托付给杨浦区工人队黄天福教练。她对每一段训练、每一个教练都有难忘的回忆。是江少体校和市少体校的池惠芳和丁赛祯等教练，让她的技艺有了质的飞跃。进入地方队和国家队，杨瑞华和马金豹是主带教练，还有郑敏之领队、徐寅生主任等，他们在更高的层面上扶持她，特别是在她处于人生低谷和关键时期，给予她鼓励和支持。她始终认为，若没有乒乓球，也就没有她的一切。

人生是一张单程车票，你总会蓦然发现，那些帮助过你的人，他们正离你越来越远，有的已无缘相见了。

倪夏莲觉得，她无法报答所有的人，但一定可以去做几件力所能及的事。

当倪夏莲在卢森堡安定下来，成家立业，有了自己的房子和公司的时候，她率先想到的是当时帮助她来欧洲的马金豹教练。马教练是她在国家队时的主带教练，曾带过13个世界冠军，培养自己有近7年时光，倾尽了心血。退休后，老人家赋闲在家，也已20年没有出过国。她想让恩师去卢森堡散散心，但马教练每一次都推脱，怕麻烦学生。后来，倪夏莲想了一计，在奥运会前，特地以卢森堡国家队的名义，聘请他来做短期指导，将他"骗"到了卢森堡。临行前，马教练做足了功课，研究倪夏莲的现状，做计划、写教案，他最担心帮不上学生的忙。结果倒好，到了卢森堡，倪夏莲只让教练每天给自己训练2个小时，其他时间，倪夏莲带教练到处吃喝玩乐，训练根本就是副业。

倪夏莲说，让教练开心，她的目的就达到了。

倪夏莲感恩父母，感恩故乡。倪夏莲家里共兄妹4人，她出生后，因父母要上班，她被寄养在浙江嵊县老家下倪村。每次填写履历时，在"籍贯"一栏中，她总是填"嵊县"。2000年清明节前夕，倪夏莲带父母及哥哥倪宏生、倪宏明，姐姐倪秋莲，回到故乡嵊县下倪村祭祖。她想起当初，父母为了讨生活离乡背井，这是一条怎样艰难的来路啊。有的人成功了，亲情也随山水与时光，远了。但倪夏莲不一样，她不仅把父母接到卢森堡，也把兄弟姊妹一个个接过去。

倪夏莲情系祖国，那份情愫总是藏在心灵的最深处。

1993年，倪夏莲代表卢森堡出战第42届世乒赛。那一届竞争空前激烈，代表新加坡的井俊泓战胜了世界排名第一的邓亚萍，代表德国的

**倪夏莲与马金豹教练合影**

施捷赢了乔红,代表中国台北的陈静战胜了郑源。与倪夏莲对阵的是陈子荷,而陈子荷恰恰是当时倪夏莲离开国乒队时的继任者,也是长胶打法。当她看到有师生之谊的徐寅生、李富荣两位前辈神色严峻、如坐针毡时,她内心像打翻了调味罐,五味杂陈。前四局,倪夏莲与陈子荷打成2:2,第五局,倪夏莲内心更是煎熬,影响了发挥,最终以19:21输掉比赛。这是一场让她永生难忘的比赛。后来,陈子荷在四分之一决赛中输给了韩国的玄静和，玄静和则最后拿到了女单冠军。

赴欧的最初十年，应该是她职业生涯的第二个高峰。有一次在美国公开赛上，加拿大的耿丽娟，德国的施捷、田静，新加坡的井俊泓等众多"海外兵团"好手相聚，大家想让倪夏莲领衔组织联谊，但鉴于"海外兵团"被妖魔化的现状，客观上可能会被人误解，倪夏莲拒绝了。

其实，今天看来，"海外兵团"对于乒乓球运动走向世界功不可没；而且，无论如何，"海外兵团"的成功，归根到底还是中国运动员的成功。体育无国界，在中国体育高歌猛进的今天，我们更应该有一份自信和包容。

卢森堡是倪夏莲的第二故乡，也是她生命中最美的遇见。

从入境时市长亲自迎接的那一刻起，她就认定了那是一个可以托付终身的所在。虽然在卢森堡做教练和打球时没有保障团队，凡事都要亲力亲为，取得比赛成绩，一般也没有额外的奖励。不过体育很纯粹，就是一种娱乐、健身和竞技。这个国家给了一个外来者足够宽松的环境，没有给她提出任何过高的要求。善良、纯朴的人民像森林、溪流、田野一样亲和，卢森堡大公十多次接见这位来自中国的"乒乓使者"，倪夏莲更像是这个国家的公主，走在路上，卢森堡人会停下来向她致意。

更为重要的是，在卢森堡，她遇见她的真爱——托米。托米是风趣幽默的德籍瑞典人，也曾是一名优秀的乒乓球运动员，后来成为她的教练，在长期合作中，他们相互支持，互为吸引，最终组建了家庭，养育儿女，共筑家园。经卢森堡大公特批，他们建起了占地700平方米的别墅，还连带花园；花园常年果蔬飘香，花开四季——这让人想起倪夏莲当初的梦想，现在都一一实现。他们的女儿取名席琳，与《泰坦尼克号》演唱者席琳·迪翁重名，他们希望孩子长大后，像席琳·迪翁一样做一个有温度而又美丽的人，去感染别人，创造美好。托米也是家里的开心果，儿子威利喜欢魔术，有些魔术绝招就是他教的。托米特别心细,会体谅人,倪夏莲一大帮亲戚来,他非常享受其乐融融的生活。生活中,即使面对挫折,他都乐观面对。有一次,他带倪夏莲去美国参加公开赛,遭遇"一轮游"。托米看着失落的倪夏莲说:"走,我们去潜水和冲浪。"碧蓝的海,金色的沙滩,一对并不年轻的伴侣,但他们的心,像云一样自由。

卢森堡,这是一片神奇的土地,所有美好与梦想,都在这片土地上生根开花。

回首倪夏莲的过往,我想起《明天你好》中的歌词:

在命运的广场中央等待

那模糊的肩膀

越奔跑越渺小

……

长大以后

我只能奔跑

我多害怕

黑暗中跌倒

明天你好

含着泪微笑

越美好越害怕得到

每一次哭

又笑着奔跑

一边失去

一边在寻找

明天你好

声音多渺小

却提醒我

勇敢是什么

| 五环下的遇见

　　歌词里，那个"一边失去一边在寻找"的女孩，让我们感动，让我们潸然泪下。这个模糊的背影，是勇敢的倪夏莲，也是曾经跋涉、不甘落败的你我。

　　（本文参考金大陆、吴四海编《国球之"摇篮"：上海乒乓名将访谈录》及顾铁林著《乒乓大使倪夏莲》有关内容。）

第二辑

# 薪火传承

## 王冠民：
## 一生只干一件事

天津，位居河海要冲，扼守畿辅门户，自古人杰地灵，是一个英雄辈出的地方。天津与体育的渊源特别深厚。天津人尚武勇毅，清末著名爱国武术家霍元甲是天津静海人，20世纪80年代的一部电视连续剧《霍元甲》火遍全中国，让我们永远记住了这位民族英雄。著名教育家、实业家，被誉为"中国奥运第一人"的张伯苓也是天津人，他是中国奥林匹克运动最早的倡导者和奥林匹克精神最早的传播者。奥运冠军桑雪、张娜、张平、李珊、魏秋月、佟文、陈一冰、吕小军、朱雪莹、董洁等，则是改革开放后天津体育的代表人物。还有一位传奇人物不能不提，出生于天津的爱尔兰人埃里克·亨利·利迪尔（中文名李爱锐）也应该被镌刻在天津城市的历史印迹中：生于中国，也献身于中国的这位传教士，获得了1924年巴黎奥运会400米冠军并打破世界纪录，由他的感人故事改编的电影《烈火战车》获第54届奥斯卡金像奖。众所周知，在天津体育史上，女排是天津的城市名片，为中国体育贡献了四位奥运冠军。但鲜为人知的是，在天津女排之前，天津游泳的"穆家军"，为新中国体育奉献了最初的美丽：1958—1959年间，穆祥雄三破百米蛙泳世界纪录，震惊世界；据统计，"穆家军"为中国游泳培养了数以百计的优秀游泳运动员和教练员，也为20世纪90年代中国游泳的崛起，作出了不可磨灭的贡献。

今天，我们要讲的主人公，就是出生于津门的王冠民教练，他是

"穆家军"的重要一员,一生只做一件事,甘愿为中国体育事业充当铺路石,在平凡的岗位上作出了不平凡的贡献。

## 一、津门少年

1940年,王冠民出生于天津市和平区的一个殷实之家,父亲是会计,贤惠善良的母亲主持家务。王冠民就读于天津市和平区保定道口辅英小学,学习成绩优异,在全班40多名同学中位居前三。

1952年7月的一天,王冠民和同学张克勤结伴前往位于哈密道哈密里的天津第三游泳池游泳,门票是5分钱一张。泳池里,两个小伙伴戏水打闹,比谁的水性好。闷头游速度快,但往往会撞到其他人,所以最常规的动作是比蛙泳。不料,两人游得正酣时,一个中年男子向他们喊话:"嗨,小家伙,你蛙泳再游给我看一下!"

"好嘞,没问题。"王冠民答道。

王冠民就用抬头式蛙泳游了20来米,那个中年男子很高兴,招手让他游到池边,单手将王冠民从水里一把捞了上来。

"你游得不错,动作挺协调的。如果你愿意的话,你不用花钱买票,每天都可以来游泳!"

真是天大的惊喜。这个中年男子就是后来王冠民的师傅穆成宽。就那么一个意外的偶遇,王冠民成了穆成宽的弟子,也成就了他游泳事业的起点。

每天下午,游泳池里人声鼎沸。训练前,王冠民的任务是在泳池边给人发红带子。那红带子,不是谁都可以佩带的,只有连续游到40米远的人,才可领到这根红带,挂在脖子上,表示可以进入深水区游泳,相当于由"菜鸟"晋升为"达人"了。

每天的训练是从泳池净场后开始,一般是年长的师兄(有的是国手）作指导，师傅穆成宽在几组队员之间巡视。看到小队员动作不正确时，穆成宽常常亲自示范。一开始，每天的训练量是 1 000 米至 2 000 米，王冠民按照师傅要求，技术动作掌握较快，一个月后，50 米蛙泳成绩由 1 分多钟，提高到 53 秒，进步迅速。1953 年夏天，王冠民参加了天津市举办的少年游泳比赛，获天津市少年游泳比赛 50 米蛙泳和 100 米蛙泳两项冠军。那天，当 100 米蛙泳刚刚完赛后，师傅就冲着他喊："王冠民，快跟我走，李市长叫你！"

王冠民被带到李耕涛副市长面前，李市长主动与王冠民握手，夸奖他游得漂亮，鼓励他长大要为国争光！

同年 7 月，王冠民考入天津一中（天津最好的三所中学之一）。每天早晨 6 点，他和白祗向一起到西安道 66 号的天津市第二游泳池参加陆上训练，先做深呼吸，然后围着游泳池跑圈。跑步时，穆成宽要求学员闭上嘴，只可用鼻子呼吸，几步一呼，几步一吸，保持节奏。之后，就是做操、练"少林十三式"，最后是跳台、拉力和实心球训练。

王冠民回忆，练"少林十三式"站桩，是训练最艰苦的环节。

"每次站桩，我们站成一排，师傅在背后注视，我们屏住呼吸，拉开弓步，下蹲，双手握拳头向前。当师傅在你身后'嗯'的一声，说出'行'之类带有肯定的赞语时，我和小伙伴们定会受到鼓舞，不由自主地整姿再下蹲。这种静力性蹲桩练习，一练就是三四十分钟，在零下 10 摄氏度左右的冬天，汗水顺着脑门流下来，在地上结成小冰块。"

早间陆上训练结束后，运动员们就赶紧去学校上学；下午放学后，又直奔师傅家里。师傅家的客厅有一面硕大的镜子，大家对着镜子做游泳和滑冰的模仿动作，练习压脚腕、蛙泳跪腿、蹲起、矮走等动作。

天津冬季漫长，队员们都熬了一冬，训练普遍有一种饥饿感，一个个嗷嗷待哺。所以，大家都铆足劲，只要一过"五一"，大家都想下水训练了。但游泳池一般要到 6 月才开放，于是王冠民和小伙伴们在教练的准许下，跑到吴家窑"十字坑"里游泳（现为"德才里"）。"十字坑"是砖窑厂取土后留下的大水坑，长400来米，宽200来米，水深不一，深的地方约有7~8米。5月的水温只有10多度，每次下水他们都要倒吸一口冷气，游个几百米，就赶紧爬上岸。岸上的风一吹，他们冷得直发抖，赶紧抖抖索索地穿上衣服。那种训练，可谓自讨苦吃，但大伙都明白，不吃这种苦，就没有收获成绩时的甜。

1955年12月，国家游泳队的匈牙利籍教练高尔基和杨玉群指导来到天津干部游泳俱乐部挑选运动员，经训练测试，王冠民被国家游泳队录取。同一批被国家游泳队招收的穆成宽的弟子，还有王者明、王亨年、李肇鹏、姜勇、宁丹枫、李昌青、白祗向、张焕堂、申凤瀛和柳玉森（女），共11人。

1956年1月，王冠民先是在天津市少年游泳对抗赛中，获得50米蛙泳、100米蛙泳冠军，接着又代表天津市少年游泳队去北京，参加了天津市与北京市少年游泳友谊赛，再获50米蛙泳和100米蛙泳两项桂冠。

1956年2月，天津市11名游泳运动员赴国家队集训，时任天津市副市长的李耕涛，在天津市体育局和教育局有关领导的陪同下，前来欢送。

1956年4月，王冠民参加了北京一级健将级游泳比赛，获少年组100米蛙泳和200米蛙泳两项亚军。同年8月，参加全国15城市少年游泳比赛，获得4×100米混合泳接力冠军和100米蛙泳、200米蛙泳两项亚军。

1957年，根据中央机关精简工作的要求，国家队编制压缩，国家队运动员按要求返回各地方队。因天津游泳人才济济，而上海游泳后备力量相对不足，上海队果断引进了天津籍的王者明、白祗向、王冠民、李肇鹏、王亨年、张焕堂、申凤瀛、柳玉森（女）8名运动员。这批运动员基本上是当年全国少年比赛的冠亚军，引进上海后，在杨玉群、陈功成指导科学而严格的训练下，一两年内成绩有了较大提升，大都为上海市纪录的创造者和保持者，特别是柳玉森（女）还打破了女子100米蛙泳的亚洲纪录，王冠民则曾先后打破了男子100米自由泳的上海市纪录和400米个人混合泳的全国纪录。

| 五环下的遇见

前排左起：白袛向　李昌青　穆成宽　李耕涛　苏振起　柳玉森　王冠民
后排左起：姜　勇　张焕堂　李肇鹏　宁丹枫　王者明　王亨年　申凤瀛

"记得那是1959年6月30日，上海市体委为了庆祝中国共产党成立38周年，在南京西路新成游泳池举办了上海市游泳比赛。我参加了400米个人混合泳比赛，比赛中，我第一个到达终点，陈功成教练和队友们向我祝贺。大约过了三五分钟，突然广播传来了激动人心的声音：'报告大家一个好消息！在刚刚结束的400米个人混合泳比赛中，上海队的王冠民打破了该项目的全国纪录！我们向他表示热烈的祝贺！'听到这个消息，我太激动了，抱着队友李国义，一起跳入了泳池中。"

随后，王冠民参加了第一届全运会，获得男子4×100混合泳接力第四名，男子100米自由泳第七名；在1959年至1961年的三年里，他还在100米自由泳和400米个人混合泳两个项目中，是上海市纪录的创造者和保持者；1960年，在成都市举行的全国游泳锦标赛中，王冠民获400米个人混合泳第三名。

## 二、冠军之师

翻开王冠民教练的执教履历，用"炫目"两字形容并不为过。

作为一个基层教练员，一生中如果能够培养一两位全国冠军，那也足以慰藉自己，但在王冠民 38 年的教练生涯中，培养的全国冠军足足有一个班，多达 30 位，而其中的许多优秀运动员还跻身亚洲冠军和世界冠军的行列。

王冠民的执教生涯几乎没有低谷，只有高和更高。

1962 年 6 月，王冠民由上海体育学院运动系游泳班分配到上海市青少年体育学校，任游泳教练。在市少体校，有他的恩师杨玉群，班主任是周菊芳。王冠民虚心好学，他结合自身经验，主动向老师和前辈请教，在执教生涯的起步阶段，铆足了劲，快速进入角色。他所带的小组，运动员成长迅速，经过不到 2 年的训练，就有 3 名小将在 1964 年北京举行的全国少年游泳比赛中脱颖而出，豪取 6 金 1 银，为执教生涯奠定了极高的起点。这 3 名运动员取得的成绩分别是：

**姚中英：**

50 米自由泳冠军

**施力勤：**

100 米自由泳冠军

200 米个人混合泳冠军

100 米仰泳亚军

**姚霞美：**

50 米蝶泳冠军

4×50 米自由泳接力冠军

4×50 米混合泳接力冠军

正当王冠民向更高目标奋进时,"文化大革命"开始了。时代因疯狂而迷失,王冠民也经历了迷茫。游泳训练极不正常,但他保持了一份清醒,始终坚信不管怎样游泳事业总得继续。训练虽然不正规,但他断断续续还在坚持。在体工队停训停赛3年后,1969年,上海队恢复招收新队员。机会是给有准备的人的,王冠民所带的罗惠明、周振怡、胡频、胡震华、丁国镶和朱晓峰6名队员被选中。这批队员的宝贵之处在于,他们是艰难时期幸存下来的星星之火,为春天的到来孕育了希望。

1971年8月,已停办5年的全国少年游泳比赛在厦门举行。为备战本次比赛,上海市体委派王冠民组建上海市少年游泳队。经过正式选拔,他挑选了68名队员,在江湾体育场进行为期五周的集训。8月上旬,王冠民和林有锦教练一起,带领24名小运动员前往厦门参赛,取得17项冠军、14项亚军的骄人成绩。

1975年,第三届全运会在北京举行。这届全运会首次设立了8个青少年比赛项目,所设项目各省市队限报名9人。上海少年游泳队报了4男5女,其中,王冠民率市少体校3名男队员参赛,取得5金6银的优异成绩。具体成绩如下:

**熊莹:**

100米自由泳冠军

200米自由泳冠军

4×100米自由泳接力冠军

**沈长跃:**

4×100米自由泳接力冠军

100米自由泳亚军

200米自由泳亚军

400米自由泳亚军

**郑忆鸣:**

4×100米自由泳接力冠军

200 米个人混合泳亚军

400 米个人混合泳亚军

200 米仰泳亚军

1976 年是特殊的一年,故这一年许多重要的比赛或中断或被取消。上半年,国家体委在武汉举行"世界中学生运动会游泳选拔赛",上海共有 16 名运动员参赛,王冠民所带的郑忆鸣获得 100 米仰泳和 200 米个人混合泳两项冠军,并作为上海唯一的选手入选中国游泳代表队,参加了在法国奥尔良举行的第三届世界中学生运动会。当时选拔赛后,上海游泳队一行专程前往湖南韶山,参观毛泽东故居,全队在主席故居前合影留念。

上海游泳队赴韶山参观毛泽东故居

1976 年下半年,中国人民解放军第三十八军将举办第五届运动会,同时也为华北军区运动会作准备。军部专门派人来上海,向上海方面借调教练员。王冠民被选中,启程前往三十八军驻地河北保定,带训三十八军游泳运动员。在随后的比赛中,他所带的运动员获得了多项冠军,取得优异成绩，受到军首长的好评。临行前，副军长专门设宴为王冠民饯行，并赠送一套崭新的军服和一发高射炮炮弹的弹壳，以作纪念。

虽然这并不是一次重要的比赛，但意义非同寻常，因为三十八军是具有光荣传统的部队，特别是在"抗美援朝"战争中居功至伟。当时有两句口号，一句是"志愿军万岁"，还有一句是"三十八军万岁"。王冠民被三十八军选中，为其服务，并获赠纪念军装和弹壳，这是非常高的荣誉，也是其终生难忘的经历。

由于王冠民带训运动员在全国少年比赛中成绩出色，特别是全运会上表现突出，少帅王冠民声誉日隆。1978年，他被借调至上海体工队，任一线游泳教练，带训以郑健为重点队员的男子自由泳组。在他的调教下，郑健成绩提高迅速，在1983年上海全运会上，获男子100米蝶泳冠军，并打破亚洲纪录，被称为"亚洲蝶王"——这个荣誉在今天似乎并不起眼，但在中国游泳春天还未来到之前，这个成就非常了不起！

结束体工队的执教工作后，根据市体委的指令，王冠民奉命投入备战1985年的全国第一届青运会工作之中。虽然遇到备战周期过短、任务过重的难题，但王冠民还是迎难而上。结果，在第一届全国青运会上，王冠民还是收获佳绩。其中，赵华获女子4×50米自由泳接力冠军和400米自由泳亚军，陈蓉健获女子100米蝶泳第三名。

1986年，王冠民被国家体委、中国游泳协会评为全国游泳十佳"优秀教练员"。

王冠民执教生涯的最高峰应该是1989年的第二届全国青运会和1993年在北京举行的第七届全运会。

1989年10月9日，《体育导报》对上海市代表团参加第二届全国青运会作了总结性的专题报道并刊发表彰功臣新闻。被表彰的有30名运动员、8名教练员、3个教练组和1名科技人员。在这份表彰名单中，市体校有9人之多，分别是：运动员蔡萍、胡征宇、邱洁明、叶蓓蓓、郑懿、孙嫣文、蒋岚，教练员王冠民和步子刚。

需要特别说明的是，这是市体校建校 30 年来第一次以本校运动员、教练员身份，且以上海北片游泳队的名义，加入上海市游泳代表队，参加全国综合性运动会。市体校游泳运动员在本次比赛中狂揽 15 金，占上海游泳代表队 24 金中的 62.5%，占整个上海代表团 34 块金牌中的 44.1%。最为耀眼的是，王冠民弟子蔡萍获 7 金 1 银，是该届青运会获得金牌和奖牌最多的运动员；而在市体校获得的 15 块金牌中，王冠民和李明指导组所带运动员夺得 9 金，占上海代表团金牌数的 26.4%，可谓居功至伟。大会期间，上海市代表团团长刘振元副市长，特地到运动员驻地看望了上海市北片游泳队，并与部分教练员、运动员合影留念。

在任北片总教练期间，王冠民和教研组同人一起，不仅抓好一线尖子运动员全运会的备战训练，而且还着眼长远，抓好二线运动队的梯队建设。在这个阶段，市体校二线游泳运动员取得了百余个全国比赛冠军，并屡破年龄组的全国纪录。

在与王冠民谈到这段经历时，王冠民非常谦虚，他说：

"不能把功劳全归在我一个人头上，这是我们全体教练和队员共同努力的结果。在这里我要强调的是，如果没有步子刚、李国义、李明、姚中英（女）、张友仁、汤群、郑忆鸣、周振怡（女）、赵华（女）、郭萍（女）、谢琳琳（女）等教练的通力合作，以及刘桂梅（女）领队的出色工作，还有我们那位陈毓庆医生的积极配合，就不可能有我们'北大荒'的丰收景象。"

其实，王冠民取得如此优异的成就，实属不易。1985 年，随着新周期备战需要，王冠民被委以北片总教练的重任。北片包括虹口、南市、闸北、杨浦、普陀 5 个区，因为那里训练条件差，游泳池设备陈旧，分得又散，素有上海"北大荒""下只角"之称。不过，王冠民习惯于逆风行舟，知难而进，认准一点：只要路子对，狠狠干上几年，不怕咱"北大荒"长不出庄稼。

所谓"人心齐，泰山移"，王冠民深谙此理。他注重团队，与步子刚等教练团结一起，明确目标，发挥各人所长，团队朝气蓬勃。有了人心，王冠民又着力去抓训练的系统性和科学性。他大胆学习借鉴国际先进的经验，特别是东欧国家生化监测手段和血乳酸的测试，并在队里普遍使用。有人说，王冠民不但外貌像个"学者"，更重要的是具有学者的内在素质。

　　王冠民有儒雅风范，像学者，但抓起队员的思想作风，那也是雷厉风行的。青运会后，一些队员有了成绩便飘飘然，个别队员更是放松训练，偷偷躲在宿舍里搓麻将、赌奖金，几经教育不见收敛，这可激怒了王冠民。他立即采取了三条措施：一是停止有关运动员的'运动灶'，让他们到职工食堂就餐；二是邀请工读学校老师来运动队上课，用失足青年的反面例子给运动员敲警钟；三是视违纪运动员情节不同，作柔性的罚款处理。经过整肃，队风大有改观，收到立竿见影的效果。

　　其实，王冠民能够带出如此众多的优秀运动员，绝对有他的能力和底蕴。

　　1984年，由中国游泳协会牵头，中华全国体育总会和上海游泳协会、上海体育科研所联合主编《走向未来——现代游泳技术和选材》一书（游泳训练大纲）。经研究，决定邀请王冠民主要执笔，并拍摄成游泳教学片。在拍摄教学片时，王冠民领衔编剧和导演，著名运动员郑健、钱红、杨文意等做示范。该项目前后耗时四年。1988年，该教学片荣获国家体委颁发的"体育科技进步奖二等奖"。这个教学片拍摄后，国家体委正式将它推广到各省市游泳队和其他相关训练单位，对正处于蛰伏中寻求突破的中国游泳产生很大推动作用。当时，国家体委选择由上海来编写和拍摄这套教材，也是看到上海游泳队有能力承担这一重要使命。事实证明，上海游泳队也借此东风，先行发力，郑健、谢军、庄泳、杨文意、乐静宜、蔡慧珏、蒋丞稷等一大批优秀运动员脱颖而出，迎来了上海游泳的全盛时期。

　　据媒体报道，"从1987年至1993年，王冠民担任总教练期间，上海市北片游泳队，在全国冠军赛、全国游泳锦标赛及全国短池锦标赛中，共获75枚金牌、37枚银牌和32枚铜牌，并8次荣获全国团体冠军"。尤为可喜的是，在1993年第七届全运会上，上海游泳北片教练所带的叶蓓蓓、余丽、邱洁明、严昱民共获得5块金牌，王冠民本人则获市体委授予的"二等功"。

在采访中，我问王冠民："您的执教有什么诀窍？"

王冠民回答："哪有什么诀窍，无非是多下笨功夫，多总结，做个有心人罢了。"

显然，这是王冠民的谦虚话。我觉得，强烈的使命感、高度的责任心和严谨的工作作风，是他取得成功的关键所在。

王冠民是一个有使命感的人。王冠民说，师傅穆成宽曾在1959年全运会游泳比赛地——北京游泳馆，当着他的面，跟穆祥豪（国家队教练）说："冠民脑子好使，肯钻研，以后干教练的话，一定是我们国家最好的游泳教练之一！"言者无心，听者有意，王冠民始终记着师傅的话。他说，师傅对我的期望，是他毕生追求的巨大动力！

王冠民把责任心落实在每天近乎机械的重复工作中。每天5点50分带学生出操，上午备课或开会，下午训练，晚上总结、找学生谈话、巡视宿舍。每周六天工作，几乎天天工作到晚上11点。做专业一线教练时，他更是没有双休日和假期，一心扑在游泳馆里。采访时，他曾拿了一摞训练笔记给我看，我先是一惊：老爷子退休20年还舍不得扔，非常人哪。当我打开训练笔记时，是更大的惊讶。我连续翻看了75、76和77年三年的训练笔记，每天的训练日记，字迹娟秀，内容翔实，格式规范，所附表格数据如同财务报表，简明清晰。最最重要的是，这不是流水账，而是有训练计划、训练实录，还有前后数据对比；学生成绩提升用红笔，成绩下降用蓝笔，像股票涨跌排列，形象直观。说实话，看到他的训练日记，我只能用"震惊"描述我的感受！

我在想，当初，国家体委游泳管理中心为什么要选王冠民来撰写《走向未来——现代游泳技术和选材》一书，并由王冠民来主导拍摄这部训练教学片,肯定是看到了王冠民某些闪光的品质,比如心气、才气、灵气和他严谨的工作态度以及突出的业绩。我不敢说王冠民教练对中国游泳有多重要,但他心怀理想、兢兢业业、埋头苦干、无私奉献,体现了中国优秀教练员所具有的精神品质。

上海市体委为了表示对优秀教练员的肯定与褒奖,1995年夏,选派王冠民赴泰国任援外教练,为期一年。在泰国曼谷的一所体育大学,王冠民的游泳课程受到大学领导和师生的高度评价。为此,泰国游泳队俱乐部(泰国国家游泳队队员主要来自这家俱乐部)专门向王冠民发出邀请,希望他执教这家俱乐部,但由于体制原因,王冠民婉言拒绝。

以下是王冠民教练培养的主要运动员一览表:

**王冠民培养的主要运动员**

| | | |
|---|---|---|
| 世界冠军 | 薛磊(女)<br>1992年世界杯50米仰泳冠军<br>1993年世界短池游泳锦标赛50米仰泳冠军<br>叶蓓蓓(女)<br>1993年第17届世界大学生运动会50米自由泳冠军<br>孙佳林(女)<br>1995年第18届世界大学生运动会50米自由泳冠军<br>蔡慧玉(女)<br>1997年世界短池游泳锦标赛4×100米混合泳接力冠军<br>1997年世界杯短池系列赛100米蝶泳冠军 | |
| 世界亚军<br>世界季军 | 蔡慧珏(女)<br>1996年亚特兰大奥运会4×100米混合泳季军<br>1997年世界短池游泳锦标赛100米蝶泳亚军 | |
| 亚洲冠军 | 万强<br>1982年第9届亚运会4×100米自由泳接力冠军<br>郑健<br>1984年亚洲游泳锦标赛100米蝶泳冠军,被誉为"亚洲蝶王" | |
| 全国冠军 | 男子 | 万强、郑健、陈建波、顾云芳、高庆生、郑忆鸣 |
| | 女子 | 姚中英、胡琪敏、李忆婷、徐雅芬、周振怡、胡 频、罗跃铭<br>徐惠琴、李 惠、胡晓凤、谢琳琳、赵 华、殷雪瑾、陈淑君<br>蔡 萍、孙嫣文、叶蓓蓓、孙佳林、薛 磊、蒋 岚、蔡慧珏<br>郑 懿、马红妹、谭英姿、谢蓉蓉 |

## 三、桃李天下

王冠民 38 年教练生涯,堪称"荣耀征程",培养了一大批全国冠军、亚洲冠军和世界冠军。但最令他欣慰的是,他的弟子们接过接力棒,为上海游泳、乃至中国游泳,谱写了更为光辉的篇章。

我们来看看他的弟子们交出的答卷:

姚中英所带弟子蒋丞稷,获 1996 年亚特兰大奥运会男子 50 米自由泳第四名,改写中国男子游泳无人进入世界前八的历史。蒋丞稷还在第 13 届亚运会上荣膺 50 米自由泳冠军。

罗惠明,曾任八一游泳队总教练,培养了卢东华、熊芳、柳亚芳、鲍红和张志欣等优秀运动员。其中,卢东华获第 4 届世界短池游泳锦标赛女子 4×100 米接力冠军,熊芳、柳亚芳、鲍红获世界军人运动会女子

1987 年第六届全运会,王冠民与弟子罗惠明合影

4×100自由泳接力冠军。

谢琳琳培养的蔡慧珏，在1996年亚特兰大奥运会女子4×100米混合泳接力赛中夺得铜牌，还在1997年世界短池游泳锦标赛女子4×100米混合泳接力比赛中获得冠军。

郑健培养的薛磊，获1992年和1993年世界短池锦标赛女子50米仰泳冠军。

曾任中国游泳队副总教练的周明，培养了庄泳、杨文意和乐静宜3名奥运冠军。巴塞罗那奥运会上庄泳所获的女子100米自由泳金牌，是中国游泳选手在奥运会金牌零的突破，意义非凡。

周振怡和潘佳章（上海游泳队总教练），培养了庞佳颖和李蕙等世界冠军，其中庞佳颖在女子4×200米自由泳接力项目中，获2004年、2008年两届奥运会银牌和2009年罗马游泳世锦赛金牌。

每一个成功者的背后，都有鲜为人知的动人故事。

徐雅芬是北大荒知青，1973年，她代表解放军队获全国游泳锦标赛100米蝶泳冠军，并打破全国纪录。后来在沈部、海军和八一队之间七进七出，经历曲折。1979年，在第四届全运会100米蝶泳比赛中，弟子梁虹、林凡、黄楚平囊括该项目金银铜牌，徐雅芬因此入选备战莫斯科奥运会中国游泳队教练组，但因国际社会抵制1980年莫斯科奥运会，中国队未能成行，留下遗憾。退休后，她赴马来西亚执教，培养了谢仿德、黄建衡两位马来西亚全国冠军。

朱海滨在校时运动成绩一般，三进三出，后来高考意外落榜，参过军，当过工人，通过自考完成大学学业，90年代赴澳大利亚留学。在别人的质疑中逆行，他从带训女儿虎妞（Vivian Zhu）开始，在人才济济的澳大利亚游泳界争得一席之地。目前，他是悉尼体操和游泳中心游泳总教练。

最富传奇的是美籍华裔游泳教练韩祖鹤，他是王冠民的第一批弟子。"文化大革命"开始后,韩祖鹤结束了运动员生涯,后来在上海游泳俱乐部任游泳教练,带训的运动员谢军获得过1986年第十届亚运会400米自由泳冠军。韩祖鹤于80年代初赴美留学,获硕士学位。他从大学游泳队助教开始,通过不懈努力,逐步崭露头角。2005年,他入选美国国家游泳队教练组。2008年,他随美国国家游泳队出征北京奥运会,美国游泳队取得12金9银10铜、总计31枚奖牌的优异成绩。令人感动的是,他作为国际泳联名人堂的组委之一,不忘祖国、不忘师恩,在推荐中国运动员进入国际泳联名人堂过程中,作出了特殊贡献,特别是力荐师公穆成宽(王冠民的师傅)进入名人堂,成就一段泳坛佳话。

以下,是王冠民弟子的谱系表(不完全统计,有待补充)

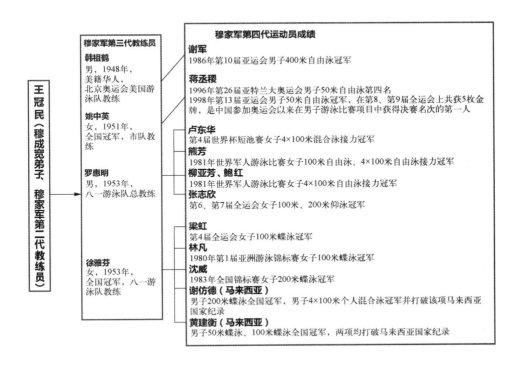

| 五环下的遇见

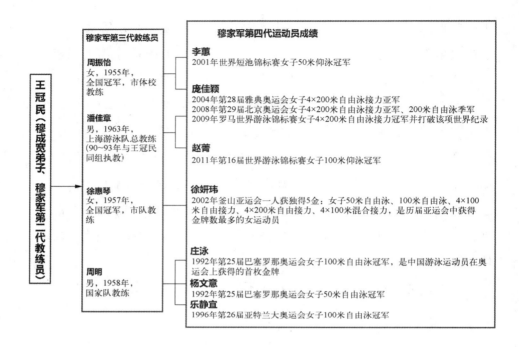

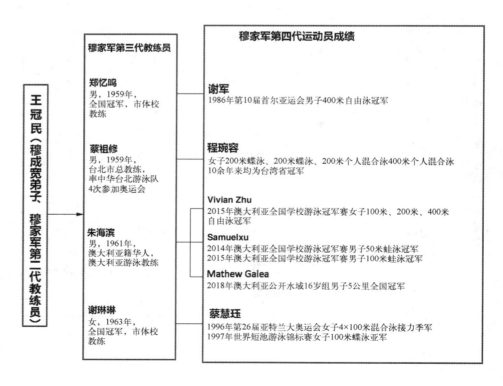

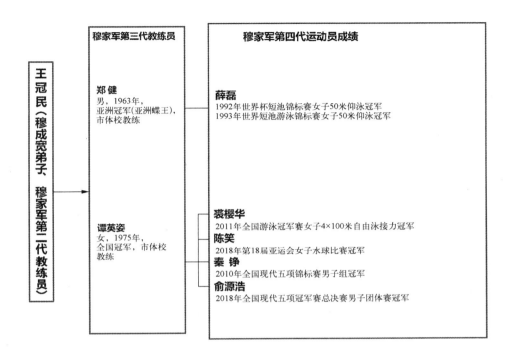

## 四、为师立传

编撰《穆成宽传》，缘于王冠民与韩祖鹤的一次通话。

2013年1月初，美籍华人、美国国家游泳队原教练、国际泳联名人堂组委韩祖鹤给师傅王冠民打电话，向他传递一个重大喜讯：国际泳联名人堂组委会将在1月20日召开专题会议，讨论中国游泳运动员进入国际泳联名人堂事宜；预计我国第一个打破百米蛙泳世界纪录的戚烈云和三次打破世界纪录的穆祥雄将会顺利入选。王冠民听到这个消息，自然非常感奋，中国游泳运动员进入名人堂，这是中国游泳人期盼已久的心愿。

但令韩祖鹤没想到的是，师傅还要推荐另外一个人进入国际泳联名人堂。他，就是穆祥雄和王冠民的师傅穆成宽！

韩祖鹤有些忐忑和疑惑，虽然也听说一些师公的传说，但具体情况并不掌握，何况进入国际泳联名人堂，起码也是一个世界冠军级别，师公有这个实力吗？再者，师公去世已25年了，要知道，已故的运动员进入国际泳联名人堂尚无先例！

王冠民理解弟子的想法，但他依然兴致勃勃地向他解释。王冠民列举了穆成宽主要成就：

一是个人经历传奇。穆老经历三朝，练武出身，拜师清朝三品带刀侍卫陈国璧；学摔跤，拜宫廷善扑营一等扑户、著名少林拳师陈国政为师，得"少林十三势"真传；跟武术家王子平学摔跤，在高手云集的京津地区，多次荣获冠军，还曾打倒恃强凌弱的日本拳师，虎口脱险；参与自行车赛会，多次获京津地区自行车比赛冠军。当然，穆老的主要成就还是游泳。他在河流和苇塘中学习游泳，潜心揣摩，虚心求教，刻苦训练，屡夺京津地区和全国比赛冠军；他还多次参加洋人组织的游泳比赛并击败洋人，令中国人扬眉吐气。电影《水上春秋》就是以穆老为原型，是建国十周年时唯一一部体育类的献礼片。

二是子女成就非凡。穆老11个子女（含2个侄子、1个侄女）全部成才，4人成为国家游泳队选手，4人是国家级游泳裁判。其中穆祥英、穆祥雄、穆祥豪曾任中国游泳协会副主席，穆祥豪曾任国家游泳队总教练，穆祥杰曾任中国泳协裁判委员会主席。

三是教练生涯辉煌。除了穆氏家族的"穆家军"，其弟子和再传弟子组成的"穆家军"则更为壮观。由其亲自指导，向国家游泳队、八一队培养输送的天津（河北）地区选手，多达40余人，次子穆祥雄更是以三破世界纪录的成就载入史册。更重要的是，"穆家军"开枝散叶，弟子和再传弟子培养的游泳人才更是多达数千人，为中国游泳作出巨大贡献。如1957年，因国家队机构调整，王冠民和王者明、白祗向、李肇鹏、王亨年、张焕堂、申凤瀛、柳玉森（女）8名天津籍选手转投上海，并为上海队获第一届全运会游泳项目金牌总数第一作出了重要贡献。后来，向外发展的"穆家军"逐渐成为中国游泳新一代的掌门人。以上海为例，80年代至90年代，是上海游泳的黄金期，王冠民、王亨年曾分任北片和南片负责人，遥相呼应。王者兴后来成为八一队的总教练，成绩斐然。又如，穆老弟子段成业，被推荐去了杭州市少体校（后改名为陈经纶体育学校），为浙江游泳的崛起打下了坚实的基础，叶诗文、徐嘉余等优秀选手均为段成业的再传弟子所培养的。虽然，穆老在世时，没能看到弟子拿到奥运冠军，但在1992年巴塞罗那奥运会上，中国队所获的金牌和奖牌，大都与"穆家军"有关。其中，庄泳、杨文意、乐静宜是穆家军第三代周明（王冠民弟子）所带的，而河北选手钱红则是穆家军第三代干将冯晓东（穆祥雄弟子）培养的。其中，庄泳获得的女子100米自由泳金牌，是中国游泳运动员获得的第一枚奥运金牌，具有里程碑意义。

四是"穆家军"也是中国水上运动的先驱。弟子张秀伟转学跳水，1963年11月，在印度尼西亚首都雅加达举行的新兴力量运动会上，张秀伟勇夺女子10米跳台冠军，电影《女跳水队员》就是根据张秀伟故事改编。张秀伟也于2017年入选国际泳联名人堂，被授予"跳水先锋奖"。另外，"穆家军"培养的运动员还转投水球项目及冰上项目，也同样取得骄人成绩。

五是穆老所展示的精神伟大。穆老乐善好施，路见不平，拔刀相助，显英雄侠义；敢于挑战洋人，敢于为中国人伸张正义；在日本人的辖区，为八路军运送枪支弹药，胸怀大义。尤其令人敬佩的是，在"文化大革命"中虽遭困厄，但复出后，初心不改，古稀之年却壮心不已。1978年，在河北邯郸举行的全国游泳锦标赛上，作为东道主的河北游泳队总分为零，颜面尽失。在极端困难的条件下，重获自由后的穆老重整河山，励精图治，在五年后的1983年上海全运会上力挽狂澜，率河北游泳女队取得团体总分第一的优异成绩。最令人动容的是，在穆老生命的最后几天，他要求拔掉输液管，让人抬回保定游泳馆，在碧水池畔走完了他人生中的第 79 个年头。

试问，在中国泳坛，除了穆老，有谁敢说第一？！

2013 年 1 月 20 日，国际泳联在美国佛罗里达劳德代尔堡召开的国际泳联名人堂组委会，韩祖鹤隆重介绍穆祥雄、戚烈云和穆成宽 3 位中国游泳人的事迹，尤其是听了对穆成宽的介绍后，全体委员极其震惊，非常感动，一致认为，中国有这样伟大的体育人物太了不起了。最终，会议全票通过穆成宽穆祥雄父子和戚烈云，一起进入国际泳联名人堂，并被授予"荣誉先锋游泳运动员奖"。

获知师傅、师兄获得这一重大荣誉和重要奖项消息，王冠民心头又酝酿一个计划，他要为师傅撰写一部传记。

2013 年 7 月，王冠民回天津，与穆秀英、申凤瀛、乔坤厚、程显经、赵子元、郭世琨、王洪民 8 位"穆家军"元老弟子聚会，会上，王冠民向大家提出为师傅写传记之事，取得共识。3 天后，王冠民满怀激情，写了《抛砖》一文，盛赞师傅穆成宽有"七气"：不畏强手，敢于向洋人挑战，有志气；争强争胜，永不言败，有霸气；训练上中西结合，水陆结合，有底气；遇挫愈坚，不屈不挠，有忍气；具备大格局、大智慧、大贡献，有才气；授人以技、教人以道，有正气；一生大起大落、能屈能伸，有大气！并强调，穆老能进入国际泳联名人堂，实为中华民族扬眉吐气！王冠民"抛砖"实为"引玉"，他的目的，就是要为写《穆成宽传》预热造势。

除了王冠民的努力，穆祥雄在《穆成宽传》的编撰上功不可没，他向全国人大代表、天穆镇党委书记穆祥友和天津市北辰区体育局、文化局等有关部门领导做工作。王冠民则充分发挥擅长文字的优势，一面向天津的有关部门写信呼吁，一面向海内外"穆家军"弟子发出倡议签名活动，仅上海一地，有白祗向、李肇鹏、王冠民、王者明、张焕堂、李天然（女）、王者兴、罗惠明、徐雅芬（女）李国义、步子刚、姚中英（女）、潘佳章等 94 位穆家军弟子签名响应。

当年5月5日，王冠民第三次前往天津，参加由天穆镇党委组织的《穆成宽传》编撰工作推进会。会议决定：成立《穆成宽传》顾问委员会，由穆祥雄任主任，王冠民、段成业和穆秀英任副主任，程显经任秘书长；成立了《穆成宽传》史料征集委员会，由穆祥友任主任；特邀天津知名作家胡曰钢、胡曰琪执笔。

传记的编撰工作表面上是由作家来完成，但王冠民所承担的工作一点也不比胡氏兄妹轻松。他是最重要的组织者之一，做了大量资料收集、整理、甄别、提炼等工作。他的原则是"书中涉及的每人每事，均为真人真事，做到不掺水、不虚吹、不作秀，要讲好故事，但绝不戏说，要经得起历史的检验"。在封面设计、体例安排、大事记编写、有关游泳理论及技术的表述的审核上，他付出了巨大心血。尤为重要的是，穆成宽关于游泳的实战技术和理论，没有人归纳整理过，王冠民回忆师傅当年的教育，在海量的信息中归纳提炼，对师傅独特的训练方法进行理论归纳。他认为，师傅所创的训练方法，充分利用自身优势，结合气功和武术，采用土洋结合、水陆结合的方法，实践证明，在当时历史条件下是极其行之有效的科学训练法，其"腰部发力"理论与当下流行的"发力中心理论"不谋而合。

3年间，王冠民不顾年迈体弱，7次前往天津。2016年6月，历时3年，共40余万字，厚达497页的《穆成宽传》终于付梓。2016年7月16日，纪念毛主席畅游长江50周年暨《穆成宽传》首发式在天津市今晚报大礼堂举行，穆老子女、弟子和生前好友，国家体育总局游泳管理中心副主任、天津市体育局、北辰区体育局等各级领导以及媒体记者，共数百人见证这一重要时刻。首发式既隆重热烈，又不铺张，获得圆满成功。

2017年1月15日，国际泳联名人堂总裁布鲁斯接受穆祥雄捐赠的《穆成宽传》，并将它作为名人堂的永久收藏。

做成一件事，需要极大的勇气和毅力。王冠民在《编撰〈穆成宽传〉的初心》一文中是这样写的：

"编撰工作历时3年，这一路走来，说不辛苦，那不是真话。我想，哪怕是再大的好事，做起来，都会品尝到酸甜苦辣咸的各种滋味……每次感到困难、感至辛酸时，我总会想到师傅和他的精神。

"穆老一生传奇、一腔热血、一身正气，用穆老的话讲，'不为名，不为利，只图为国争光'，这种爱国主义情怀和逆境中雄起的精神力量，是我们中国游泳人宝贵的精神财富。贺龙元帅曾经说：'古有杨家将，今有穆家军'。今天，我们要把弘扬穆成宽的精神和实现中华民族的体育梦、强国梦结合起来，这是我们游泳事业的后来人义不容辞的责任和义务！"

王冠民（右）与穆祥雄一起推敲《穆成宽传》文稿

王冠民说，除了穆成宽，他还有3位重要的师傅，对自己的成长获益良多，他们在中国游泳界同样属于重量级人物，我在这里稍作展开。

**高尔基：**来自当时体育强国和游泳强国的匈牙利（现代奥运会第一枚游泳金牌获得者阿尔弗雷德·哈约什即是匈牙利人），1956年应邀来华执教，任中国国家游泳队二队教练。其训练特点是在积极增加体能训练的同时，也十分重视基本技术的训练，特别是在配合技术上更是要求精益求精。王冠民于1956年到1957年10月间，受教于高尔基教练。王冠民回忆，在短短的一年多时间里，他的100米蛙泳成绩提高了13秒，100米自由泳成绩提高了15秒，而200米蛙泳成绩更是提高了28秒之多，相当于从三级运动员的水平，一下子提高到一级运动员的水准。

**杨玉群**：新中国元老级游泳运动员，曾在全国比赛中取得优异成绩。结束运动生涯后，留在中国国家游泳队，任游泳二队助理教练，辅助高尔基教练。1956年2月到1957年10月，王冠民在国家队时，她对王冠民的指导更为直接和具体。1957年底，上海游泳队成立，杨玉群应邀任主教练（1960年到1964年，任上海市青少年体育学校游泳教练），是上海游泳的开山之人，带出了王冠民、柳玉森、步之刚等一大批优秀运动员。

**陈功成**：印尼华侨，曾任上海市游泳协会主席。他于1951年率弟子吴传玉等人回国，系新中国国家游泳队最早的教练，所带运动员吴传玉，在1953年第四届世界青年联欢节运动会游泳比赛中，获男子100米仰泳冠军，这是新中国第一个国际比赛冠军。1955年4月，陈功成离开国家游泳队，来到上海体育学院任教，着手组建上海游泳队，为上海游泳队在第一届全运会游泳比赛中勇夺金牌数第一作出贡献，其弟子和再传弟子遍布海内外，被称为中国游泳人的"老外公"。王冠民曾于1958年10月到1961年底从师陈功成教练。

## 归隐山水

2000年4月，年届60的王冠民迎来了光荣退休的日子。从12岁开始学游泳，几乎天天与水打交道，在喧嚣沸腾的泳池边汗流浃背。现在，没有了教案、学生和各种各样的会议，终于可以放下一切。小区对面有个臭豆腐摊，他买上几块臭豆腐，悠闲地吃起来。这让他想起了儿时刚学游泳时，与队友一起买臭豆腐吃的情景；现在，臭豆腐的香味依旧，但梦里依稀的少年，已是两鬓苍白。

整整50年，他是一个匆匆赶路的人，错过了多少风景和独处的日子。

他报了老年大学的书法和绘画班，还买来了鱼竿，学起了钓鱼。

对于这些爱好，别人可能只是玩玩，但他却非常当真——骨子里，王冠民就是一个爱较真的人。

在王冠民的客厅里挂着两幅书法，我还以为出自名家，其实是王冠民的练笔。一幅是行书："事能知足心常乐，人到无求品自高"，非常见功力。另一幅是用篆书写的关于养生打油诗："合理膳食，适己运动，睡个好觉，心理平衡，求善求乐，求个高兴，内化于心，外化于行，多活几年，不是做梦。"两幅字，一庄一谐，写尽人生志趣。

在他的客厅里，还有一个50公分见方的山水盆景引起我的注意。盆景的中央是一个开阔的湖泊，远处是山，山上有亭。湖边有翁，头戴斗笠，身穿蓑衣，正在垂钓，线的尽头，一条鱼已跃出水面。王冠民看我颇有兴味，不禁吟起柳宗元的《江雪》：

千山鸟飞绝，

万径人踪灭。

孤舟蓑笠翁，

独钓寒江雪。

"王指导，您是'心中有山水，何处不渔樵'。这意境也太幽远了！"

王冠民说，他还有一爱好，就是练"气功十三势"。那是师傅穆成宽教的童子功，70年了，他一直都在练。以前学习游泳时，是身体训练的拓展，后来用来健身，可谓终身受益。他还在客厅当场给我演示，下蹲、弓步、出拳、收势……动作干净利落。老爷子这不是爱好，分明是绝技！

不过，王冠民也并非不食烟火之人。他跟我聊游泳，说这一辈子与水打交道，真的分离了，心里还是想念。不仅想念水，也想念自己的弟子和朋友。人生苦短，让人总想起黄庭坚"春风桃李一杯酒，江湖夜雨十年灯"的诗句。现在有时间了，应该出去走走看看，弥补那份遗憾。

退休后，省内外、港台地区和东南亚有许多地方邀请他去做教头、做顾问。每个来请他的人，都充满诚意。他很想去新加坡，因为80年代末，新加坡游泳队曾力邀他去，待遇是每月2500美金，相当于人民币2万元，而当时，他的薪水只有100多元。国外与国内执教的收入比达到百倍以上啊！

他说："说不动心，那也是假话。但当时，如果我要走了，钱是有了，我这个人肯定被人看轻了！因为我是上海市北片的总教头啊。现在，退休了再去，名正言顺，也可了却遗憾。但最终，我选择了台湾，一则台湾有我的学生蔡祖修，二则我的大女儿在台湾，我可以与女儿住在一起，工作和家庭生活可以兼顾。"

蔡祖修是台北市游泳队的总教练，1992年，他与夏长桢指导一起，率台北市游泳队连续3年，带队来上海市体校训练，这是台湾首批赴大陆训练的运动队，可谓破冰之旅。其间，蔡祖修虚心向王冠民拜师学习，称王冠民为"老爹"，师徒间结下了深厚的友谊。之后，一直书信来往，蔡祖修每次都邀请师傅去台湾讲学和指导，均被婉拒。2000年，蔡祖修知道师傅已退休，他就再次力邀。王冠民终于答应前往，可这一去，竟然是19年。

王冠民先后在台湾松山高中、桃园市队和台东市队等处执教，但主要还是在蔡祖修所在的台北市南港高中（为台北市游泳队训练基地）。在师徒的共同努力下，台北市女子游泳队成绩斐然，在台湾省举行的省运会中，该队曾连续10年获得女子团体冠军，其中女队员程琬容在女子200米蛙泳、200米蝶泳、200米个人混合泳和400米个人混合泳4个项目上，连续10多年蝉联冠军，特别是她的400米个人混合泳，曾在亚洲游泳锦标赛中获得第三名的好成绩，也算是台湾游泳的重大突破。

王冠民说，他这一生，没其他本事，一生只干一件事；只要他能够走动，还是喜欢每天在游泳馆待上一阵子。

## 水庆霞：
## 天下谁人不识君

仅仅是一夜之间，提起水庆霞，已是"天下谁人不识君"了。

2022年2月6日晚，中国女足亚洲杯夺冠，五星红旗又一次在亚洲杯女足赛场上升到最高处。这一刻等了整整16年啊。这一刻，是海阔天空的美好。田震的《风雨彩虹铿锵玫瑰》适时响起，央视解说员哭了，电视机前数以亿计的观众，眼睛也湿润了。

水庆霞率中国女足夺得2022年亚洲杯冠军后留影

江苏阜宁人民向水庆霞发去贺电，祝贺她为家乡人民争光。

上海普陀区一派热闹喜庆的景象。普陀区少体校和曹杨二中火了，因为他们向国家队输送了多位女足队员；而且，中国女足主帅水庆霞是上海普陀区社区居民，普陀区区委书记还登门慰问。

女足队员肖裕仪的家乡潮州也沸腾了，潮州培育出这么优秀的国脚，而且还打进了决赛中的绝杀球，可谓风光潮州独好！

唯独位于水电路176号的上海市体育运动学校有些冷清，自家的闺女，"嫁"出去了，眼睁睁看着人家放鞭炮，兴高采烈。

2月7日晚，《东方体育日报》记者丁荣在公众号上发布了一篇题为《踔厉奋发，笃行不怠，揭秘中国女足夺冠背后的上海力量》的文章，里面终于提到了市体校，好多同事纷纷转发。医务室的林琦医生平时从不转发朋友圈，这次她也转了。她说，终于有记者报道我们上海市体育运动学校了。

当同事们在转发这篇文章时，我正在汇总学校两位职工的先进事迹：其中一位是就是水庆霞，拟申报全国"五一"劳动奖章。

其实，女足亚洲杯夺冠，放眼中国，上海市体育运动学校理应是最大的亮点，但这个亮点却在有意无意间被忽视了。

第一，主教练水庆霞一直是市体校的员工。上海一线女足于1983年6月建队，归属市体校，水庆霞是第一批运动员之一。自2001年退役后，水庆霞先在一线女足任助教，一年后到二线女足任主教练，没过多久，就被借调去了国家青年女足任教练，后来分别担任过上海青年女足和成年女足的主教练。2021年11月，水庆霞出任国家女足主教练。

第二，本届中国女足有6名上海输送的队员，其中4名是市体校培养输送的，分别是唐佳丽、肖裕仪、赵丽娜和李佳悦。市体校有多位教练带训过她们，其中肖裕仪还是姜健俊教练单独招来的。

第三，说得霸道点，上海一线女足从建队开始至今，90%以上的队员来自市体校。上海一线女足从1983年至2006年，一直属于市体校编制，2006年下半年，上海一线女足训练基地迁往东方绿舟，隶属体职院（现为上海竞技体育训练管理中心），但市体校二线女足仍然是上海一线女足队伍的最重要来源；而且，参加全运会的上海青年女足，更是由市体校整建制（整支队伍）输送给上海市足球协会的，在临近比赛年份，由上海市足球协会教练带训（教练大都也是从市体校借调）并出战全运会。有点不可思议的是，比赛成绩也一起归属到上海市足球协会，市体校可谓不争功劳争奉献、高风亮节是楷模。

据《上海足球运动半世纪（1949—1999年）》一书记载，从1983年上海一线女足建队始，至1999年，上海一线女足向国家队输送了19名运动员，分别是：水庆霞、顾平娟、陆惠兰、孙雯、谢慧琳、唐伶俐、莫晨月、刘玉萍、孙琦敏、高宏霞、王静霞、浦玮、孙睿、潘丽娜、赵燕、张慧、白莉莉、奚爱娣、康群。

这批运动员，参加1996年亚特兰大奥运会的有水庆霞、孙雯和谢慧琳，参加1999年第3届女足世界杯的有孙雯、谢慧琳、高宏霞、浦玮、王静霞。

在中国女足两获世界大赛亚军的同时，上海女足队伍在马良行指导执教的7年间，拿下了女足联赛、超级联赛、超霸杯和全运会等19项冠军，在中国足坛独步天下。

从2000年至2022年，市体校又陆续向中国女足输送了20多名优秀运动员。

这里顺便提一下男足，市体校也曾是上海男足的大本营。据《上海足球运动半世纪（1949—1999年）》记载，"上海市青少年体育学校足球队，从1959年至1999年，共招生618名学员，输送市队310人，成才率50%以上，入选国家队23人"。这23人包括王后军、胡之刚、刘庆泉、徐国强、秦国荣、郑彦、柳海光、张惠康、范志毅、成耀东等。

这里，需要隆重介绍一下水庆霞指导。《奥林匹克上海记忆》一书是这样介绍的：

"作为第一批国家队女足成员，水庆霞是资历最老的一朵'铿锵玫瑰'，自1985年集训队起，女足大大小小的比赛名单中，一直离不开她的名字。

"对国家女足而言，水庆霞曾在某一段时间，占据了相当重要的地位，无论从脚法还是临战经验，像她这么出色的球员，实属罕见。

"遗憾的是，在水庆霞处于状态巅峰之时，中国女足刚起步，远未成熟；而当中国女足开始步入成熟，并在世界各大比赛中引起人们普遍关注时，她已过了运动黄金期……

"鲜花、笑容、奖牌，遮不住岁月的刻痕与无奈。然而，年过不惑的水庆霞，始终不愿离开绿茵场，事实上，她从未远离女足，她在'高龄'时还坚持踢联赛……

"应该说，在中国女足事业发展史上，水庆霞是一位开拓者、一位奉献者、一位奋斗者。"

我觉得，最后一句评语现在应该再加上一句——"她还是中国女足重新崛起的一位扛鼎者"。

关于水庆霞的成就，我简单的罗列：她担任过上海女足和中国女足队长，是上海女足7年19冠的绝对主力；5次出征亚洲杯，5次夺冠；3次出战世界杯（含1988年世界女足邀请赛——世界杯前身），系中国队主力；任1996年亚特兰大奥运会中国女足队长。2000年，34岁的水庆霞依然被国家队征召，出征悉尼奥运会，创造了国家队球员年龄之最。2001年，35岁的水庆霞依然帮助上海女足卫冕全运会冠军。2010年，水庆霞担任上海女足青年队主教练，带队多次获得全国女足青年锦标赛、联赛冠军。2014—2021年，水庆霞担任上海女足一线队主教练，带队夺得2014年女超联赛、锦标赛冠军；2015年女超联赛冠军、足协杯冠军；2016年女超联赛亚军；2017年第十三届全运会冠军；2021年，她率领奥运联合队夺得第十四届全运会女足成年组冠军……

水庆霞曾是明星球员,也是大教练,但回想起来,我与水指导还有一段特殊的缘份。

1988年,全国女足邀请赛在浙江嘉兴市体育场举行,当时我是大会工作人员,那么多女足运动员,我唯一记住的,就是水庆霞。不仅因为她青春靓丽,更是因为她在比赛中的英姿。2003年,我办了人才引进手续,从浙江嘉兴市体校来到了上海市体育运动学校,与水指导做了同事,但水指导在学校少。十多年前,有一次我与水指导在电梯偶遇,想跟她打招呼,结果同事周莹立马摘下头上的帽子,递给水指导签名。我又一次做了观众。

直到2022年2月8日,作为学校工会领导,我要为她申报全国"五一"劳动奖章准备材料,才加了她的微信。我不敢跟她多聊,生怕影响她,因为她刚从孟买回国,事务繁多,而且特别需要休息。

在与水指导简单的工作交流后,我发了一行字:"水指导,我一直是你的粉丝。"

水指导给了我一个微笑图案以及"谢谢"两字。

中国女足夺得2022年亚洲杯冠军后合影

> 五环下的遇见

　　时间回溯到 2 月 6 日晚，中国女足夺得亚洲杯冠军的那一刻。我在微信朋友圈发了一张中国女足与韩国队比赛的截图和一段文字，引起强烈反响，点赞和评论热烈。国家男足原教练、市体校老校长包瀛福的女儿包雪萍给我留言："曾经的铿锵玫瑰，16 年后带领中国女足走向辉煌！"

　　中国体操队原代总教练杨明明留言："必须点赞，引以为傲！"

　　市体校老校长周炳云留言，给我透露了一个秘密："水庆霞有一独门绝技，角球破门！"

　　这条留言的下方，上海一线女足原领队阙伟芬马上补充道："对，是香蕉球，当时大连女足主教练初钦章最忌惮水庆霞的香蕉球了。"

　　据考证，水庆霞角球破门是在 1997 年第八届全运会女足决赛。比赛中，她先是在禁区制造点球并亲自操刀，打进第一球。随后，她在发角球时，将球直接旋进了对方球门，上海队以 2∶0 完胜对手。这枚全运会金牌，对于水庆霞或许只是普通的一枚奖牌，但对于上海女足而言则是弥足珍贵的。四年之后的第九届全运会女足决赛，水庆霞主罚任意球，以一个精彩绝伦的世界波帮助上海女足 1∶0 战胜老对手北京队，蝉联全运会女足比赛冠军。

　　在评论区里，上海大学出版社编审江振新老师留言，建议我写一下水庆霞，以便一起编入《五环下的遇见》一书中。我觉得，虽然我能采访到水指导，但为了一篇小小的文章去打扰她，于心不忍。

　　不过，我以为这篇文章多少反映了水庆霞指导的过往，也算是留下一份特别的美好和纪念吧。

# 林文星：
# 不可辜负的承诺

林文星是我校退休职工，我与他并无交集，只是在迎春茶话会时瞥见过他。他身材很高，戴一顶礼帽，穿一件风衣，面容清瘦奇俊，有上海老克勒作派，透着某种说不清的贵族气息。

2019年6月，我对林文星有了第一次较深的印象。因为市体校60周年庆，我去上海田径运动中心采访著名校友孙海平，推送了一篇新闻稿。有人悄悄跟我说，林指导对报道似有微词，因为文中没到提及他也曾是孙海平的师傅。

后来，在编校庆画册时，我再次关注到林文星，因为他培养过孙海平和陈雁浩，但在最终的"名师荟萃"栏目里，没有出现林文星的名字，原因复杂。但作为编者，我关注到了林指导。

有一天，训练科长黄维娜跟我反映：林文星爱人来校，说林文星教练正在中山医院，病情危重，希望学校能提供帮助。

据了解，林文星得的是急性心肌梗死、心脏瓣膜病、糖尿病、重度主动脉瓣膜狭窄等重疾，而且身体的基础性疾病也多，8月、9月和10月，三次入院抢救，三次下达病危通知书。当第三次入院时，医生明示：若要存续生命，必须马上进行心脏手术，植入心脏瓣膜。不过，医院无法提供床位，如要抢救，必须走急诊自费通道，医疗费用在30万元左右。

为了治病，林文星老伴向亲友借了个遍，还是不能凑齐手术费用，最后，她怀着一丝希望找到了学校。于是，我在短短两个月内，探望了他三次，带去了有限的慰问金，也带去了学校的关切和问候。

为了救助林指导，学校开了专题会议，校领导均表示要给予力所能及的帮助，学校还向上海市体育基金会申请了最高额度的救助款。为了帮助林文星，我还代表学校去中山医院院办，希望医院让林文星走公费医疗通道，但回答是"爱莫能助"。

当我第二次去探视林指导时，林指导刚刚做完手术，后续治疗需要再缴数万元，否则就要停药。我陪着张大姐（林指导爱人）去医院缴款处刷卡，当款项到账时，张大姐终于舒了一口气。

据老同事讲，林文星为人孤高，处事方式有些特别。本次向学校求助，应该不符他的为人之道，但老妻病急投医，应是无奈。林指导是一个优雅、有风度的人，遇此劫难，实在令人唏嘘。所以，当我第三次去看他时，他再三说感谢，向我诉说自己从22岁踏入市体校，受惠良多而所作贡献甚微，心里对学校甚是感恩。最后，他郑重承诺：学校的情，他一定要还。

心脏手术后，林文星终于挺过了一关。出院后，在庚子年（2020年）新春佳节来临前，勇健校长冒着严寒亲自到金山石化新村探望过他。林文星向勇健校长再三表示感谢，他又一次提到要"还学校的情"。勇健校长说："学校要感恩老前辈，你把一生都献给了学校、献给了体育事业，学校为您做点事是应该的。"

林文星的病虽然得到暂时的好转，但他的基础病很多，特别是下肢的血栓问题一直没有解决，等待他的是更为凶险的鬼门关。

2021年3月30日，张大姐打电话给我，说老林又住院了，是3月1日进的医院，情况非常糟糕，希望学校再去看他一次。她还说，老林已卖掉了房子，要捐给学校30万元，希望了却他的心愿。

我答应一定去看林指导，但说明学校不接受他的捐款，希望他理解，安心养病。

4月1日上午10点30分左右,我正在开会。手机响了,是林文星的电话,我接起来,没有声音。3分钟后,电话又响了,接起来,还是没有声音,只有嘈杂的声响。当电话第三次响起时,我把手机贴在耳朵上,依然没有他的声音,但能听到"嘀——嘀——嘀"的刺耳声音。我想,这一定是医疗设备发出的声音——他可能已无法说话了。电话里,我跟林指导大声说:"林指导,你等着,我下午一定来看您!"

下午2点多,我来到枫林路上的中山医院。林指导躺在病床上,大半个脸被呼吸机遮住了。当他看到我时,眼神里有一种急切和欣慰,他的手已无法抬起,但又努力地想抬起来。我马上走近他,握住他的手。他要说话,颤巍巍地伸出三根手指,并指向胸口。这样的动作做了不下10次。在他做第一次动作时,我就跟他说:"林指导,我明白您的心意,您要向学校捐钱,这是您的一片心意,但学校研究过,您的心意我们领了,您的钱学校不能要。"话语间,我透过他的眼神,读到的是不安、焦虑和几许埋怨。他还是不停地伸出三根手指,我不能再重复我的拒绝,因为我不忍无情地浇灭他的希望。在难堪的相持之后,我把他伸出的三根手指轻轻地按了下去。我说,"我会配合您老伴完成您的心愿,您就安心养病,会好起来的!"

从病房出来时,我特地去主治医生处问询。医生说,林文星的下肢因为血栓已严重变黑,需要截肢。但他的身体状况已不允许任何手术,如果不截肢,会严重危及心脏。他的建议是,还是让他少受痛苦,安静地走,这需要家属的理解和配合!

在张大姐送我出来时,她跟我说,林文星目前是极度疼痛,医生建议用超强镇痛药物,但她不同意,因为,这会严重伤害病人的内脏;医生也委婉建议不抢救,但她始终于心不忍——就在昨晚至今天清晨,林文星就抢救了三次。

张大姐不忍心老头走,每一次,她都要努力!

林文星应该感谢这个老伴,虽然他们相遇迟暮之年,但危难中的相濡以沫尤为珍贵，没有她，林文星或许早走了。为了省钱，已经70多岁的张大姐舍不得花钱请护工，连续一个多月，每天24小时陪伴，脸都是浮肿的。

带着深深的遗憾离开中山医院，我觉得，与其说我是来探望的，还不如说是来告别的，永远的告别。林指导的一生并不完美，现在，一场猝不及防的大病劫走了一切。不过，这场大病也让我看到一个体育人人性的光辉，让我释然，一颗孤傲的心原来是如此温情的。中国有话老话，滴水之恩，当涌泉相报。其实，大道至简，人行于世，我们人生的全部意义，不也就是为生命着色，为自我、为别人增一份色彩吗？

或许，每一个灵魂都有一扇独特的门，我们只是站在门外，无法走进他的世界。

我采访过许多教练和校友，现在非常想采访林文星，但他戴着呼吸机。于是，我只能通过调取档案（也采访了部分同事）来还原一个曾经才华横溢、成就不凡而又有诸多坎坷的灵魂。显然，这样的记录或许过于刻板，但这是我能做的最好的方式。

林文星，1938年2月18日出生于福州城区西峰里支巷22号。林家是福州望族，林则徐是他们林氏家族最有名望的人物，诸多亲属曾经在国民政府中任职，他父亲是面粉厂老板，母亲是福州另一望族陈氏家族的名门闺秀，两个舅舅早年赴台经商。

凭借着天资和勤奋，林文星考入福州五中（现福州格致中学，福建省名校），擅长田径运动，品学兼优，禀赋异人，1957年考入上海体育学院。1961年6月，林文星毕业分配至上海市青少年体育学校。

大学期间，他主攻跳高和跳远项目，参加过1958年全国大学生运动会和1959年第一届全运会。1960年始，他的运动成绩有了突破，两年内，以1米90、1米92、1米93和1米94的成绩四次打破上海市跳高纪录，是上海市第一个获得跳高项目健将标准的优秀运动员。

1961年进入市少体校后，林文星培养了张义茂、吴诗康、战仁寿、陆雷华等优秀运动员，其中，吴诗康和战仁寿分获 1964 年全国中学生运动会跳高比赛第一名和跨栏比赛第二名。1970 年，上海田径队复训后，他向国家青训队输送了孙海平、孔咬荣、李建新、宰如生（女）四名运动员，向上海队输送了周伟大、方惠静（女）、李渊、居士珍（女）、胡幼幼等运动员，还向部队和体育学院输送了陈莉（女）、林德新（后为留美医学博士）等 8 名运动员。80 年代，林文星曾上调上海市体工队，还两度赴宁夏回族自治区体工队支教，其间，培养了丁鸿、赵旭、陈雁浩（亚洲栏王）、张峰、叶峰、张翼等优秀运动员。他是中国田径协会会员，1986 年获"新中国体育开拓者"荣誉称号。

　　林文星是一个大时代中某一类型人物的缩影。他的出身和海外关系，肯定给他的人生带来诸多羁绊；他的孤傲性格，又增加了人生的不确定性，也为他的人生走向埋下了伏笔。不过，作为田径教练，他培养过诸多优秀运动员，特别是有孙海平和陈雁浩两个重量级人物，放眼中国体育基层教练员，应该是很荣耀了，"名师"应该是没有争议的。

张孝品：
## 举重若轻话平生

有幸成为张孝品传记的第一个读者，这是张指导对我的信任。

在我的印象中，张指导身材不高，壮硕结实，耄耋之年，走路不摇不颤，花白的头发和眉毛，脸上总是透出平和而慈祥的笑容。之前，除了他是单位老职工的身份，我对他知之甚少。

但是，当我读了他的传记，始觉他平凡中的不凡。他的经历多半有着父辈的沧桑，他的成就是一代人奋斗的缩影，他的多面人生折射出一名体育人对事业的执着和对生活的热爱。

张孝品，原名张能祥，1936年6月出生于江苏海门兴北村的一户贫苦人家，兄妹七人，他排行第六。父辈家无一寸土地，以租地耕作为生。又值战乱，时运不济，日寇、流寇、土匪、回乡团等在这片土地上如马蜂肆虐，民不聊生。为求生机，父亲张效良将大儿子张能仁送到上海亲戚家，希望他做学徒，今后能在大上海安身立命。但大儿子吃不了苦，逃了回来。父亲又把目光对准了小儿子张孝品，他觉得，或许这个孩子会有出息，就让他出去闯荡吧。就这样，13岁的张孝品被寄予家庭的厚望，背井离乡到上海谋生。同行的，还有镇上的表哥。

离家的那天，为省盘缠，张孝品和表哥硬是走了几十里地。傍晚，终于到了青龙港轮船码头，在一个小客栈里过夜。可是，这天夜里，几名劫匪光顾了客栈，兄弟俩的钱物被洗劫一空。次日清晨，无钱买票的张孝品一脸无助地在人群里张望，因为人小，被人流推着挤过了检票口，居然鬼使神差地上了轮船。

来到上海后，繁华的都市只是开启了他人生苦难的另一篇章。经亲戚介绍，他来到位于广东路634号的陈永记五金厂做学徒。学徒工需要凌晨4点多就起床，烧火做饭、打扫卫生、搬运物件，样样都干。倘若犯了差错，免不了皮肉之苦。饭须到"客师"（技师的别称）吃完后才能吃，有残羹冷炙已属幸运；睡觉要熬到深夜11点后，才可以在走廊上占个位置，又苦于蚊蚋袭扰，若遇风雨，更难入眠。由于劳累，白天有时要犯困，有一次他在工作台上打瞌睡，一只手指被冲床刨走了。

苦难是人生的教科书，它滋养了善良，留下了坚韧，也孕育了张孝品奋斗的信念。

当新中国的曙光升起的时候，照亮了这个漂泊少年前进的道路。张孝品满怀对生活的憧憬，投身到社会主义建设的行列。他加入了工会组织，并在工会的帮助下到老闸北区职工业余学校报名学文化，每周一、三、五晚上，整整四年，风雨无阻。后来，张孝品考取了位于格致中学内的第25业余中学。1954年是值得纪念的一年，他光荣地加入了中国共青团。同年，他听说南京东路慈淑大楼精武体育会分会在招健美班学员，他抱着既要强智也要强体的想法，报名参加了健美培训班，师从名师费芳来，学习举重，从此开启了他的体育人生。

在精武体育会举重班，张孝品的举重水平提高很快，不到两年，运动成绩已经达到一级运动员水平。1956年6月，在苏中举重友谊赛中，广东选手陈镜开打破了挺举133公斤的世界纪录，这大大激发了张孝品要在举重运动中干出一番事业的雄心。1958年8月，他从五金厂选调进入上海市举重集训队，备战在西安举行的全国举重比赛。在西安的比赛中，他九次试举，成功七把，虽然没有取得好名次，但增长了见识，开阔了视野，得到了锻炼。1959年，张孝品在全国举重通讯赛中荣获次轻量级第二名。

1962年张孝品在故乡海门留影　　1959年张孝品获全国举重通讯赛次轻量级第二名

但是，随着"大跃进"的掀起，举重队训练人数骤增。在高强度的训练环境中，由于缺少必要的保护，一次训练中，80公斤的杠铃不慎从张孝品的背部落在腰间，造成腰椎损伤。康复后，经过不懈努力，张孝品达到了运动健将标准，只是因为旧伤的困扰，运动成绩的提升遇到瓶颈。1959年底，新成区体委点将，要张孝品任举重教练，张孝品从此开始教练生涯。

从工人运动员到举重教练，这是张孝品人生的又一次转折。面对新的挑战，张孝品对未来充满自信，全身心投入工作之中。当时，举重队一无所有，全部家当都要自己想办法。没有器材，就从上海健身学院搬来小杠铃，从体育宫淘来一副老式杠铃；没有举重台，就与北京路拆迁部门联系，要来一扇大门作为举重台；没有学生，就深入学校，观摩体育课，选拔学生。张孝品知道自己文化底子差，又拾起课本。为了学习国外先进技术，他利用晚间，先是到业余中学学俄语，还订了苏联体育报，借助词典，居然对苏联举重能够有个大致的了解。后来，中苏断交，张孝品又改学英语，从26个英文字母开始——这也为他后来担任举重国际裁判打下了基础。在他的调教下，新成区举重队逐步成为上海市举重队的重要力量之一，曾先后输送了徐宝富、陈士荣、唐志强、冷高仑、黄建平、韩震宇、王海利、曹国臻等一大批优秀运动员，并在全国比赛中取得优异成绩。1964年初，张孝品被市体委委以重任，组建上海青年举重队，参加当年的全国比赛，取得了4个冠军、1个亚军的优异成绩。

除了运动员和教练员的经历，张孝品还是国际举联的A级裁判。由于人缘好，精通举重项目，又懂一点英语，所以在1990年北京亚运会上，张孝品担任检录员，主要职责是安排运动员出场介绍、通知运动员出场试举、报把重量、电脑安排试举顺序等，张孝品圆满完成了任务。不久，他报名通过了中国第一批国际裁判等级考试，成为中国第一批约8名举重国际裁判之一。后来，他又通过考试，顺利拿到了国际举联A级裁判证书，先后参加了在日本、韩国、南非等国举行的国际举重A级比赛裁判工作。

1997年，张孝品参加了在南非举行的国际青年举重锦标赛的裁判工作，他担任了6场比赛的执裁。在女子53公斤级比赛中，中国广东选手郭惠冰出场，第二次试举85公斤成功后，已将金牌稳稳收入囊中。按惯例，郭惠冰将冲击88公斤的世界青年纪录，但是，他的教练意外地申请93公斤。由于语言不通，当值裁判沟通无果，不允许这个申请。在此紧要关头，张孝品马上向技术官员喊话，"Not youth record, the world record"。此时，裁判和竞赛秘书才恍然大悟，观众席上响起了热烈的掌声。郭惠冰在掌声中走向举重台，握杠、运气、发力，一气呵成，将93公斤的杠铃举过头顶，新的世界纪录诞生，比赛大厅响起了热烈的掌声。

对于热爱事业的人来说，工作和生活往往难以两全，但张孝品却是

1997年南非世界青年举重锦标赛，张孝品与时任国际举联主席肖特尔合影留念

例外，两相兼顾，相得益彰。

  张孝品喜欢体育收藏。他的藏品主要有两大类，一是体育文化类的，二是与举重项目相关的。为了让自己的藏品发挥更大作用，他在虹口区收藏协会名家指导下，于2004年成立了张孝品体育文化收藏馆，旨在结交同道，传播体育文化，弘扬体育精神。在他的收藏中有许多珍贵的藏品，如历届奥运会举重类纪念币；第43届世乒赛全套纪念币，因其中的一枚混双纪念币全部在国外发行，所以尤显珍贵。但是，随岁月流逝，年事增高，他明白人生是一个不断告别的过程，他要为自己的藏品找到最好的归宿。中国举重博物馆在中国举重之乡广东石龙建立时，举重博物馆方面知道他有不少举重方面的藏品，派出一个4人小组，2次赶往上海，与张孝品接洽。第一次是慕名观摩，第二次是诚意求购。张孝品经过权衡，他觉得自己的举重藏品由中国举重博物馆收藏，这是最好的选择，表示无条件接受。4位专家经过2天的整理、归

类、造册、录像，共整理藏品1 026件。最后，博物馆负责人要张孝品指导开价，张孝品看着码得整整齐齐的藏品，眼中似有无限爱怜不舍，却又有一种坚定决绝，"除了买来的钱币、邮票、纪念章、奖杯、奖章算钱，裁判服装、冠军签名封、比赛证件、比赛秩序册、专业书籍等权当奉送"。馆方一定要他报个实价，他说："就5万元吧，我把自己的心爱之物交给你们，不能全部用钱来衡量啊。""太低了，我们是诚意求购，不能让您嫁女儿还赔本啊！"结果，馆方主动提出加价到20万元。

中国是制造大国，但中国制造品牌在世界上能够叫得响的实在太少了，主要是我们缺少匠人。纵观张孝品个人传记，我觉得他的传奇经历中有一种"匠人精神"的存在。

体育需要"工匠精神"，育人是个精细活，三年五年磨一剑，有的甚至是十年磨一剑。张孝品不仅培养了许多优秀运动员，还对运动器材有研究，是一个真正的"匠人"，这缘于他在五金厂有过6年学徒经历和12年的工作经历，熟悉各类五金铸造，而正是这种经历，让他与体育器材的研发发生了奇妙的因缘。

80年代初，张孝品在上海体育宫工作。当时体育界对体育场馆姓"体"还是姓"钱"有过大讨论。为了满足群众体育的需要，体育宫领导召集职工开会，决定开溜冰场，并已购置了一批产地是广东的溜冰鞋。会上，一向与人为善的张孝品令人意外地"泼冷水"，认为这批鞋子质量不过关，用不了一周，就会变成一堆废铁。领导有些生气，溜冰场还没开业，就有"乌鸦嘴"信口开河。但过了一周，张孝品的话变成了事实。这时，领导才关注到张孝品憨厚微笑中的真诚，非常诚恳地请教张孝品。张孝品不卖关子，谈了自己的想法："我曾在新仙林溜冰场工作过，也有过12年五金厂的工作经历，如果领导信任我，给我两个月的时间，我可以拿出质量过硬的产品！"

一言既出，驷马难追。张孝品联系工厂做鞋底板、胶布轮子、钢珠、轴子及其他配件，又专门招聘了从工厂退休的技师，建起了馆办工厂。经过两个月的艰苦努力，第一批产品下线，经过试用，质量大大优于广东货。此时，恰逢全国体育场馆工作会议在上海召开，来自全国的30多位代表应邀到体育宫溜冰鞋厂参观，代表们对上海产品交口称赞，当场就有8家单位订购溜冰鞋。张孝品一炮打响，成为体育系统第一个"吃螃蟹"的人，当年营业额达到30多万元，成为明星企业家。

后来，由于溜冰运动风靡全国，全国制造溜冰鞋的企业遍地开花，仅上海一地就多达11家，张孝品又开辟新战场，主要经营业务转向各类奖杯的制作、复制和修复。当然，这项工作的工艺要求相对较高，特别是修复工作，无法用机械模具，必须用手工来解决，张孝品往往亲自出马。1993年，四川省为加强第七届全运会的宣传工作，四川博物馆特地从国家体委借了一批奖杯展出，没想到，四川博物馆被"梁上君子"光顾，奖杯或破或损，亟须修复。四川方面心急如焚，派人四处求助，但均被婉拒。最后，他们听说上海有专门的修复技师，就找到了张孝品。经过张孝品的精心修复，这批奖杯重获新生，尤其是中国女排夺得奥运会冠军的奖杯，经修复后完好如初，时任四川女排主教练的邓若曾对张孝品的修复技术赞不绝口。

1989年，正当张孝品的企业办得红红火火的时候，上海发生了一件轰动全国的案件，即上菱冰箱明星厂长因受贿7 000元而锒铛入狱。当时，有人四处扬言，武断推定，张孝品肯定也有"花头"。于是，有关部门介入调查，上上下下彻查，但结论是账目清楚，没有任何贪污受贿问题！

在张孝品的传记中，我还读到了一种情怀，那便是中国老一辈体育人对体育事业的忠诚、热爱和无私奉献。

作为体育人，张孝品对体育，特别是举重项目有着难以割舍的情感。《我与力士牌举重器械的不解之缘》介绍了张孝品的一段特殊经历。

1964年，全国举重锦标赛在上海举行，国家体委确定比赛用杠铃为天津春合厂的产品，上海只负责裁判灯、电动计分牌和体重秤。张孝品根据自身经验，觉得天津举重器材在质量上还不过关，遂向国家体委游说，将上体一厂的"力士"牌举重杠铃列为备用产品。另外，他与上体一厂厂长沟通，要求尽可能提高产品质量，以备不时之需。事实证明，这个决断非常英明。在第一天比赛中，天津春合厂的杠铃发生弯曲变形的情况，而"力士"牌适时登场，力挽狂澜。从此，上海"力士"牌杠铃走向全国、走向世界，成为国际举联比赛使用的A级产品。1966年"文化大革命"开始，全国掀起乒乓球运动热潮，举重项目下马，上体一厂也被合并，"力士"牌杠铃从此销声匿迹。

  2001年7月，北京取得了奥运会举办权，作为老体育人的张孝品喜上眉梢，但他觉得自己有一件大事没有完成。于是，欣然提笔，给上海红双喜（上体一厂的前身）的楼世和副总经理写信，希望红双喜公司恢复生产"力士"牌杠铃，并期盼"力士"牌杠铃能够在北京奥运会举重台亮相。楼副总接信后，非常重视，马上召集技术人员开会，并在三天后，邀请张孝品列席会议。会上，张孝品细述"力士"牌杠铃的辉煌历史以及上海制造的优势，同时强调，中国作为举重强国、举重大国的市场需求前景广阔。与会人员都被这个古稀老者的一腔热血所感动，六家纷纷表示，要重塑中国的体育品牌，让奥运会成为展示中国品牌的舞台。经过红双喜公司的技术攻关，上海生产的"红双喜"牌举重器材得到国际A级产品证书，2008年顺利登上了北京奥运会举重舞台。当人们惊叹于中国在举重项目上取得8金1银的优异成绩时，有一位老人却把"红双喜"牌杠铃的有些单调枯燥的铿锵声当作最美的交响乐来欣赏。

  张孝品自称是"80后"。两年前，他报名参加了静安区老年大学写作班，他要学习写作，把自己的经历写下来。现在好几篇文章已在报章上发表，传记也将结集付印。但愿，张指导的传记能被更多的人读到；但愿，他的故事、他的精神，能够唤起我们对生活本真的思考。

陈功成：
# 碧水丹心系家国

有这样一位体育人：他会七国语言，主动放弃国外的优厚待遇，毅然投入新中国的怀抱；他组建了新中国第一支国家游泳队，培养了新中国第一个国际体育大赛冠军吴传玉；他为了新中国游泳事业，主动从国家队下沉到省队，再从省队下沉到基层体校，培养了无数冠军。他就是被中国游泳人称为"老外公"的陈功成教练。

## 一、自古英才出少年

1926年1月7日，陈功成出生于印度尼西亚苏腊巴亚的一个华人家庭，祖籍福建，兄妹九人，排行第八。在这个群岛国家，华人地位低下，受到荷兰殖民者的剥削和压迫，生存环境恶劣。要改变命运，就要有良好的教育。为此，父母将陈功成送入当地条件较好的中爪哇三宝垄荷兰小学。陈功成从小看到华人的种种不幸遭遇，理解父母的良苦用心，默默立下志向：要用自己的勤奋努力去改变别人对华人的看法！

陈功成从小聪明过人，记忆力超群，学业优秀，各种奖状贴满了卧室墙壁。他的语言天赋尤为突出。由于印尼是荷兰殖民地，所以印尼语和荷兰语是生活用语，也是学校必修课；因为成绩优异，老师推荐他去学习英语和德语，因此小小年纪他就掌握了四国语言。随着第二次世界大战的爆发，印尼国内阴云密布。1941年，太平洋战争爆发，父亲陈隆宝失业，陈功成无奈辍学，在当地的台湾银行打工，直到1945年二战结束，他才回到荷兰中学继续学业。1948年，他考取了印尼大学，先后就读经济专业和新闻专业，兼修日语和匈牙利语。学习日语，主要是因为太平洋战争中，日本打败荷兰，主导了印尼的教育，故陈功成也有一定的日语基础；而学习匈牙利语，是因为匈牙利是新兴社会主义国家，也是当时世界上的体育强国，奥运会所获奖牌数甚至位居世界三甲。当然，中文是融入血脉的文字，在华人家庭和华人群体中必不可少。这样，陈功成居然学会了七种语言！

后来，有人问陈功成："你为什么要学习七种语言？"

陈功成说："其实也没什么了不起，印尼语、荷兰语、中文和日语，都是在特定环境中学习的。印尼是弹丸之地，我们华人要有地位、有作为，就要走出印尼这个小国，而语言是我们向世界优秀文化学习的工具和安身立命的敲门砖！"

## 二、一片磁针向祖国

印度尼西亚是世界上最大的群岛国家。少年陈功成从小喜欢看海，面对波涛滚滚的太平洋，他总有一个心愿：我要到地图上那只昂首向天的雄鸡的地方——即便我不能真正回归祖国，但我也要到那片古老的土地上去走一走、看一看！

冥冥之中，他喜欢上了水。先祖是坐船来的，他也可以坐船抵达遥远的祖国。他在高中时开始学习游泳，技术不错，拿到过很多获奖证书。但游泳技术再好，他也游不过浩瀚的太平洋。

陈功成喜欢体育，看过许多体育名人传记，他对现代奥运会第一枚金牌获得者康诺利崇拜有加。康诺利出生于美国平民家庭，因为家境贫寒，初中毕业就辍学打工，8年后，康诺利重返高中校园继续学业，终于在27岁时考取了哈佛大学。他冲破阻挠、不畏艰难，参加了首届奥运会，夺得三级跳远冠军，还获得跳高银牌和跳远铜牌。后来，康诺利成为著名航海家，还是著名的作家和记者，是奥运史上的传奇人物，他的多面人生，深深吸引了陈功成。或许是受到康诺利的影响，陈功成喜欢体育、学习新闻，也有一个航海梦。他也尝试着去坐各种船，他要去遥远的地方，因为他的心在远方。他甚至说服了船长，让他做一个水手，可以不取分文报酬，条件是让他跟船航行。船长一开始对这个不知天高地厚的年轻人有些反感，但看到他游泳比赛的获奖证书时就心生敬意，再加上他会说多国语言，就欣然答应了。在船上，虽然没有薪水，住四等舱，但陈功成游历了世界上好多国家，最远到达欧洲的意大利。这些经历，丰富了他对世界的认知，只不过，他最想去的祖国却没有去过。

绝大多数华人家庭都养成不问政治的习惯。在陈功成的个人自传中曾有这样一段话：

"在荷兰统治之下的印度尼西亚，谈政治是一件可怕的事，父母要求我规规矩矩地过日子，不要乱说话，参加政治活动对自己和家庭都没有什么好处……在这样的环境里生活，我对政治心里是非常排斥的。"

所以，在报考大学时，陈功成报的专业是经济专业。读经济是父母的要求，为的是以后有一个好工作，能够尽快经济独立，这是家庭最迫切的愿望。但陈功成成长在这样一个风雨飘摇的国家，一个被人歧视的华人家庭，内心还是有一种渴求，就是要了解世界，追求真理，改变命运。所以，他在大学的第三年，又选择了新闻专业，立志做一个无冕之王，发出华人世界的声音。

大学毕业后，陈功成进入报社工作。他业务出色，喜欢社交，人缘好。此外，由于他擅长游泳，曾多次获得印尼全国冠军，因此组织了一支华人游泳队，自任教练。在报社领导的鼓励和支持下，他带队参加了印尼当地的游泳比赛，取得了不俗的成绩，声名鹊起。1951年4月的一天，总编对他说：第十一届世界大学生夏季运动会马上要在民主德国柏林举行，你们可以去参与一下，费用由报社出。陈功成非常激动，自己做教练兼运动员，带吴传玉、黄鸿九、曾德观组成了印尼游泳队。当时，印尼政府追随西方国家，抵制在社会主义国家主办的运动会，陈功成的父母也不支持，觉得与政府过不去会带来巨大风险。但陈功成决心已定，在报社的支持下，他们冲破阻挠，登上了前往欧洲的邮船。

1951年，陈功成（左）与弟子吴传玉坐船前往柏林，
参加第十一届世界大学生夏季运动会

这次在社会主义国家举行的大学生运动会面貌焕然一新，带给陈功成巨大的心灵震撼，他回忆说："不同国籍、信仰的运动员，不管肤色是白的或是黑的，都在友好的氛围下，很热情地在一起比赛、座谈、联欢，我感受到了世界青年和平、友谊、团结的美好。"

同时，他也深切感受到战争留下的巨大创伤，"城市还有许多战争留下的遗迹和废墟，我也遇到了许多残疾人士，他们向我探讨同一个问题：就是希望世界和平"。

运动会结束后，为了更多地了解社会主义国家，陈功成一行特地绕道苏联学习参观,并最终来到中国——那片他朝思暮想的土地!

1951年金秋的一天,天高云淡,飞机在首都机场徐徐降落,当陈功成带着弟子走下飞机旋梯的那一刻,他喜极而泣。在首都北京,他应邀到工厂、部队、学校参观,还尽情游玩了故宫,登上了长城,来到天安门广场。最后,他们去了全国体育总会,时任共青团中央军体部长兼全国体育总会副秘书长的黄中宴请了印尼华侨。席间,陈功成向黄中吐露想返回祖国的愿望。后来,黄中向周总理请示,总理答复:国家需要体育人才,希望他们留下来,为中国的体育事业贡献力量!

就这样,陈功成一行终于回到祖国的怀抱。自此,他再也没有踏上印尼的土地。

## 三、中国游泳人的"老外公"

陈功成学习游泳纯属偶然。他家附近有一个游泳池,每周只开放一天。于是,他就混在大人堆里模仿别人学游泳,在水里一泡就是一天,渐渐悟出门道,游得比别人快。1943年,17岁的陈功成参加了由当地华侨总会组织的游泳培训班,一年内成绩上升迅速,尤其是蛙泳成绩已经超过了印尼华侨的最高纪录,所以当地华侨总会选拔陈功成为游泳队主席和指导。1946年,陈功成加入名为中华大众社的体育组织,所带运动员曾获得多项印尼全国冠军并打破全国纪录,其中吴传玉的成绩尤为突出,吴传玉也因此入选印尼华侨队,拟参加1948年国民党政府在上海举行的第七届全国运动会。由于中华大众社不愿负担比赛相关费用,陈功成与吴传玉退出中华大众社,转投国光体育会。在国光体育会游泳队,陈功成同样担任主席和指导,吴传玉也在国光体育会的支助下赴上海参赛,游出了1分3秒5和1分3秒3的成绩,两次打破了男子100米自由泳全国纪录。之后,吴传玉还参加了1948年的伦敦奥运会。

1947年,印尼国光体育会成员合影(前排左一为陈功成)

1951年11月,陈功成在祖国的土地上获得新生,全身心投入工作之中。当时,国家还未正式成立游泳队,陈功成和吴传玉、黄鸿九、曾德观这几位印尼华侨成为国家游泳队的首批教练和运动员。在陈功成的带领下,吴传玉的成绩突飞猛进。1952年,吴传玉入选中国奥运代表团,但中国体育代表团抵达赫尔辛基时,比赛已近尾声,中国队只有吴传玉参加了100米仰泳比赛,终因旅途劳顿,吴传玉预赛即遭淘汰。不过,作为新中国运动员,吴传玉在奥运会上留下了第一项比赛纪录,他也因此被誉为"新中国奥运第一人"。

1953年8月,吴传玉参加了在罗马尼亚举行的第四届世界青年联欢节运动会的游泳比赛,并以1分8秒4的优异成绩夺得100米仰泳冠军。这是新中国成立后我国运动员在国际大赛上取得的首枚金牌。有一个小插曲,由于中国是体育弱国,组委会没有准备中华人民共和国国旗,故颁奖仪式被整整推迟了一个小时!而当中华人民共和国国旗第一次在国际大赛上冉冉升起时,吴传玉唱着庄严雄壮的《义勇军进行曲》,热血沸腾，倍感自豪。消息传回国内，举国欢腾。次年，吴传玉又参加了世界大学生运动会，荣获 100 米仰泳和 100 米蝶泳两项亚军。遗憾的是，吴传玉在 1954 年 10 月赴匈牙利学习途中，因飞机失事，不幸罹难，年仅 26 岁。

在国家游泳队最初的岁月，由印尼华侨组成的游泳队是新中国游泳的 1.0 版。1953 年 4 月，中国游泳队正式成立，陈功成担任教练，队员除了三位印尼华侨外，还有穆祥雄（曾三次打破 100 米蛙泳世界纪录）、穆祥豪（曾任国家游泳队总教练）、陈运鹏（曾任国家游泳队总教练）、黄帼会、郑素绯、戴丽华、黄莲华、金芸培、熊开发和潘静娴夫妇（曾任国家游泳队主教练）、徐致祥、张家瑞、吴旭新、萧黎辉、涂文斌、李喜庆、张天辉、赵锦清等。这第一批国家游泳队运动员是新中国游泳的 2.0 版。星星之火，可以燎原。后来，这批人才成为中国游泳事业的中坚，为中国游泳事业的发展作出了不可磨灭的贡献。

可以毫不夸张地说，新中国的游泳事业能有今天，有陈功成先生的一份功劳。新中国成立初，在陈功成、吴传玉的感召下，先后有 11 名印尼华侨游泳好手投奔祖国；在中国游泳刚刚蹒跚起步时，陈功成作为第一任国家游泳队教练之一，培育了最初的"种子"，这些"种子"后来大多成为著名的教练，成为中国游泳的中坚，像陈运鹏后来执掌国家队帅印，在 1992 年巴塞罗纳奥运会上率弟子夺得 4 金 5 银，居功至伟；中国游泳的第三代第四代教练，追根溯源，也与陈功成有着千丝万缕的联系。所以，陈功成被中国游泳人敬称为"老外公"！

## 四、吹尽狂沙始到金

陈功成女儿陈夏在悼念父亲的文章中说："正当中国游泳开始走上坡路的时候，父亲却做了一个下坡的教练，从国家队教练到上海队的总教练，再到上海市少体校的总教练，因为他心里明白，只有把基础打好，才能建起高楼大厦。因此，他要精心打造上海青少年游泳训练的三级训练网。若干年之后，上海游泳界人才辈出，在国家队中，上海队员占据半壁江山。近10多年来，浙江游泳队强势崛起、人才辈出，但浙江同行坦陈，他们的成功是从学习上海的三级训练模式开始的。"

确实，可能很少有人会有陈功成这样破釜沉舟的决心和牺牲精神。1955年4月，陈功成离开国家游泳队，来到上海体育学院任教，并着手组建上海游泳队；两年后，在国家游泳二队执教的杨玉群也到上海队执教，与陈功成共同开创上海游泳事业。令人欣慰的是，在1959年举行的第一届全国运动会上，上海游泳喜获丰收，夺得5个单项和2个集体项目的金牌，并荣登游泳项目团体冠军宝座。

1959年8月，陈功成再次下沉，来到水电路上新成立的上海市青少年体育学校。

建校之初，市少体校没有泳池，只有岸上的力量训练，下水实践要借上海外国语大学的游泳池。后来，在苏健校长的带领下，陈功成和游泳队师生硬是人拉肩挑，开挖泳池，白手起家建起了自己的游泳池。60年过去了，这个人工开挖的泳池至今还在使用。目前，它是全上海唯一没有水循环系统的游泳训练池，却承载了上海游泳人最初最美的梦想，从这里走出了一大批亚洲冠军、世界冠军，它是上海游泳人不忘初心、艰苦奋斗的象征！

陈功成招生独具慧眼。据说有一次，陈功成去青岛招生，在一个室外游泳池指导学生训练的时候，有一群小朋友扒在墙上围观。训练结束后，陈功成突然发现，孩子们扒过的墙头下有一双大脚印，非常醒目。他心想：这么大脚印的孩子应该是块好料，我要找到他！于是，他顺着脚印，找到了拥有那双大脚的曹洪机，并将他带回了上海。

后来，经向曹洪机本人了解原委，曹老回忆说："那是1956年的夏天，陈功成和匈牙利游泳专家高尔基赴青岛度假，在海滩边看到我留下的大脚印,陈指导眼前一亮,顺着脚印找过来,找到了我。他认定我是块游泳的料,破例将我带回上海。"

需要说明的是,经过一年多的训练,曹洪机就打破了沉寂多年的上海市纪录,并达到运动健将标准。

或许,在师徒之间必然会有某种特殊的传承。曹洪机后来成为上海游泳队的主教练,也为上海游泳的发展作出了特殊贡献。其中,他的招生故事也非常有传奇色彩。2005年,曹洪机到辽宁招生,将13岁的本溪女孩刘子歌引进上海,而正是这个女孩在2008年北京奥运会上,拿到了女子200米蝶泳金牌——这块金牌也是北京奥运会上中国游泳队获得的唯一一枚金牌。

陈功成一心扑在工作上,用他的实践经验和理论知识培育游泳幼苗,虽起步艰难,却成绩斐然。翻开他的执教履历,从1951年回国至1965年为止,陈功成亲自带训了近百名运动员,其中吴传玉、黄幗会、陈运鹏、潘家玲、林嘉凤等23名运动员打破全国纪录,令人叹为观止,传奇人物吴传玉和世界冠军穆祥雄都曾受益于他的指导和教诲,在世界泳坛大放光彩。

1966年,随着"文化大革命"开始,体育事业一度中断。好在随着"乒乓外交"的开展,中美关系破冰,陈功成迎来了教练生涯的第二春。

1972年,上海市少体校恢复招生,上海游泳也重整旗鼓再出发,陈功成以其特殊的才能,再次显示其在中国游泳、尤其是上海游泳的特殊地位。

那时,有多支外国游泳代表队相继来沪交流访问。可是,随队的英文翻译水平不高,再加上不懂游泳,所以交流出现了"三尴尬":翻译自己觉得词不达意,尴尬!外国来访客人,皱起眉头,不知翻译的意思,尴尬!带队官员看到洋相百出,脸上无光,何其尴尬!事情反馈到体育局领导那儿,领导马上下指令:快叫"老外公"来救急!从此之后，凡是有游泳方面的外事交流活动，陈功成必定到场。他不仅英文地道，更是技术专家，给外国同行留下极其深刻的印象。

**陈功成（左一）与外国访问团专家合影留念**

因为上海有陈功成，所以但凡国家游泳队有什么重要任务，总会想到陈功成，如重要游泳资料的翻译，重要出访任务的安排。1973年，陈功成受邀观摩第一届世界游泳锦标赛。同年，陈功成作为访问学者出访美国，他也是中美关系回暖后第一批赴美交流的体育专家。

陈功成关注世界游泳潮流，利用外语优势，翻译了10余万字的游泳资料，并写出许多具有国际视野又贴近中国游泳实际的优秀论文，引领中国游泳向世界水平看齐；他高瞻远瞩，倡导参与编织由重点中小学校（区级体校）—市级体校—体工队（项目布点大学）组成的游泳三级训练网络，为上海游泳事业的长远发展奠定了基础。他建言市体委成立游泳专项办公室，并与上海体育科研所、上海游泳队、国家游泳队成立攻关小组，制定了游泳选手科学选材和科学育才的细则，定期培训教练员，帮助上海游泳教练队伍提升能力。他关注专业队的发展，引进血乳酸测试追踪的科学训练方法，并制定女子短距离项目率先争取突破的战略目标。从1982年筹划起动，经过反复论证、修改完善和实践，到1988年夏季，上海游泳选手杨文意在女子50米自由泳项目中打破了世界纪录，上海游泳队强势崛起。从80年代中期至北京奥运会长达20余年时期内，上海游泳队在国内一枝独秀，培养了杨文意、庄泳、乐静宜和刘子歌4位奥运冠军，不仅为上海这座国际化大都市争得了荣誉，也为中国体育事业作出了重要贡献。

## 五、一蓑烟雨任平生

陈功成的人生与时代息息相关，跌宕起伏，个人的命运与国家的命运相互交织。在印尼的26年，他亲历了残酷的战争和荷兰、日本的殖民统治，为了求学，父母曾一度将他送入天主教会创办的孤儿院。父亲失业后，依靠哥哥的帮助完成了高中学业。大学期间，他一边求学，一边工作，努力为家庭分忧解难。但是，他的心中一直有一个"中国梦"，为了回到祖国，他舍弃了亲情，告别父母，远渡重洋。自此，他与父母兄弟姐妹天各一方，唯有明月共照，清风同沐。在女儿陈夏的回忆中，陈功成每每忆及远方的父母，总会失神地望着天际，潸然泪下。

回国后，陈功成在历次政治运动中受到冲击，特别是"文化大革命"期间，他一度在游泳池做清洁工，还被下放干校劳动。因海外关系，陈功成政治上不能被重用，为此，子女也受牵累。

人生就是从此岸到彼岸的艰难过程，一个人如果没有定力，在风浪中往往折戟沉沙，粉身碎骨。但是，陈功成没有气馁，一直相信党和国家，相信春天的到来。

陈功成一生热爱国家，对党怀有深厚的情感。回国后，党组织曾启发他写入党申请书，但陈功成觉得自己与党员的标准还有距离；后来写了入党申请书，却因为时代的原因，而未能如愿。一直到59岁即将退休时，陈功成再一次递交了入党申请书，并终于在退休之际，成为一名光荣的中国共产党员。

陈功成热爱国家，也体现在他爱上海游泳队这个大家。他为上海的游泳事业倾尽所有，即使在他退休多年之后，依然牵挂着上海游泳队这个大家庭。当他得知上海游泳队成绩出现严重下滑，急在心里，通过电话、书信，向现任领导献计献策，阐述改革游泳体制的发展思路。

陈功成成就卓著，但他却是一个特别低调的人，朴实无华，从不居功自傲。有人在编写新中国游泳史时，问起吴传玉的教练是谁时，陈功成的故事才被人们记起。那时，86岁高龄的陈功成在洛杉矶寓所向学生徐均亨回忆他与吴传玉的故事，他只是淡淡地说："虽然那次比赛吴传玉拿了冠军，升了国旗，但这个成绩不是当年世界第一，只是进入TOP10。"在陈功成的档案里，他居然没有把世界冠军穆祥雄列入自己培养的学生名单之中，但据多方求证，他确实带过穆祥雄、穆祥豪兄弟俩。他可能觉得，他们的基础是他们的父亲穆成宽给打下的；另外，他可能觉得，自己后来离开了国家队教练岗位，这个功劳应该记在继任教练的身上。

关于陈功成的高尚人格，他的学生徐均亨先生在回忆文章中是这样写的：

"我的导师陈功成，看似平凡普通，人格是何等高尚和伟大；看似平静淡定，其胸怀是多么宽阔和高远。他的内心一团火热，但嘴上从不奢谈爱国。他的一生用一个又一个坚实的步伐，做了一件又一件的实事，以他整个生命在呼唤：祖国，我爱你！"

"无情未必真豪杰，怜子如何不丈夫？"陈功成虽然一心扑在工作上，爱国家，也爱上海游泳这个大家，较少能够照顾到自己的孩子，但在女儿陈夏的眼里,父亲始终是一个慈父,多才多艺,是她最敬佩的人。

"我爸非常疼爱我。在'文化大革命'期间,他被送到干校养猪,一离开就是几个月。但每次回家,他都会给我带来一些新奇的东西,不知从哪儿弄来的小猫,还有蚯蚓、蟋蟀等昆虫,乐呵呵地陪我——这给我的童年时代增添了别样的乐趣。

"我爸不仅有语言天赋,而且精通多种乐器,年轻时经常参加各种演出,给舞会伴奏。他还会画画,常给我画各种动物。我特别喜欢他画的老虎,惟妙惟肖,非常传神。

"我爸好强,也是个老顽童。他80多岁还自己驾车出行,不愿过多打扰子女的生活。90岁时,他还去续考驾照,居然过了两门理论科目,但我们看到风险实在太大,就不让他去参加实操考试。"

陈功成重视孩子的教育,让他们学习游泳,不仅是要让他们掌握一种技能,也是让他们通过游泳运动来磨砺意志、锤炼品性,更要让孩子懂得"上善若水"的道理。两个孩子也非常争气,女儿陈夏后来是徐汇游泳学校的校长,儿子陈仲华考取上海交通大学,后来前往美国发展,是知名企业家。

2020年6月26日,陈功成先生在洛杉矶仙逝,享年94岁。9月12日,由陈功成的再传弟子陈弘组织发起的陈功成先生网上追思会隆重举行,100多位分布在亚洲、欧洲、美洲和大洋洲近20个国家和地区的弟子与再传弟子,参加了追思会,隆重纪念这位新中国游泳事业的奠基人和中国游泳人的"老外公"。

令人动容的是,不仅仅有那么多人为一位功德无量却甘做无名英雄的老人送行,更重要的是,我们看到,有那么多体育人怀有一颗感恩之心——那是真情的呼唤,那是星光的辉映!

作为归国华侨,陈功成以自己的毕生付出,践行了一个海外赤子对党和国家的热爱,体现了一个优秀体育人的家国情怀。我们也相

陈功成、杨玉群夫妇与女儿陈夏、儿子陈仲华合影

信,在家国情怀照耀下的中国游泳人,也一定会不忘初心,牢记使命,永远奋斗!

(本文参考了徐均亨先生回忆陈功成先生的文章,也感谢陈弘女士提供的帮助,一并致谢!)

# 唐文厚：
## 无声胜有声

十月中旬，知名校友、上海交大赵文杰教授与我微信联系，说到市体校校史的收集、整理和编撰之事，希望趁几位学校元老还健在，做一些抢救性的工作。其中，谈到了他的恩师唐文厚指导。

过了一个多月，唐指导女儿来学校咨询她父亲的住院补助手续，我才知道唐指导住院了，于是，我想去看看他。

12月2日下午，我叩开了位于广中路468弄唐老家的门。唐老术后刚出院，尚不能走动，他老伴来开门。屋子是南北向的筒子间，很逼仄；南面是正房，中间是卫生间，北面是八九平方米的小房间，算是客厅，进门的地方还有一个厨房。房子面积估计50来平方米吧，太简陋了。

家里只有两位老人。电视机声音很响，说话要提高分贝。我看两老行动迟缓，听力不好，就反客为主，拿起电视遥控器，将音量调小，然后自己找地方坐下。

唐老坐在藤椅上，面容清癯，手里拿着一根形状怪异的手杖，左脚缠着医用绑带。我问他脚的治疗情况，他向我微笑，想说话，但又有些费力，遂将目光移向老伴。老伴接过话，声音很响亮：

"谢谢学校派人来探望。老头子医院里住了8天，淤血抽了好几袋。本来脚都发黑了，血栓堵得厉害，现在疏通了，好多了。"

我拿出录音笔，尝试着问唐老一些问题。但他显然有些力不从心，回答非常费力，于是我也不为难唐老，就与他老伴唠嗑。

"你们是'空巢老人'啊，子女不在一起住？"我问。

"地方小，没办法。老头子身体一直算是可以的，今年93岁了，毕竟年纪大了，但我们还可以对付。平时，阿拉请钟点工的，女儿也住在附近，天天来的，还是蛮方便照顾的。就是出门去医院不方便，老公房没电梯，下楼也不方便。不过，阿拉几个子女还是蛮孝顺的。"

"唐指导真的是老寿星了，有福气。今年学校走掉了3位足球队的教练：范九林、陈正华、包瀛福，除了包瀛福，其他两位还不到80岁呢。"

唐指导点点头。

"听说了，伊拉都比伊小。老头子身体素质还是蛮好的，伊就是心态好，老实人，不争。这个小房子是学校分配的，当时还是拿我单位（纺织厂）的房子置换给学校，才有这个房子的。还有，老头子退休后，学校返聘他3年，除了退休工资，居然就没有其他报酬了，他也没有句单位提！"老伴说起来有些激动。

"唉，那个年代就是讲奉献的，唐指导肯定开不了口……唐指导原本是50年代上海足球队队长（1953—1958年），后来又培养了那么多人才，贡献确实很大。"

说起这些，唐老笑了，也努力参与谈话。

"当时，上海足球队分红队和白队，我是——红队队长，红队成绩——优于白队。"唐老说话不连贯。

我趁他有兴致，就抓紧问他："您是1959年市少体校建校时的第一批教练，你们足球队除了王仁华、赵文豹，还有哪几个学生？"

他停顿了足足有十多秒，只讲了王后军的名字，似乎想不起其他人了。他老伴赶紧打圆场，跟我解释：

"老头子现在脑子已经不清爽了。伊其实听力还可以，侬讲的，伊都听得见，但记性不好，表达有些费力。我呢，听力不太好，但我记性还可以。

王后军等向唐文厚指导敬酒（右一为唐文厚，左二为王后军）

"老头子原本在国棉十七厂，待遇非常好。为了做教练，工资关系转到市少体校，那时，他的工资在体校是数一数二的。但他家庭负担重，是长子，兄妹7人，结婚后，整整7年时间里，工资居然全部交给伊老娘，侬讲伊结棍伐?!"

老伴笑着用眼角扫向唐指导。老头子好脾气，只是微微地笑。

"这表明唐老为人忠孝，有担当，难得的好人啊！现在，唐老退休工资有多少？"我问。

"8 000元出头一点，我们蛮知足。再说这个房子，当时学校不分配的话，我们纺织厂也可以给我置换这样的小两居室的，但我们纺织厂的条件无法与事业单位相比。老头子只晓得工作，就是不愿跟组织提要求！"

他老伴说话非常有水平。她原本是纺织厂的车间主任，又是老党员，能说会道，做事麻利。唐指导有她是福气，性格上互补。

我带来了学校60周年庆的纪念画册和拙作《体育三字经》。唐老向老伴要来老花镜,我帮他翻开厚厚的相册。扉页后面是一张老照片,是名师何家统在指导小运动员。我问:"何家统是否是你同事?"唐指导马上纠正我,说何家统是老师兼同事。翻到有关知名教练部分,看到朱广沪、马良行和李必三位国家队教练时,我向他解释,学校足球项目的教练知名度都很高,很难平衡,所以只选三位,望他谅解。唐指导大度地笑了。

大约过了半个多小时,我怕打扰时间过久,就向唐指导握手道别。他老伴送我到门口,一再说谢谢。

走下楼道,寒意袭人,院子里落满红叶,为冬日平添亮色。我向三楼最西边的那间房子再望了一眼,骑上车,回了。

这是我第一次见唐指导,作为一个仰望者,遗憾的是不能真正走近他的内心世界,也无法展示他精彩的故事。于是,通过同事和校友的采访,尽可能地去了解唐指导的人生轨迹。

唐文厚生于 1928 年 1 月 9 日,祖籍江苏泰州。1941 年从日本人开办的上海裕丰小学毕业,进入裕丰纱厂工作,任会计。解放后,裕丰纱厂更名为上海国营棉纺十七厂。在裕丰纱厂期间,唐文厚参加厂足球队,脚法出众,活跃于沪上足球圈。从 1953 年开始,被抽调至上海体院竞技指导科任足球运动员,司职左边锋,任队长,是当时上海足球的"五虎将"之一,率队多次获得全国比赛前三名。此后,他一直在上海市青少年体育学校执教。在他的教练生涯中,培养了王后军、顾兆年、程炳照、徐国强、周伟明、杨建明、鲁妙生、奚志康、闻耀国等一大批优秀运动员,其弟子和再传弟子众多,惠及上海足球几代人(包括女足)。如首批学生王后军,曾是国家队队长,长期执教上海男足,并率队夺得 1983 年第五届全运会冠军,为上海培养了一大批优秀足球人才。令人称奇的是,他在市少体校所带的 1959 年第一批学生中,居然出了王仁华和赵文豹两位科技界才俊,为人津津乐道。在唐文厚执教生涯的末期,还和朱广沪、忻志高教练一起,带过上海一线女足,任球队顾问。那一批运动员有国脚水庆霞、顾平娟、陆惠兰、莫晨月、唐伶俐、奚爱娣、康群等众多优秀运动员，为上海女足的崛起作出了很大的贡献。

**上海队与苏联队比赛合影留念（前排左四为唐文厚，后排左二为何家统）**

据了解，从唐指导70周岁开始，他的学生每年都为他祝寿，这个传统延续20多年。他的弟子赵文杰说，只要先生健在，弟子们会一直给他过生日！

瞿一敏：
# 眼前得失等云烟

2021年2月25日，学校五环读书社特地举办了"瞿一敏教练体育生涯分享交流会"。分享交流会非常成功，出席活动的除了读书社成员、田径队的教练和学生，还有许多与瞿一敏熟悉的老同事，只能容纳90人的会场，来了100多人，连会议室的过道上也坐满了人。

**瞿一敏教练体育生涯分享交流会合影（第二排右六为瞿一敏）**

3个月前，我跟瞿指导商量，在他退休前夕，校工会拟为他举办一个欢送会。瞿指导摆摆手，"我正在办延期退休，欢送会就免了"。过了一周，我又跟他商量，校读书社拟为他举办体育生涯分享交流会，感谢他为学校所作的贡献。他又是摆手，"活动是否太'显眼'，过太平日子比较好"。我说："汇报过领导，领导很支持的；再者，读书社搞活动要有新意，想聚一点人气，你就做一回'小白鼠'吧。"他看我比较诚恳，也就答应了。

其实，搞这个活动始于 2020 年 8 月，校工会为篮球队领队刘玉华和英语教研组长毛亚春举行了退休欢送会。刘玉华是射击亚洲冠军，有辉煌的运动生涯，后来任教练、训练科长和领队，有很多精彩的故事。毛亚春在体校从教 36 年，是优秀的文化课教师代表，许多世界冠军和著名运动员都是她的学生。那次活动很成功，但大家轮流着发言，蜻蜓点水，对主角聚焦不够，有点形式大于内容。只有 1 个小时的欢送会，留给主角回忆过往和分享感悟的时间只有短短的五六分钟，那浸润岁月光华的韵致和芳香，无法让人从容领略。

读书社这次举办瞿一敏教练体育生涯分享交流会，正是要让大家倾听一个体育老兵的心声，感悟在改革开放的洪波大潮中，生命是如何舞动和绽放的。

瞿一敏出生于书香之家，父母都是老师，重视孩子的文化学习。瞿一敏有一个哥哥，兄弟俩的读书成绩都很好。因为机缘，哥哥从文，后来是徐汇区文化馆馆长，瞿一敏从武，走上体育道路。五年级时，学校老师看他身材高挑、爆发力强，就让他加入田径队，结果像他的名字一样，"一敏（鸣）"惊人，经过一年多的训练，在学校和区级比赛中脱颖而出。六年级时，他被市体校招收，师从战仁寿教练。对于那段经历，瞿一敏回忆道：

"刚开始时，我训练是三天打鱼，两天晒网，心思不在训练上，因为读书不好，回去要'吃生活'（挨揍），所以重点还在读书上。但是进入市体校后，我的训练就很正规，当然读书也很努力。"

当大屏上播出瞿一敏在中学阶段的俊朗照片，还有以 14 秒 2 破校纪录的获奖证书,以及1975—1978年年年都是"三好学生"的奖状时,大家都"哇"声一片,炸开了锅。想不到,瞿一敏当年也曾是品学兼优的优秀学生!

我有意将他一军:"瞿指导,您这个14秒2的奖状是学校发的,好像不硬气。"他笑笑说,这个成绩在当时还是可以的。

"其实,对于少年选手,这个成绩非常棒,陈雁浩在1989年获全国少年田径锦标赛110米栏冠军时,成绩也是14秒2!"他的弟子张峰插话道。

瞿一敏与我们分享了他所经历的中学时代。

"那是处于巨变中的历史时期,特别是'文化大革命'结束,国家百废待兴,一代青年久旱逢甘霖,我们如饥似渴,珍惜韶华,时不我待。每天训练都有一种饥渴感,教练布置的任务都不折不扣完成,自己有时还会加练,队友之间暗暗较劲,目标只有一个:进入一线运动队,在更广阔的舞台上证明自己!"

"瞿指导,您是'三好学生',文化成绩肯定不错,你跟大家谈谈当时文化学习方面的情况。"

"我们是78届高中毕业班,班主任是语文老师张允文,副班主任是数学老师李德丽,这个班由田径队和足球队组成,是非常厉害的一个班。我讲的厉害,不仅是运动成绩,还有文化成绩。当时,整个社会重视知识,从家长、文化课老师、教练及学生本人,都重视文化学习。任课老师牺牲业余时间为我们补课,我们晚自修都静悄悄的,都在认真复习。所以,我们班的同学都非常有出息,除了我和沈克俭、林志桦等少数几个进入体工队之外,其余的全部进入了大学。其中,北体和上体就去了16人。后来,这批同学都是行业中的精英。其中,杨培刚担任上海市体育局副局长,王建国分别担任过国家自行车协会和铁人三项协会秘书长,在行政工作方面做出了突出成绩。做教练的,除我之外还有3人。沈克俭是世界冠军教练,也是连续六届全运会冠军教头;吴金贵

| 五环下的遇见

上海市少体校78届高中毕业班师生合影（前排左二为瞿一敏教练，左三为张允文老师，左四为李德丽老师）

是中超冠军教练，出任过国家男足中方教练组长，辅佐过六位外籍主教练；林志桦则专注于女足，任上海女足主教练期间，每年都有冠军入账，是名副其实的冠军教头。其他同学从教、经商和留学，各显神通。林德新赴美获医学博士，后来定居美国；班长任冬鸣在华师大二附中执教，她任班主任时带过的一个班，全班有27名学生考入清华、北大；在大学执教的同学数量最多，在上海交通大学、同济大学、华东师范大学、上海体育学院和东华大学等；另外，还有几位同学经商，成为企业家。"

"瞿指导，我感觉人家都比你在工作上要好，是否有些失落？"看他讲得有声有色，我又将他一军。

"有同学在陆家嘴高档酒店请大家吃饭，2万元一桌，我有些下不了筷子。心想，这一筷下去，就是几十上百块钱。不过，我也有自己的骄傲，我是全班唯一一个战斗在业余训练一线的教练员，30多年教练生涯中，向体工队输送了近20名优秀运动员。其中，陈雁浩获1993年和1997年两届全运会110米栏冠军，还在1994年亚运会和1995年亚锦赛上夺得110米栏金牌，享有'亚洲栏王'美誉；谈春华主攻400米栏，获1996年全国田径锦标赛400米栏冠军、1998年全国冠军赛冠军并打破全国纪录、2001年全运会400米栏冠军；张峰也获得过全国田径锦标赛110米栏冠军。最让我骄傲的是，2000年全国田径锦标赛男子110米栏决赛，站在起跑线上的8名选手，有4名选手（分别是陈雁浩、张峰、曹靖和范嗣杰）是我的弟子。"

"此处应该有掌声！让我们为一辈子坚守在业余训练一线的瞿指导鼓掌！"

会场响起热烈的掌声。

"瞿指导，听说您正在申报国家级教练，祝贺您！"

"我是赶上好的机遇，首先要感谢市体育局和学校领导。业余训练教练员评国家级教练，体育总局本来是有政策的，但各省市执行不一。以前，上海没有开放这一政策，现在体育局领导更加关心、支持业余训练教练，学校领导也帮助积极争取，所以我才有机会申报。业余训练工作非常艰苦，在我即将退休之际，能够评上国家级教练，是组织对我的肯定，在此，真心感谢领导和大家的关心、支持！"

在活动的最后，校田径队优秀运动员、第三届亚洲少年田径锦标赛女子跳高冠军陆佳雯为瞿一敏教练献花，分享会进入高潮。

读书社特地准备了视频连线，陈雁浩、谈春华、朱海宝、吴婷婷等众多弟子送来祝福，感怀师傅走过的光辉岁月，感恩师傅对自己的谆谆教导和关爱帮助，并祝师傅60岁生日快乐。

一个教练的成王败寇，似乎都聚焦在竞赛场上。其实，日复一日的艰苦训练和日常生活管理，才是他们教练生涯的真实写照。作为教练员，他要关注每个运动员成长，包括训练、文化学习和课余生活，既当

1999年10月，瞿一敏（右二）与学生谈春华（左一）、张峰（左二）、陈雁浩（右一）合影

爹又当妈，苦口婆心，每一个运动员的成长都倾注着教练的心血。

瞿一敏有几件事，让我记忆深刻。

2012年初，因高三年级压力大，高三班原班主任辞职，我临危受命，接手高三课文课兼班主任。瞿指导的学生兰超在我的班里，瞿指导跟我商量，大学单招兰超有希望，希望我们为兰超补课。我查了他的一模考成绩，觉得难度还是蛮大的，但我们四个文化课老师每天给他补课。结果，因为复杂的原因，兰超没有被录取。他的心理波动极大，这对他的文化学习产生了很大的负面影响。那时，我察觉兰超自己有放弃的想法，上课走神，作业不积极。我及时与瞿指导沟通，他不言放弃，跟我们商量："兰超是河南农村户口，家境不好，考不上大学的话，别的小孩还有路走，他的人生就非常艰难了。所以，还是请大家更加关心他，继续为他补补课，拼拼高考。"4月底，兰超的二模考成绩离2011年上海体育类录取线还有很大的距离。瞿指导意识到，兰超需要鼓励，激发他的动力。我们老师也积极配合，依然坚持为他补课。经过一个多月的拼搏，在兰超自己和任课老师的共同努力下，居然考了 309 分（不含体育 20 分加分），超过 2012 年上海体育类分数线 44 分，奇迹般地被上海体育学院录取！

瞿一敏是热心肠。退休支部老党员旋小妹教练来参加活动，瞿指导看她走路不稳，每次都主动去搀扶。我以为，旋指导是瞿一敏的师傅，其实不是。有一天，瞿一敏特地问我退休职工体检事宜。我有些疑惑：你还没退休，问这个干吗？他说，师傅尤芳棣 88 岁了，一个人去体检不安全，要开车去接他。结果体检那天，他早上 6 点去接师傅，到医院又鞍前马后，最后将师傅送回家已是中午了。

瞿一敏乐观、大度，看淡得失，是一个智者。在单位，大家牢骚最多的是待遇问题：市体校教练不如区体校教练，区体校教练不如中小学体育老师。但瞿指导懂得职场生态，他是虹口区政协委员，凡事讲规矩，在他提意见前，总要向领导问一句："领导，这个问题可以提吗？如果可以提，咱们就提出来；如不希望提，咱不瞎掺和。"话里话外的意思都说到了。

现在，学校个人的月收入、年收入都可以通过 OA 系统查询，这个系统已开通两年多了。我问瞿指导："瞿指导，您是大教练，去年收入多少？"

"兄弟，不瞒侬讲，我从来不登录系统。看与不看，不看是否更好？侬讲对吗？"

他说这话，好像这事跟他没关系。

但这话是真的，因为我考证过。

第三辑

# 风景独好

王仁华：
从少体校走出的科学家

## 一、001号新生

1959年7月，一个星期天的晚上7点。

城市在喧嚣中安静下来，万家灯火次第亮了。成都北路503弄12号的王家刚吃完饭，王仁华在窗前站了一会儿，正准备坐下来做作业。

"12号王仁华，12号王仁华，有长途电话……"马路对面胭脂店老板叫了好多遍。

王仁华把头探出老虎窗口，起初以为听错了，因为从来没有人打电话给他，市内电话没有，长途电话更不用说了。但听了几遍，分明是叫自己。于是，他迅速跑下楼去。

电话是上海市青少年体育学校（上海市体育运动学校前身）的赵承敏老师打来的。王仁华被告知，他被少体校录取了，录取通知书已寄出，要他拿到录取通知后马上去报到，办理入学手续。

接好电话，王仁华纳闷：我被少体校录取，林指导怎么没跟我提前说？

"妈，少体校足球队要招我，你说我要去吗？"王仁华拿不定主意。

"让你踢足球，本来是想让你锻炼身体的，现在倒好，要去从事半专业的足球训练了。你现在文化学习成绩蛮突出的，考大学前途光明。

我不是反对你去,而是要你认真掂量掂量,这条路是否真正适合你?"母亲是学校老师,分明是在埋怨儿子,但并没有把话说死,而是让儿子自己思考。

"仁华,你明天去问问你们林指导,看他有什么建议。"父亲在一边提出想法。

第二天上午,王仁华去新成区少体校(现静安区青少年业余体育学校)参加训练,在足球场上见到林耀清指导(也是徐根宝的教练)。

新成区少体校足球队合影(前排左三为王仁华)

"林指导,昨天傍晚,少体校老师打电话来,说我被招录了,您知道吗?"

"王仁华,这事我也刚刚知道。是这样的,上周三,我们新成区少体校不是和徐汇区少体校打了一场交流赛吗,正好少体校的唐文厚教练来看比赛,当时,我就把你和连文宝推荐给他。因为不知道是否能成,我没告诉你们俩,想不到他们动作那么快,马上发录取通知了。"

"林指导,我父母不一定同意,我也有点拿不定主意。"

"王仁华,少体校是进入上海队的关键,不瞒你说,有好多人做梦都想进少体校。你脑子活络,球踢得有灵气,进少体校必能成材。我真心希望你能为新成区体校，也为师傅争光啊！"

"林指导，您放心，我一定会努力的！"王仁华满口答应。

第三天上午，王仁华特地穿了一件新衬衫，独自前往位于水电路上的少体校。

王仁华坐上21路无轨电车，在虹口公园站下。下车后，沿着一条名叫"花园路"的小马路一直向北。路的两旁都是工厂，嘈杂的机器声隆隆作响；沿途居然没有一棵树，更不用说花了。王仁华心想：这也配叫"花园路"？太阳升高了，汗从额头渗出来。

花园路的尽头是水电路，站在丁字路口，"上海市青少年体育学校"的牌子赫然在目。进入大门，王仁华一下子被镇住了：一幢东西向、宽约60米的三层红色仿苏大楼（简称"红楼"）气势不凡，红楼前面是花坛，美人蕉和蔷薇花在烈日下鲜艳夺目，两排高大的香樟树向两边延伸。

王仁华没有直接走进这幢行政教学大楼，他先沿着左侧的甬道往里走。他想先睹为快，这所心仪的学校究竟长得如何？

学校占地面积太大了，除了行政教学楼，还有排球馆、篮球馆、体操房、乒乓房、运动员宿舍、食堂，各种训练、学习和生活设施一应俱全。最让他开心的是，大小足球场有3片，这条件是新成区少体校没法比的。

大约花了20分钟，王仁华匆匆观赏过校园后走进了红楼。接待他的是校办的赵承敏老师。赵老师30来岁，齐耳的短发，一双会说话的眼睛，为人和气热情，见到王仁华，像见到熟人一样，伸出了热情的双手。

"欢迎来到少体校！今年是学校第一年招生，千头万绪，所以有的工作我们要提前做。其实，学校还要再过1个月才开学，让你提前来呀，是想和你商量一件事。"

"老师，您客气，您盼咐就是。"

"今年学校计划招152名学生，年龄从10岁到16岁不等，对应的文化班从小四到高二。你呢，应该升高二，但目前高二只有2名学生，你和王后军。"

"老师,我就是王后军!"赵老师背后,突然蹦出一个人。

"说曹操,曹操就到。王后军来得正好,过来一块跟你们讲。"

王后军一身运动装,板刷头,胖乎乎的脸,还带着两个酒窝,笑起来特别甜。王仁华上前与他握手,相视一笑。原来他们相互熟悉,在足球场上交过手,王后军是虹口区少体校足球队的头牌,王仁华则是新成区体校足球队队长。

"王仁华、王后军,你们俩都姓王,可不能做调皮大王啊。目前,高二只有你们俩,不能开班。所以跟你们商量解决的办法:一是你们留一级,读高一;二是你们到附近的第五十二中借读,放学后马上过来训练,你们自己选。"

"老师,我留级!"王后军没有犹豫,脱口而出。

"老师,我……我不想留级。留级这事,我没想过。"王仁华皱着眉头,声音有点轻。

"没想过,没关系,给你时间考虑,今天要你们来,就是跟你们商量的嘛。"赵老师语气柔和,非常平易近人。

"老师,我就到第五十二中借读吧。"王仁华说道。

"你们可以回家跟父母商量一下。另外,你们把报到的材料先给我,我帮你们先把注册手续办了。"

王仁华和王后军各自拿出了录取通知书、免冠照片等材料。一会儿,赵老师将两本学生证递到他们手中。王仁华打开学生证,看到自己的学号是001。

回到家,父母问起去少体校的情况,王仁华特别兴奋:"爸,妈,少体校的校园好大啊,据说有300亩呢,我进去后,先偷偷地侦察了一番,里面光足球场就有3片……"

"哇,哥,什么时候带我去瞧瞧。"读五年级的小弟凑上前来。

"碰到少体校的教练了吗?"妈妈问。

| 五环下的遇见

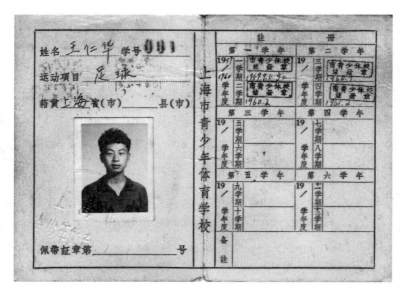

王仁华的 001 号学生证

"喔,教练出去开会了,没碰到,见到了校办的赵老师,跟我商量插班读书的事,还让我回来与父母商量……"

"留级当然不行,你又不是差生;到第五十二中插班也不是说不行,就是你只能住在学校里了……唉,我还是为你的读书担心啊。"

"妈,我在新成区少体校踢球,文化成绩不是也没耽误吗?你不知道,我们队好多人做梦都想去少体校,去那儿就有希望进上海队;而且,赵老师还说,每个学生每月有 30 元的伙食补贴呢。我住宿吃饭都免费,可以为家里减轻负担,多好!"

"我看行,小团想去,就让他去吧。说不定咱家仁华以后是上海滩的球星呢!"父亲在一边打趣道。

## 二、奔跑的姿势

一年的训练和学习生活很快过去了。1960 年 8 月,少体校足球队赴南昌进行交流比赛。这是足球队第一次离开上海去外地比赛,没想到,坐的还是卧铺。这批运动员都没出过远门,兴奋极了,每到一个车站,就像放飞的云雀,跳下站台撒欢。有的队员汗淋淋、脏乎乎地回到车上。领队郭牧是军人出身,一看这批小兔崽子乱哄哄的样子,虎着脸呵斥:"一群野羚羊,像什么样,看看你们还有运动员的样子吗,看我回去怎么收拾你们!"

但是,到了下一站,小年龄运动员早忘了领队说的话,情不自禁地下车,到处晃悠,刹不住车。

在南昌,足球队和江西省少年足球队进行了一场友谊赛。比赛打得异常激烈,前 80 分钟打成了 2∶2,临近比赛结束前,右边锋王后军摆脱对手的纠缠,沉底传出好球,中路接应的王仁华想用头球攻门,但来球位置稍稍低了一点,王仁华用胸脯停球,将球撞进了对方大门。全场比赛以上海队获胜告终。

比赛后,运动员们在领队和教练的带领下,游览了滕王阁、八一公园等景点。

1960 年 9 月 1 日 21:30,男生 202 宿舍,新学年的第一次"卧谈会"开始了。

"咱们学校地大物博,连蚊子也特别肥。胡之刚,你是否把窗户关了,我今天忘带蚊帐了。"王仁华一边说,一边"啪"的一声,干掉了一只蚊子。

"那还不要闷死人啊,你不觉得闷吗?!况且,关了窗,我怎么赏夜景?"胡之刚睡在靠窗的铺位,似乎很享受河道上传来的阵阵蛙声。

"王仁华,胡之刚的手特别长,眼睛也是千里眼,还带夜视。他看的是女生宿舍的风景。"王后军似乎看出门道,杠上了胡之刚。

"胡之刚要看得到的话,需满足两个条件,即夜视和光的折射!我相信人的超能量。"赵文豹接过话题,添了一把柴。

"你们不要把目标对准我,我投降。不过我倒是有个建议,王仁华,你可以弄杯酒，然后拿蚊子当菜，再赋诗一首。"

"那也不是难事，就是没有酒罢了。前几天正好读过陆游的诗《熏蚊效宛陵先生体》，我给你们朗诵一下：泽国故多蚊，乘夜吁可怪。举扇不能却，燔艾取一快。"

"王仁华，你太有才了。不过诗意虽佳，你却御敌无方。"赵文豹觉得有点可惜。

王仁华也想到用诗中熏艾草的办法，但未免兴师动众。他看着上铺的王后军，突然有了主意。

"王后军，你帮个忙，你的圆形蚊帐直接放下来，一直到底，或许我的床可以覆盖到。"

"是吗，我试试。"上铺的王后军把他的圆形蚊帐从席子底下抽出，放下来，结果正好把王仁华的铺位罩住，解决了王仁华的燃眉之急。

"赵文豹，王仁华这学期从第五十二中转到我们第五十八中借读，你怎么没有从复兴中学转到第五十八中？"胡之刚问。

"老兄，帮帮忙，复兴中学是市重点中学，我为什么要转到第五十八中？"赵文豹有些不屑。

"鄙人才疏学浅，但虹口是我的地盘，对家门口的学校，我还是略知一二。"

"哟，王后军，说来听听。"赵文豹显得很有兴趣。

王后军直起身，不急不慢道："其实，第五十八中就是以前的澄衷中学，口碑不错的，著名教育家蔡元培曾任校长，你们说牛不牛？丰子恺、钱君匋、王怀琪、白毓崑、杨天骥、杨荫杭等名人曾在该校做过教员。还有，文学家胡适、科学家竺可桢、法学家倪征燠、作家秦瘦鸥、画家陆俨少和吴一峰、戏剧家陈鲤庭等都是从澄衷走出的优秀学子……"

"唉呀呀呀呀，寡人受教了。"赵文豹想不到王后军居然能够说出那么多的澄衷名人。

"王后军,可惜了,你没有去澄衷,否则,以后澄衷校史名人榜上,怎么也应该有体育界王后军的大名啊。"胡之刚打趣道。

"胡之刚,有你和王仁华两位大神,我就不去凑热闹了。"王后军显得很大度。

"诸位,不早了不早了,你们去梦里美吧。"王仁华打了一个哈欠,睡了。

次日早晨5:50,出操铃声刚刚响过,唐文厚就出现在寝室走道上,挨个宿舍敲门。

10分钟之内,足球队全体队员集结完毕,在队长池乔年的带领下,一路小跑到达足球场。全体队员先是围着足球场跑圈,然后是折返跑,最后是有球训练:传球、小范围配合、射门。

太阳从东方冉冉升起。田径场、篮球馆、排球馆、乒乓馆、游泳馆、体操馆,一派热火朝天的样子。顾伯远、张允文、冯家禾等几位单身青年教师也在校园里跑步,苏健校长、李荆山副校长等校领导正从田径场东侧巡视过来,操场上不断传来"老师好""校长好"的问候声。

大约到了6:50,唐文厚看了一下手表,说:"王仁华、胡之刚、赵文豹,你们赶紧去吃饭吧。"

因为要到借读学校上文化课,唐文厚让3个借读生去先吃早饭。3人立马退出训练,一路小跑,奔向食堂。

这是校外借读生一天中最幸福的时光。因为大部队未到,他们可以最早享用食堂的早餐,肉包、花卷、馒头、豆浆、米糕,太诱人了。特别是水果粥,最先打粥的人,可以捞到满满一碗的水果,而后来的人,就很难见到水果的影子了。

第五十八中的借读生,一共有6人,除了足球队的胡之刚和王仁华,还有乒乓队的于贻泽,篮球队的丁永龙、郑揆文和排球队的张为堤,他们都是在1959学年陆续插班进来的。他们匆匆吃饭,匆匆回宿

| 五环下的遇见

舍,匆匆擦身换衣,然后背上书包,一溜小跑到广中路上的公交站台。

"你们怎么这么慢,79路车子来了!"王仁华嫌胡之则、于贻泽、丁永龙等跑得太慢,一个箭步跳上了公交车,然后回头看一下落在后面的同学。没想到,其他5个人都笑得前仰后合。

原来,这是王仁华第一次坐这路车,而其他人都是老兵油子了。他们觉得,赶不上这趟,就等下一班,何必心急火燎一身臭汗?

但王仁华不一样,每次,他都跑在前面,从不迟到。

1960学年第一学期期末考试结束了,一天中午,王仁华被班主任刘老师叫到办公室。

"王仁华,还有半年你们要高考了,你对升学有什么打算?你们体育生中有好几个都在说,想进体育学院的竞技指导科做专业运动员,你是什么想法?"

"刘老师,我不想进专业队,我想读大学!"

上海市青少年体育学校教学楼(红楼)老照片

"期末考试成绩出来,你的成绩名列前茅。我觉得你跟一般的同学不一样,还有很大的潜力,毕竟训练占据了你很多的时间。你想考什么大学?"

"上海交通大学吧,我喜欢理工科类的学校。"

"我觉得行。但你不妨把第一志愿填北京大学,第二志愿填上海交大。"

"是否填得过高,我怕好高骛远。"

"这个就像田径比赛,要看后面的冲刺能力。如果你冲刺能力强,完全可以梦想成真!"

## 三、苏校长查晚自习

1961年3月初的一个周日,晚上8点。教学楼灯火通明。高三和小四年级(体操和乒乓队学生)混编班教室里,10多名同学正在晚自习。高三的丁永龙正在与小四年级的包蓓丽说笑,而王后军正全神贯注地在看小说。

"不好,苏校长来了!"胡之刚喊了一声,声音很低,很急促。

王后军心领神会,把小说压在课桌里,随手将语文课本拿在手里,看了起来。

苏健校长走到王后军身边,其他同学都哈哈大笑起来。

"王后军,你蛮厉害的,书可以倒着看。我想,你背书也可以倒背。好了,我也不要你倒背,你就顺着背,背一段给我听听。"苏健校长冷冷地看着王后军说。

"苏校长,我错了。"王后军一看大事不妙,舌头一伸,用手摸了摸头皮,偷偷看一眼校长,将一本《钢铁是怎样炼成的》递给校长。

"这样吧,我们高三的同学到会议室开一个短会,小四年级的同学在教室照常自修！"

苏健校长打开会议室的灯，王仁华、于贻泽、张为堤、胡之刚、丁永龙、郑揆文、赵文豹、王后军依次进入，围成一圈。

"你们这个班比较特殊，高二一开始只有2个人，后来慢慢又进了6个人，一开始在第五十二中借读，后来转到第五十八中借读，赵文豹来得迟，在复兴中学借读。学校为了你们几个，也想尽了办法，还为你们买了公交月票。你们在外面读书，文化学习一定要抓紧，行为规范一定要注意，不能丢体校的脸啊！王仁华这次高考模拟考试成绩很好，进入第五十八中前三名。第五十八中校长专门打电话给我，夸王仁华学习好，我听了，心里比蜜还甜。你们其他几个成绩如何？你们自己说说。"

"苏校长，我的成绩没王仁华好，但也还可以，我想报考复旦大学。"郑揆文是篮球队的，他坦率地说出想法。

"苏校长，我今年不想高考，我想进体工队，但我文化学习还是蛮努力的。"排球队的张为堤如是说。

"我也一样，苏校长。"篮球队的丁永龙也附和着说。

"苏校长，我们教练说，已推荐我去市队了，我可能不参加高考了。"乒乓队的于贻泽说得很直接。

"校长，教练鼓励我以后争取到市队和国家队做守门员，我想去实现自己的梦想。"胡之刚此语一出，大家忍不住都笑了。

王仁华、赵文豹成绩最好，两人都表示要参加高考。

"王后军呢？你现在是高二，怎么跑到高三班？侬啥想法？"苏健校长明察秋毫。

"这儿人少，看得进书，嘻嘻。"王后军嬉皮笑脸，但立马又表态，"苏校长，胡之刚要守国家队大门，我要踢国家队前锋……"王后军顺着胡之刚的话，一副大言不惭的样子，眼珠子向同学们一转，脸上露出两个小酒窝。

"想披国家队战袍，为国征战，志向不低啊。可是，你现在有空看《钢铁是怎样炼成的》，作业难道都做好了？我晓得，你只有一条路，就是踢球，但文化知识还是很重要的。'老来方悔读书迟，书到用时方'艮少'，以后要成大器，就要有修养、有点底蕴。当然，这本书也不错，空余时看看也可以提升你的境界。这样，你写一篇读书心得，下周交给我！"

"是是是，校长，我一定写！"

"同学们，你们将面临人生的考验、国家的挑选，无论是进专业队还是进高校，都要锤炼自己。古人云，'何意百炼刚，化为绕指柔'，校长希望你们，认准目标，珍惜时光，刻苦磨砺，勇往直前！还有再强调，在课堂里，一定要守住底线：遵守纪律，不影响同学。"

开完短会，苏健校长来到教师办公室。冯嘉禾、顾伯远、张允文、侯文根和刘长蕴等老师都在备课、批作业。

"各位老师，我刚到高三小四混编班教室转了一下，这个班的高三学生还剩三个月要高考了，我总有点担心。他们都不在本校读书，我们在管理上如何跟上，你们有什么好办法？"

见到苏健校长，老师们站了起来。张允文老师迎上前去，说："苏校长，我们几个老师平时也分析过，他们基本上分两个类型，一类参加高考，一类去体工队或部队。去体工队或部队的学生，他们文化学习有放松迹象，这要让教练敲木鱼，不能放任自流，更不能影响参加高考的同学；要参加高考的学生，我们老师可以多关心一点，做些辅导。"

"好！就按这个思路来。明天我亲自召集有关人员开会，咱们少体校一定要打响第一炮！"

第二天上午9:30，红楼三楼会议室。

"各位教练、领队，昨晚我巡视了晚自修的情况，发现我们这个混编班有点乱。学生大大小小，自修氛围还不够浓。这个班的高三学生有的要参加高考，有的可能要进体院竞技指导科，你们运动队对他们要全面关心。现在最大的问题是，不参加高考的学生，可能思想放松，对学习要求不高，晚自修的纪律也有问题。你们各个教练要包干，落实责任。下面你们都说说。"

唐文厚教练第一个表态，说："苏校长，我们足球队涉及的人最多。不过，王仁华和赵文豹成绩非常好，纪律没有任何问题；胡之刚学习还过得去，我再敲打敲打；王后军嘛，有点小调皮，我让他待在高二班，他和胡之刚都有希望去专业队的。"

"我们篮球队的郑揆文读书很用功，没问题的。丁永龙读书成绩一般，不过球打得还不错，去专业队希望很大，所以学习上相对放松。苏校长，我今天下午就找他谈，敲打敲打。他如果还不认真，违反自修纪律，我就让他到我办公室自修。"钱国安教练对苏健校长打了包票。

接着，乒乓队的李宗沛教练和排球队的顾美娟教练相继作了发言。

## 四、在那条林荫道下

1961年4月的一天，少体校足球场。场上两队分组对抗赛刚结束，主教练唐文厚正在点评：

"今天比赛，整体配合还可以。赵文豹，你的传球、组织进攻意识不错，但如果前锋王后军和王仁华吸引了较多的防守队员，中间有空档，你就要大胆切入，由策动进攻变成直接突破射门。还有王后军，你下底起球，要看接应队友的位置，如果接应队员明显不到位，就适当控球，否则，你就把球权交给对方了。胡之刚，你出击的时候，要果断……还有，后卫队员，压上要坚决……最后，王仁华，你留一下，其他人去洗澡吧。下课！"

"王仁华，我们在林荫道上走一走。"王仁华心里有点忐，他知道，今天唐教练要跟他谈考大学的事。

王仁华（右）与唐文厚教练合影

"王仁华，上次跟你说过，华东师范大学看中你，不知道你想法如何？今天，华师大体育教研室主任黄震又来找苏校长，苏校长让我来了解情况，做你思想工作，我想听听你的真实想法。"

一周前，黄主任来过一次。华师大成立了一支足球队，他想来少体校挖人。苏校长并没有直接答应，而是让黄主任与王仁华直接面谈。当时，王仁华心里有自己的小九九，没有正面回应，只说考虑考虑。但今天，他知道再推脱有点困难。

"唐指导，我以后不想做老师，所以不想考华师大；再说，我对自己有信心，我想报考上海交大，也想冲刺一下北京大学。"

"你的想法也没错，只是清华北大人人都想去，但考上的人毕竟凤毛麟角。如果清华北大要招足球特长生，我肯定放你走了。现在上海的高校，只有华师大和华东纺织工学院（现为东华大学）成立足球队，他们的主要任务是代表上海高校参加全国大学生足球比赛。我觉得，你进华师大也是不错的选择，毕竟华师大也是一所全国重点大学，你说是吧。"

"教练……"王仁华一时语塞。

唐文厚教练看王仁华欲说还休、作低头沉思状，于是，深深吸了一口气，意味深长地看着远方。

"这样吧，我再跟黄主任沟通一下，你也再想想。"

让王仁华没想到的是，第二天下午，华师大黄主任第三次来少体校，他是不怕踏破铁鞋磨破嘴皮啊。

还是在校园的林荫道下，谈话对象变成了黄主任与王仁华。

"王仁华，唐文厚教练昨晚打电话给我，说你以后不想做老师，所以他希望我放弃，尊重你的选择。我今天还来，绝对不是不尊重你的意愿，而恰恰表明我对你的尊重和诚意啊，请你理解！"

"黄主任，谢谢您的信任。可我——"

没等王仁华说下去，黄主任又接着说："你可能有所不知，我们华师大不仅是培养优秀师资的，我们也有许多前景广阔的学科，如原子物理、有机化学、生物科学等，也为国家培养拔尖人才，只要你喜欢，专业随你挑，前提是你能够读得下来。当然，我知道，你文化成绩非常优秀。但我们华师大有高水平足球队，你来华师大，可以在学习和踢球两者之间找到平衡点。此外，唐教练培养你两年，从他跟我商量的语气来看，他真的是很器重你啊，他能为学生着想，很有境界，我很钦佩。我觉得，你有这样的教练，是你三生有幸！"

黄主任的话，让王仁华心头的迷雾散去了一半；特别是听到最后一句时，王仁华低下了头。是啊，唐教练培养了他两年，非常希望他能继续踢球的。

"黄主任，我想读物理学科的专业。我喜欢挑战。"王仁华说出自己的想法。

"好的，你不妨来一趟华师大，我会带你看看我们华师大的校园和实验室！"

这时，红楼那边正走来一个身材魁梧的人，是苏健校长。

"黄主任，又让你亲自跑一趟，真不好意思。"苏健校长老远向黄主任打招呼。

"我们黄主任是'三顾茅庐'，王仁华，你是卧龙先生啊！"

"苏校长，黄主任说华师大也有非师范类专业，我可以选自己喜欢的专业。本周六下午，我想去一趟华师大。"

"那就好，你去看看再做决定。"

夕阳西下，余晖洒在教学楼的屋顶。教学楼前的花坛里，杜鹃花开得分外鲜艳，而广场旗杆上的国旗，也在春风中迎风招展。

周六下午，王仁华应约来到位于普陀区的华东师范大学。王仁华参观了校园，还参观了华师大物理系的实验室，详细询问了物理学科的专业设置和就业前景。最后，黄震主任还特地带他去见苏明仁教练。苏教练原是上海队守门员，是上海滩有名的球星，这次华师大为建立足球队，专门引进他做教练。见到王仁华，苏教练非常豪爽，给了王仁华一个热情的拥抱，并为他描绘了华师大足球队的美好愿景。

或许是有太多的因素，王仁华最终选择了华师大，但他填报高考志愿时，还是难以下笔。最后，他填写了如下志愿：

第一志愿，华东师范大学

第二志愿，上海交通大学

第三志愿，上海交通大学

第四志愿，上海交通大学

他的内心有多矛盾，只有他自己知道。

## 五、离别的笙箫

1961年8月12日下午3点，少体校红楼三楼会议室。

李荆山副校长主持召开训练工作专题会议，参加会议的有苏健校长，校办的周菊芳、孔广溢、郭牧、赵承敏，以及钱国安、顾美娟、陈功成、董复珊、翁孝先、李宗沛等教练和领队，负责训练工作的翁士堃正在汇报工作。

"苏校长，几名考上大学的高三学生想要见您。"分管教务的庞为老师敲门，探身进来。

"带他们到我办公室坐一下，训练会议结束后我马上来。"

训练工作专题会议上，各教研组负责人分别汇报了前期工作，训练部门对下阶段工作作了布置，李荆山副校长提了要求。最后，苏健校长讲话。

"学校成立至今，已整整两年了。我们训练部门的同志付出了艰辛的努力，也取得了可喜的成绩。我们足篮排三大球项目，在今年全国少年比赛中都取得了不错成绩，名列前茅。我们的乒乓项目在李仲沛教练、徐介德教练的带领下，在上海市青少年比赛中大包大揽，形势喜人。最难能可贵的是游泳项目，我们在没有游泳池的不利条件下，靠外借场馆训练，拿到了少年组的多项全国冠军，陈功成和杨玉群教练功不可没。另外，我们各项目的输送成绩喜人……足球队的王后军、胡之刚，乒乓队的于贻泽，篮球队的丁永龙和排球队的张为堤等人都有可能被输送，有的已经在办进队手续……"

开完会，苏健校长匆匆赶回办公室。

"苏校长好！"看到苏校长，几名同学一起站起来，向校长问好。

"坐坐坐。见到你们太高兴了。来，说一说你们的录取情况。"

"报告校长,我录取在华师大物理系。"王仁华第一个报喜。

"苏校长,我录取在复旦大学物理系。"郑揆文笑容可掬,充满自豪。

"苏校长,我录取在西安交通大学物理系。"赵文豹展示了他的录取通知书。

"三位同学录取学校都不错,恭喜你们成为天之骄子。唉,赵文豹,你怎么不报上海交大,却报了西安交大?"苏健校长有些疑惑。

"苏校长,我有个哥哥在西安,他特别想我,动员我报考西安交大,所以我就报了,结果还真的录取了。"

"是吗,那挺好呀,你们兄弟感情深啊。其实,西安交大和上海交大两年前还是一家呢,只是从1959年开始才从上海交大独立出来,目前,西安交大也是全国16所重点大学之一。真是巧合啊,你和王仁华、郑揆文都报物理系,物理作为自然科学的带头学科,非常难学,不少理科成绩好的同学也望而却步,可你们居然知难而进,勇气可嘉啊。看来,你们都是想在科学事业上有一番作为啊!"

"苏校长,其实,我和郑揆文的成绩都没有王仁华好,我们只是幸运而已。"赵文豹谦虚地说。

"你们也不容易,能够考上这么好的大学,真的是了不起啊!"苏建校长发觉,和郑揆文、赵文豹的兴高采烈相比,王仁华虽然也是满脸笑容,但有那么一瞬间,他捕捉到了王仁华不经意的失落。于是,苏健校长话锋一转:

"王仁华,你报的华师大其实也很好,虽然是1951年才建校,历史相对较短,但起点高啊。华师大是在大夏大学原址上创办的,它以大夏大学和光华大学为基础,并入了圣约翰大学、复旦大学、同济大学和浙江大学等高校的部分系科,也是全国16所重点大学之一啊。"

"苏校长,您对华师大很熟悉啊!"郑揆文在一边插话。

"因为我在延安抗日军政大学读书时,我的同桌就是大夏大学的学生，后来也投奔至延安。我们在一起经常聊我们曾经的大学生活。但当时，为了追求光明，我们离开了物质条件优越的大城市，冒着生命危险，冲破国民党的军事封锁，前往延安。后来，我们在延安抗日军政大学学习、劳动和战斗，年轻真好啊。我觉得，人只要有理想，前方即使是刀山火海，也会知难而进！你们啊，成长的环境不同了，没有了战火，也不用劳动，所以更要珍惜大好时光，把书读好。从军可以报国，体育可以报国，读书可以报国，希望你们永远有一颗火热的心。"苏健校长的眼神中充满了期待，同学们被苏校长富有感召力的话语深深吸引和鼓舞。

与学生见面后，苏健校长又单独把王仁华留下来。

"王仁华，我听说你高考数学是 100 分，总分很高，了不起啊。华师大虽然不是你最心仪的，但我想对你说，能否成材，你自己的努力是第一位的；你既然报的是物理专业，你一定要有一颗雄心，发扬体育人拼搏超越的精神，学好本领，在科学事业中闯出一片天地来，报效国家！另外，华师大有足球队，你的学习环境和训练环境，和少体校有相似之处，希望你一样能够处理好。切记，你是从体校出去的，你就要为体校争光。"

王仁华告别校长后，又去了足球场，和唐文厚教练和王后军、胡之刚等队友一一告别。

当王仁华走出校门时，已是夕阳西下。他转过身，"上海市青少年体育学校"的校牌在夕阳下披着金色。他悄悄地抹了一下眼角，转身消失在母校的视线中。

## 六、寻找 001 号

2019 年 3 月，上海市体育运动学校为迎来建校 60 周年，举行了征文活动。活动得到了广大校友的热烈响应,"世纪足球小姐"孙雯、围棋世界冠军芮乃伟、国家体操队原代总教练杨明明、上海交大教授赵文杰、全国人大预算工作委员会原副主任黄建初、北京市国资委国企监事会原主席余海星等纷纷撰文,回忆当年在少体校的训练和学习生活,表达了对母校深深的感恩和美好的祝愿。

其中,校友章大钧的一篇回忆文章引起了校庆组委会的重视。文中提到,"上海少体校第一届毕业生中有一个足球队的学生,叫王仁华,学号001号,是中国科学技术大学电子工程与信息科学系教授、博士生导师,主持'中文语音交互技术标准化'工作,是我国'智能语音技术'的翘楚,被誉为'中国语音合成技术之父',是我国人工智能领域领衔主持国家级实验室的拔尖人才"。

语音技术属于人工智能范畴,是我国高科技领域走在世界前列的代表,少体校能够走出这样一位在科技领域取得如此突出成就的科学家,这是何等荣耀的事情。少体校出世界冠军、奥运冠军不稀罕,但走出科学家,这还是第一次听说。学校非常重视这一重要"发现",经过多方联络,终于找到60年前少体校的"001号"。

2019年5月24日,王仁华应邀回母校,接受母校的采访。

采访中,主持人重点采访了王仁华在少体校中训练、学习和生活情况,也追问了他离开少体校后走过的光辉历程。(以下是采访实录)

主持人:王教授,刚才问了您很多在少体校时的情况,现在想请您谈谈您的大学生活。当时,您以高分考入华师大,数学还得了满分,心里是否有落差,你是否有过心灰意懒的感觉?

王仁华:进入华师大确实有过失落,而且这个问题困扰了我四年。但是,我没有自暴自弃,而是勇敢积极地面对现实。华师大的学习和训练模式,和我在少体校的情况差不多,也就是训练和住宿相对集中,上课学习大家回自己的系里。我还是老样子,训练很刻苦,但学习也抓得非常紧。我不敢说自己是华师大最勤奋的一个,但我在华师大运动队中绝对是最刻苦努力的一个。在华师大，我各科学习成绩年年优秀。我还有一个目标，要读北大或交大的研究生，去实现我尚未实现的梦想。

主持人：那时，你们足球队的水平如何？是否有全国性的比赛？

王仁华：当时，全国大学生足球比赛年年都有。上海大学生联队以华东纺织工学院足球队为班底，我们华师大足球队就我一个人参加，但我担任过上海大学生联队的队长，我们连续四年参赛，年年都是冠军。记得在1965年全国大学生足球比赛中，我与赵文豹相遇，赵文豹系陕西大学生队主力，结果上海队赢了陕西队。那次比赛后，50多年来，我们没有见过面。

**1965年上海大学生足球队获全国十大城市大学生足球比赛冠军**
（三排左二为王仁华）

主持人：您怎么会到中国科学技术大学做老师的？

王仁华：1966年，我本来想考研，但"文化大革命"开始后，研究生停招，我处于待分配状态，浪费了一年时光。不过，机会总是给有准备的人，1967年下半年，全国高校66届毕业生开始分配工作，华师大居然有一个去中国科学技术大学当老师的名额，我因成绩优异而幸运入选。这是我一生很富有传奇的转折。我觉得，如果说我能够在科技领域有所成就的话，是中科大给予的。

主持人：中科大是一所名校，它有什么过人之处？

王仁华：中国科学技术大学是新中国成立后创办的一所新型理工科大学。中科大依托中国科学院，全院办校，所系结合。当时，我们中科大校长是中国科学院的郭沫若院长，我们各系的系主任都是重量级的科学家，像竺可桢、钱学森、钱伟长、郭永怀等，他们也都是中科院下属研究所的所长。老一辈科学家治学严谨，以身垂范，对青年教师思想上的鼓励、学术上的扶持，处处体现老科学家的风范。我们就是在这样的环境下，得到了更多的锻炼机会。

主持人：从您的履历看，您曾有公派赴美留学的经历。当时，有些人选择留在国外，而您却回来了，非常了不起，请说说那段经历。

王仁华：我是改革开放后第一批被公派出国的青年教师。1980年我到美国圣母大学学习数字信号处理和语音通信，我的指导老师是电子工程系系主任Melsa教授。有一天，我在他的办公室讨论完一篇学术论文后，他问我有没有兴趣读他的博士，我当时一愣，说考虑一下。念博士，还是在美国，这可是我大学时代就开始的梦想，这让我兴奋了好几天。然惊喜之余，我想到出国时中科大校长的谈话和期盼，想到我已经36岁，已经耽搁了10年黄金岁月，我必须尽快回国开始自己的事业，最后还是婉转回绝了。当时，确实有部分人转读博士或选择在国外工作生活，但我心里放不下。我不想说，我有多爱国之类的大道理，但我知道，我学的信息技术，在国内是空白，我必须尽早回去发展这个学科，这是我的使命和担当。尽管放弃了在美国念博士的机会，但我至今没有后悔过，认为这是我自己做过的最正确的决定。两年后，我按时回到中科大。我坚信，我的事业在中国！

主持人：王教授，请科普一下语音技术的知识和您在这方面做的工作。

王仁华：说得通俗一点，智能语音技术就是让电脑、手机、家电等各种信息终端，像人一样"能听会说"的技术，它已广泛应用到社会生活的方方面面，为人们信息获取、人机交流的方式带来重大变革。此外，语音技术还在语言教学与民族文化传播、通信安全以及军事等国家核心价值领域有着重要的应用价值。

1982 年从美国回中科大后，我开始承担教学和科研任务，并培养研究生。我们近乎白手起家，建立起了科大语音通信实验室，后又与国家智能计算机研究开发中心共同建立了"人机语音通信实验室"。在极其困难的情况下，我带领我的团队，承担了国家 863、国家重大科技攻关、国家自然科学基金等项目，在语音合成、语音识别及语音评测等方面取得了一系列的创新性研究成果，也培养了一大批优秀学生。研制成功的 KD 系列汉语文语转换系统，获得了 2002 年国家科技进步二等奖；研制开发的面向网络与嵌入式环境的语音合成技术，获得 2005 年信息产业部信息产业重大技术发明奖；研究开发的基于 HMM 模型的可训练语音合成技术，2006 开始连续多年在国际英文语音合成大赛上荣获第一名，受到国际学术界的赞誉；基于语音技术研制成功我国第一个普通话水平测试自动评测系统，被认定为我国"普通话推广历史上一次重大技术革命"。

**主持人：**王教授，您是科大讯飞公司的创始人，能跟我们简单介绍一下科大讯飞以及它的崛起对中国高科技企业有何意义？

**王仁华：**1998 年，我的一个很优秀的学生——刘庆峰，是 1993 年进的科大语音实验室，1995 年就已担任科大语音实验室项目负责人，承担国家 863 重大科研项目，他主动找我，说不准备出国了，想留在国内创业，并看好语音技术的发展前景。我听了以后，回了一句话："好！我支持你，科大语音实验室支持你。"随后，庆峰又找了几个志同道合的科大在校学生，在合肥的一个居民楼租了一套房，正式办起了语音公司，它就是科大讯飞公司的前身。这就是当时轰动全国的"中科大六学子创业开公司事件"。

科大讯飞凝聚了刘庆峰博士等一批热血青年，他们怀着同样的梦，创业、拼搏。经过近20年的艰苦创业，抓住了移动互联网、大数据、云计算等机遇，终于发展成为国内一流的信息企业，并且于2008年成功上市。目前，科大讯飞不仅是在校大学生创业的首家上市公司，市值超过千亿元，也是亚太地区市值最高的语音企业、国际上著名的语音技术公司，更是国家人工智能战略发展的重要平台。2019年，科大讯飞新一代语音翻译关键技术及系统获得世界人工智能大会最高荣誉SAIL奖（卓越人工智能引领者奖）；同年，科大讯飞成为北京2022年冬奥会和冬残奥会官方自动语音转换与翻译独家供应商，致力于打造历史上首个信息沟通无障碍的奥运会。

最后，我想讲的是，科大讯飞崛起的一个深层意义还在于：正是这一学生创业的过程，让我国的语音和语言技术真正冲出了实验室，在中国建立和发展了语音产业，彻底扭转了中文语音产业由国外IT巨头垄断的格局。我们走出了一条有效的产学研用的产业化道路，为我国科技成果产业化作出了表率。

主持人：听说，您夫人夏德瑜教授也曾在少体校训练过，请您跟我们分享一下她的故事。

王仁华：夏德瑜教授也是新成区少体校运动员，练跨栏和跳高，是二级运动员，后考入复旦大学生物系，毕业后分配到中国农科院工作，1971年调入中国科技大学物理系任助教，后转到信息学院，先后任讲师、副教授。她除了讲授电生物学外，还参加了多项国家863和自然科学基金项目，获得过多项科学院和安徽省的奖励。夏教授患过大病，身体不好，我因工作特别繁忙，对她照顾不周，但她非常支持我的工作，还热心公益事业。在中科大，有我们共同命名设立的"华瑜奖学金"；在科大讯飞公司，我们共同设立了"华夏创新奖"。

主持人：非常感谢王教授，您的故事太励志了，我们会把您的故事讲给今天的运动员听。再次感谢。

| 五环下的遇见

王仁华与夫人夏德瑜教授合影

## 七、重逢的日子

2019年9月15日8:30，上海市体育运动学校成立60周年庆典活动拉开帷幕。

距庆典大会还有1个小时时，广场上已聚集了四五百位来自五湖四海的校友，他们兴高采烈地走"红地毯"，在背景墙上签名留念，并沿着红色的跑道，穿越"历史的星空"展区，最后来到行政教学楼前的花坛边合影留念，背景板上写着：上海市体育运动学校1959—2019。

"王教授，您好！"没容王仁华思索，一双大手伸了过来，热烈地握手。

"您是……"

"我是赵文杰,您的学弟,63级的,也是唐文厚教练的学生。您不一定知道我,但您一定认识我哥赵文豹,我是他弟弟,赵文杰。"赵文杰主动介绍自己。

"久仰久仰,听说过你。你哥来吗,他应该身体还好吧,我和他在全国大学生足球比赛时见过面,一别50多年啊。"

"我哥现住在杭州,恰好有事没来。他在科技领域也取得过不错的成绩,获得过国家科技进步二等奖,担任过大型国企的总监。当然,他的成就没您高。"

"谦虚谦虚。咱们去主会场吧,离庆典大会还有25分钟了。"

"好好好,咱们一起上去。"

主会场设在教学大楼六楼大礼堂。王仁华、赵文杰在志愿者引导下,向六楼贵宾室走去。

贵宾室高朋满座。市体育局党组书记、局长徐彬,一级巡视员郭蓓(校友,射箭世界纪录创造者),市体育局党组副书记、副局长陆檩,副局长杨培刚(校友)、宋慧、罗文桦(校友),历任校主要领导姚纪梅、朱勇、赵英华、吴浣、傅家新、叶蓓伦、宋吉福、谢培飞、沈利龙、马玉生、韩竞英、董士祺等,知名校友沈富麟、张德英、史美琴、李秋平、孙海平、丁松、丛学娣、李国君、朱政、陶桦、庞佳颖、睦禄、三仪涵、陈弘、劳建华、汪宝山等均到场祝贺。

奥运冠军刘子歌、许昕,世纪足球小姐孙雯,亚洲足球先生范志毅,世界冠军倪夏莲、芮乃伟、朱琳、朱倩蔚,全国人大预算委员会原副主任黄建初,北京市国资委国企监事会原主席余海星,中国武术协会主席张秋平等知名校友因故没有参加校庆活动,但分别以视频、书信和电话等形式,表达了对母校的祝福。

"这位是中国科学技术大学王仁华教授,是我们市体校1959年创办时学号为001号校友,他原来是足球队的,后来成为知名科学家。"张星林书记向来宾介绍。

徐彬局长迎上前去，热情握手，说："王老，久仰久仰，我们都知道人工智能是中国高科技领域的骄傲，没想到，您是这个领域成就卓著的科学家啊。您是我们市体校的骄傲！"

"我们优秀的人才都去搞科研了，所以中国足球水平上不去。"郭蓓接过徐局的话题，打趣道。

王仁华笑道："哪里哪里。市体校60年人才济济，其他项目我可能不了解，足球项目我是关注的，真是硕果累累。我们出了很多优秀的教练，像包瀛福、李必、胡之刚、朱广沪、马良行、吴金贵、水庆霞等都曾是国字号教练，还有何家统、唐文厚、范九林、刘庆泉、奚志康、成耀东等一批教练也有很大的影响力；著名运动员那就数不过来了，我的同学王后军、胡之刚，亚洲第一前卫刘庆泉，世纪足球小姐孙雯，亚洲足球先生范志毅，身披过国足战袍的起码有六七十号人吧……"

上午10点，六楼主会内，近500位嘉宾欢聚一堂。

会议进入高潮。

主持人说："下面有请知名校友、中科大教授、科大讯飞股份有限公司首任董事长兼首席科学家王仁华上台！请学生代表陆佳雯向杰出校友王仁华赠送水晶纪念杯。"

陆佳雯是2019年第二届全国青运会女子乙组跳高冠军，她以1米90的成绩创造了当年全国女子跳高的最好成绩。让她作为学生代表，象征了新一代体校运动员薪火接力、继往开来的精神传承。

王仁华接过水晶纪念杯，底座上镶嵌着"001号学生证"，那学生证本来是他捐赠给母校的珍贵礼物，母校现在把它"还给"他。

六十年，时光荏苒，从一个风华正茂的少年学子，到两鬓泛白的古稀老者，王仁华感慨万千。他环视会场，深深地一鞠躬。

"感谢母校，感谢陆佳雯同学。在座的领导、校友和嘉宾，我是1959年建校时的第一批学生，因为年级最高、报到最早，所以学号是001号。当时，我不觉得这个学生证有什么特别，但现在觉得它太珍贵了，它是我的荣誉，也包含着非凡的使命。"因为激动，他略作停顿。

"不好意思，我心脏装了支架，医生关照，不能激动。但今天要是不激动，那就愧对了曾经是运动员的这份荣誉。"

台下，掌声热烈。

"离开母校已58年，今天站在这里，是我的荣耀时刻，也是"文化大革命"前我们那一批学子的荣耀时刻，我是代表同学们来向母校汇报的。我在学校足球队时踢前锋，前锋的职责就是克服一切艰难险阻，把球送进对方的大门。我可以欣慰地告诉大家，告诉母校，在我的每一段人生旅程中，我始终记着我是一名前锋，我的职责就是要'进球'，取得胜利！我毕生从事语音信号处理及智能语音技术领域的科研教学工作。在中科大，我主持研究的是智能语音通信技术，说得通俗一点，就是让机器'能听会说，能理解会思考'，属于人工智能的领域，是目前已广泛应用于民用和军事领域的高端技术。这个领域是当代世界强国必争之地，是一个没有硝烟的战场。我们和世界强国比赛，一开始，我们处于严重落后，但我们不认命、不放弃，凭着顽强坚韧，攻坚克难，终于在国际上崭露头角。现在，我们在这个领域，已赶上了美国，走在世界语音技术的最前沿。

"有人跟我说，你是否被体育耽误了，否则还会考上更好的大学，取得更大的成就。我说，恰恰相反，是体育成就了我。我的一生与足球相伴，在华师大，我曾是上海大学生联队的队长，上海队每年都是全国冠军。在中科大，我是校足球队的绝对主力，出战合肥足球联赛，屡获佳绩。体育给了我快乐和强健的体魄，也使我在科研教学领域更加有专注力。当然，体育更是培养了我的意志品质，使我在困难和挫折面前，有勇往直前的定力。

"58年前，在离别母校时，苏健校长跟我说：'王仁华，你一定要有一颗雄心，要发扬体育人拼搏超越的精神，干出一番事业！'他还说过,'从军可以报国,体育可以报国,读书可以报国'。今天,我想用苏校长教导我的话,来勉励今天的新一代体校人,唯有你们的雄心、你们的拼搏、你们对国家的热爱,上海市体育运动学校才会有更加灿烂辉煌的明天!"

掌声经久不息。

最后,是校训揭牌仪式。上海市体育局领导徐彬、陆檩、宋慧、罗文桦等一起上台,为校训揭牌。

"一二三",8位领导将壶中彩纸倾泻在牌匾上,牌匾渐渐显露8个金光闪闪的大字:"拼搏超越,爱国争光。"

台下,全体起立,掌声最最热烈。

欢快的音乐伴随无数拂过春风的笑脸,大家纷纷举起手中的手机,定格上海市体育运动学校60华诞的美妙时刻。

窗外,是飘扬的彩旗、红色的跑道和蔚蓝的天空。

## 【后记】

上海市体育运动学校于1959年9月17日成立,第一批学生共152人,分小四至高二,共七个年级。其中,高二年级学生共8人,以下是这8名学生的简历。

**王仁华**,足球队运动员,考入华师大物理系。系中国科学技术大学电子工程与信息科学系教授、博导,长期致力于人机语音通信、人工智能、多媒体通信等方面的科研和教学工作,系科大讯飞股份有限公司首任董事长兼首席科学家、国家中文语音交互技术标准工作组组长、语音及语言信息处理国家工程实验室学术委员会主任委员,两次荣获国家科技进步二等奖,还屡获国家信息产业重大发明奖等重要奖项。

**王后军**,足球队运动员,先后入选上海队和国家队,曾任中国国家足球队队长,司职前锋。退役后,先后担任上海市足球队教练、主教练等职,曾率队荣获1983年全运会冠军,为上海培养了一大批足球人才。

前排左起：于贻泽（乒乓球）、胡之刚（足球）、王仁华（足球）；
后排左起：张为堤（排球）、丁永龙（篮球）、郑揆文（篮球）

2012年，因病去世。

**赵文豹**（后改名赵阳），足球队运动员，考入西安交通大学物理系。毕业后分配至中国机械装备（集团）公司（世界五百强企业），系研究员级高级工程师，获国家科技进步二等奖，享受国务院特殊津贴。

**胡之刚**，足球队运动员，先后入选上海队和国家队，司职门将，1975年被评为"亚洲杯预赛最佳门将"。退役后曾长期担任国家队守门员教练，先后协助年维泗、苏永舜、张宏根、高丰文四任国足主教练。

**于贻泽**，乒乓队运动员，先后入选上海队和国家队，右手直板近台快攻型打法，1965年和1973年两次入选世乒赛中国队主力阵容。退役后，先后担任过八一队和上海队主教练，培养了包括世界冠军施之皓、王励勤在内的众多优秀运动员，是首批国家级教练员。

**丁永龙**，篮球队运动员，高中毕业后输送到上海队，退役后，先后在南市区少体校和黄浦区少体校任篮球教练。目前，虽年近八十高龄，但仍在上海市元老篮球队打球，多次参加世界华人篮球比赛，屡获冠军。

**张为堤**，排球队运动员，先后入选上海队和国家队，80年代初前往美国，后在美国大学执教。

**郑揆文**，篮球队运动员，考入上海复旦大学物理系，后续情况不详。

张　明：
一个摄影记者的体育情缘

　　采访张明，缘于做校园文化项目，女足前国脚莫晨月向我推荐："张明很厉害的，曾是一线运动员，从复旦毕业后进入新华社，2001年时就被评为新华社高级记者，摄影大咖，采访过100多位国家元首……"

　　但我真正看到他本人是在送别他戎马一生的父亲的追悼会上。张明身材高大，戴一副深度眼镜，儒雅稳重。追悼会上张明致辞，感谢父亲的养育之恩和谆谆教诲，情深意切，吊唁的来宾们都潸然泪下，可他竟然没有失声。我惊诧于他的克制力，在人生最艰难的时候，他克制了自己的情感，这需要多大的忍耐力！

　　张明住在宛平路的公寓里，当我们走出电梯时，他已将大门敞开，迎上前来，一双大手握了过来。我们进门要换鞋，他硬是不让；他的声音洪亮，热情豪爽。张明家的客厅布置得非常奇特，东西堆得重重叠叠，走路需要倍加小心。他看出我们的狐疑，笑道："我的客厅稍微有点乱，还可以下脚，我到一位朋友的家里，走路都要侧身的。"

　　采访的话题从练体育开始。

　　"小学体育老师特别喜欢我，我练过乒乓、游泳，田径也练过，练的是铅球和手榴弹，曾与郭蓓（曾任上海市体育局副局长、一级巡视员）在同一教练指导下训练，是队友。最有趣的是，虹口区体校教练有意让我练足球，司职守门员，但权衡下来，教练让我练排球，原因就是我弹跳好、有爆发力。"

当问起他在少体校三年多有什么深刻的印象,最感谢的人是谁时,他擦了擦汗,目光炯炯。"感觉少体校很大,林木葱茏,花开四季。50年代建造的红色仿苏建筑庄重气派,错落有致地分布于多个区域。少体校除了环境好,吃得好也是一大特色。当时,正值"十年动乱"结束,经济萧条,一般家庭都很困难,但少体校的伙食有保障,饭可以吃饱,还有鱼有肉吃。在那个贫困年代,少体校可以算得上是'人间天堂'了。

"要感谢的人很多。胡棣华是我的教练,教我技术,也教我们做人——不仅仅是言传,更是身教。每一堂课,人高马大的他和我们一样,满身是汗。后来,董兴祥成为我的教练,在他手下练了有一年半时间。胡棣华指导比较和蔼,凡事和风细雨,有时跟我们讲讲笑话,更像慈父。董兴祥指导训练非常严格,技术动作不到位,他会立马不留情面地批评,让人心生敬畏;每天早晨五点三刻,一分不差,他会准时敲门,'嘭嘭嘭'的响声,立马把我们从美梦中惊醒过来。我觉得,在我们成长过程中,两位教练的风格是互补的,在少体校这个大家庭里,我们需要温暖、鼓励,当然,严格的磨炼也是不可或缺的。

"分文化班时我被分在快班。李德丽老师的数学课解题思路清晰,印象深刻。化学课相对枯燥些,但王礼铭老师的课深入浅出,如他教碱在pH值试纸上呈现蓝色这一知识点时,他用上海话'橄榄'(谐音'碱蓝')就让我们记住了。语文张允文老师的课总是充满激情,抑扬顿挫,且字写得漂亮;他还给我写过长信勉励我,那封信我至今还保存着……我要感谢的人真的很多,不能完全列举。我甚至记得有一个场地工赵师傅,他总是表扬我,说我在没有教练监督的情况下不偷懒。'小张明,练得好!'他常常说这句话,虽然没什么新意,但我觉得他的表扬是一种激励,练得更卖力。所以,我觉得少体校是一个美丽的学校!"

少体校是一所美丽的学校,这是张明对母校的最高评价。显然,这种美丽不仅是自然环境的美丽,也是师风的纯正、和谐,当然更有师生一起拼搏的美丽。张明训学兼优,锁定进专业队这个目标,但文化学习也绝不放弃。刻苦、自律、专注、追求梦想，这是张明在市少体校的美丽时光。

1979年，张明顺利入选上海市青年队。三年之后，他又进入上海一队，与沈富麟、谈一平、鞠根寅等成为队友。1981年，张明曾随上海队出访过南斯拉夫和日本。他身材不高，但非常灵活，大力发球是一绝，所以在国内外重大赛事中，祝嘉铭教练专门安排他上场发球、防守，到了前排，马上又被换下。其间，张明又被征调入中国青年队，出访过日本，但一次偶然的事情改变了张明的专业道路。一次，他无意间听到领导与教练的谈话，大意是张明的身材偏矮，发展潜力不大。自此之后，在潜意识中他觉得自己在训练和比赛中被冷落，于是萌生去意，挥泪告别为之奋斗拼搏了九年的排球梦想。

1983年9月，张明进入复旦新闻系。一踏进复旦，他感觉就像进入世外桃源，静谧、清新、和谐，处处是知识和纯情的青春气息。在复旦，他与来自祖国各地的优秀学子，一起听课、去食堂吃饭、在草坪嬉闹……度过了惬意而难忘的四年时光。校园是莘莘学子求学的地方，每当夜幕降临，教学大楼灯火通明，张明的身影也常常出现在教室或者图书馆，甚至每周一次离开校园回家的路上，他还常常在公交车上戴着耳机听英语单词，冬天晚自修常到深夜，手脚生了冻疮还浑然不觉。在复旦，张明是有名的排球明星。每当学校有排球比赛，排球馆里乌压压地坐满了人，张明一个鱼跃救球或后排高高跃起大力扣球时，看台上立马响起同学们阵阵掌声。

"也许是因为球场上的奋勇拼杀精神所致，我在复旦校园里，除了念书，也收获了初恋。"

张明的回忆，让我们回到了20世纪80年代，那是一个何等生机勃勃、绚烂多姿的大时代，一代青年朝气蓬勃，心系国家，一心向学，张明赶上了那个大时代，成为那个大时代中的幸运儿！

其实，复旦大学的排球运动有着优良的传统。中国排球运动始于

1905年，而复旦大学排球社团成立于1918年，20世纪二三十年代，复旦排球曾有"横扫三岛，未遇敌手"之美誉。1960年，复旦大学恢复排球队，迎来复旦排球的第二个高峰，打入过全国甲级联赛八强，中国奥委会原副主席何慧娴就曾是60年代复旦排球队员。改革开放之后，复旦排球迎来第三个春天，复旦排球队多次在全国大学生比赛中摘金夺银。张明作为那个时期复旦男排的代表人物，见证了复旦排球又一个高潮。

1987年8月，张明在新华社上海分社实习结束，因综合素质表现较好，被留在新华社上海分社任摄影记者。张明回忆，入职后不久的一件事，让他一战成名。

"那是1988年3月24日，一列火车在嘉定战浜侧翻，而这列火车上有一个日本旅游团。外事工作无小事，且是车毁人亡，非同小可。上海分社接到指令，需要紧急采访拍摄，摄影室主任张刘仁把我找去，'小张明，赶快去嘉定采访，突发事件！'"张明立马带上相机，坐了两个小时的车赶到嘉定。那时天气不好，蒙蒙细雨，下车后，路很泥泞。火车翻侧的情形非常恐怖，车厢被顶起来，里面的人哭爹喊娘，有的已经奄奄一息。有一个场景，让我非常震惊：在变形的车厢里，一个日本女孩的手在车窗外微微颤抖，一名消防队员正用手不断抚摸女孩的手，并不断安慰。看到此情此景，张明为得到最佳角度，凭着良好的身体素质，不顾危险，爬到隆起车厢的尖顶处，拍下了一张意义非凡的照片。第二天，这张照片连同消防官兵奋力抢救的组照，新华社以通稿形式播发，被全国各大媒体采用，并被《纽约时报》、法新社、《读卖新闻》等世界各大媒体转载。张明在这场遭遇战中显示了他的摄影天赋和吃苦耐劳、顽强拼搏的精神，为他的今后的新闻摄影事业打下了基础。

由于张明的出色工作，2001年，在39岁时，他就被评为新华社高级记者。此后，他历任摄影部副主任、主任、图片总监、总编辑助理等职。曾多次参加重大新闻报道活动：1990年亚运会、1991年邓小平视察上海航天基地、1996年五国元首首次上海会晤、1997年香港回归、1998年克林顿访华、2000年悉尼残奥会、2004年雅典残奥会、2006年多哈亚运会、2007年在奥地利和瑞士举办的足球欧锦赛等，还组织了2009年奥巴马访华、2010年上海世博会、2011年上海世游赛等重大活动的摄影报道。从业30多年来，他拍摄了100多位国家元首和政府首脑；在专业刊物上发表系列论文，出版了《溢彩流光》《如花般绽放》《上海熟女》等多本图文摄影集，策划了"大美魔都"图片展、《百名摄影师聚焦上海》画册开拍仪式等，所策划的展览多次在上海中心、上海环球金融中心等地标建筑内展览，接待各界参观者达上万人次。

在张明家客厅的墙壁上挂着十多幅重要摄影作品。1994年，"汪辜会谈"在和平饭店和平厅举行，在会议结束的晚宴上，张明拍摄了汪道涵向辜正甫敬酒的照片。如今照片犹在，音容宛然，但斯人已去。有一幅照片是1998年拍摄的，画面是徐匡迪市长向克林顿总统赠送摄影画册，此画册主要由张明拍摄，记录克林顿总统访问上海的全过程。2009年，美国总统奥巴马访问上海时与上海大学生互动的照片，是张明作为中国官方摄影师贴身跟拍的。还有一幅照片置于正中位置，画面主要人物是邓小平以及时任上海市委书记的朱镕基和市长黄菊。谈到这幅照片，张明眼中闪着光芒。他说，当时正值海湾战争爆发，世界政治格局因为苏联的解体而扑朔迷离，美国先进的技术装备和强悍的军事力量通过战争展露无遗。在这样的背景下，邓小平视察了上海航天基地，鼓励航天人发愤图强，勇于攀登高峰。他指出："现在世界的发展，特别是高科技领域的发展一日千里，中国不能安于落后，必须一开始就参与这个领域的发展。"整个视察过程，邓小平话语不多，但字字有千钧之力，作为摄影记者，张明精准地捕捉到伟人的神韵，这也是他职业生涯中最难忘、最珍贵的记忆。

虽然张明离开体育专业训练已很久了，但他说，自己对体育的情缘始终相随相伴，多次采访过奥运会、亚运会等重大赛事。也因为有专业训练的经历，因而他对各项体育运动的特点有更多的了解，在拍摄时更能捕捉到稍纵即逝的最佳画面。体育总能激起他生命的能量，作为摄影记者，他总是被体育人的拼搏精神所深深感染。有一张照片让他永远难忘：无臂残疾运动员何军权，在泳道转身时按规则头要触到池壁上的电子计时板，但他为了让五星红旗升起来，不是以头触壁，而是忍着剧痛以头撞壁转身。因为用力过猛，何军权的头都撞出了血。张明感慨道："我们的运动员是用生命捍卫中国运动员的荣誉，当时我是一边流着眼泪，一边按下快门。"

除了摄影，张明喜欢收藏，他的客厅也是他的展厅和小博物馆。每次出国，他都会带回一些奇特的东西。他说："我不太喜欢把它们收入柜子，它们是有生命的，生命唯有在交流中才能永恒，才有价值。"

在采访的最后，回顾自己的人生旅程，张明是这样说的："我的人生有'两翼'，一翼是少体校给我打造的，那就是吃苦耐劳、顽强拼搏、勇于在落后的情况下咬紧牙关奋力得分的精神；另一翼是复旦给我的，复旦让我长知识、有智慧，让我学会了思考……两种教育，打下了我展翅高飞的坚实基础，让我在往后30多年的工作中如鱼得水，完成了一项项艰难繁重的工作任务。"

张蘇方：
独自远行

　　张蘇方的公司坐落在外滩外马路上的一座办公楼里。她租赁了两楼的大半个楼层作为公司的办公地。7月下旬的一天下午，当我和徐年勋教练来到她的办公室时，她正在接待客户。看到我们到来，她随即将工作交给助手，一脸兴奋，一边倒茶一边向我絮叨40年前她在市体校训练时的情形。

　　"其实，我小辰光不是老勤奋的，还经常给徐指导添麻烦。徐指导有时没办法，就上门家访，与我妈商量对策。"

第一届世界中学生体操锦标赛赛后留影（左为张蘇方，
右为徐文红，后为黑龙江省队教练）

"张苏方是'三人帮'的头儿,她蛮倔的,经常给我出难题。有好几趟,唉,只有十一二岁的小朋友,居然带头跟我搞罢训,侬讲结棍哇!"徐年勋教练在旁边对我说,"有一趟,伊训练不投入,打马虎眼,李咏梅教练就狠狠批评伊,罚伊做十个平衡木下法。唉,伊居然不练了,就立在平衡木上,不睬人!我和李咏梅就让伊下来,结果,伊立了一下午,到吃晚饭,她还是不肯认错。到了晚上9点多,其他小队友们上完晚自习后,都围过来陪着伊,伊总算想通了,才乖乖地完成了10个下法。"

　　"真的真的,我记得体操房有只挂钟,嘀嗒嘀嗒已经走到将近晚上11点钟了——这个场景我永远无法忘记。徐指导和队友都陪着我,我看看时间很晚了,再不能倔下去了,就一鼓作气完成了10个动作。结果,徐指导还带我去吃夜宵。"张苏方笑着补充道。

　　"没办法,这一天,小姑娘还没吃晚饭。"徐指导摇摇头,笑了。

　　虽然张苏方性格上有些叛逆,但她的教练们充分看到这个小姑娘的优点:身体素质好,悟性好;有柔韧性,有力量;读书成绩也好,年年都是"三好学生"。

　　说到成绩,张苏方拿出了许多奖状,有年度"三好学生""文化学习优秀奖""文化成绩年级第二名""作文竞赛一等奖""精神文明奖"……

　　"周老师,我为啥要罢训,不想练,是因为我在进少体校前,就读于上海市静安区第二中心小学,一到三年级,都是班级第一或第二名。进入少体校,那更觉得自己学习比别人好,所以开始翘尾巴了。有一次,听到妈妈的同事在和我妈聊天,说你家苏方学习成绩那么好,练体操可惜了。我就听进去了,就开始不想练了,所以有时就与教练对着干。"

　　毕竟是小孩子,日复一日的训练,让张苏方慢慢度过了思想波动期,技艺日精,并在1980年8月的全国少年体操比赛中拿到全能第四的好成绩。

　　为了备战1981年第一届世界中学生体操锦标赛的选拔赛(只有前

三名才有资格入选），任承华教练（另一带训教练）决定给张苏方上难度，跳马由原来的动作改为侧手翻团身后空翻加360度转体，这在当时是高难度动作了。

冠军之路向来就是荆棘之路，但为了备战全国选拔赛，张苏方对于所要遭受的挫折和磨难始料未及。

教练为了给她上难度，将原来较低的海绵坑垫高，这让张苏方感到压力和害怕，因为这样一来，她在做跳马动作时，必须尽量让自己的腾空动作更高。结果，由于海绵垫铺得偏高，冲击力加大，她团身下来时，膝盖重重地撞在了她的右眼上，她只觉得天旋地转般钻心的疼。运动员都有超强的吃苦精神，小苏方强忍疼痛，没有跟教练说。也是因为她年纪小，以为自己犯了错，有些害怕，不敢跟教练说。她行动迟缓地走到了跳马跑道的起点，准备下一次动作。但当她再次准备起跑时，她发现已经看不清跑道那端的跳板和"马"了，犹豫再三。任承华教练眼见她迟迟不动，就高声冲她喊。张苏方害怕被教练批评，就向前跑去，但连踏板都没看清就停了下来。任承华教练以为她闹情绪的老毛病又犯了，就让她在一边休息，对她冷处理。此时，张苏方突然感到胃里一阵难受，独自跑到卫生间，结果胸口一紧，吐出了很多血块，开始害怕起来。任承华教练有些担心，让队友进来看看是什么情况。队友看到后，非常惊恐地去找教练，教练因为还有其他队员要训练，就让队友裘玢陪她到校医务室。在医务室，张苏方又吐了一次血，但医生当时大概觉得她是脑子里出血才会吐血，就不敢动她，让她一直平躺着。这样，她就在医务室躺了三天。后来，校医觉得再这样下去不行，于是就把她送到虹口区中心医院。医生从未遇到过这样的病例，因为当时患者的眼睛又青又肿，看不清东西，年龄又小，向医生描述症状也不准确。医生搞不清状况，为避免脑出血造成更严重后果，就让她在医院又躺了几天，加以观察。最后，医生建议她去五官科医院就诊。张苏方出院先回家，见到父母，因为右眼贴着纱布，父母并不清楚女儿的病有多严重。为了不让家人担心,她谎称只是撞了一下,没什么大碍,也根本不提吐血和看不清东西的事情。因为红肿,家人也没注意到她的右眼珠已经无法转动。

第二天,任承华教练来家访,苏方妈妈和姐姐才知道问题的严重性。在五官科医院,医生得出的结论是:右眼因重击造成内直肌麻痹。更揪心的是,医生郑重告知:因医院未有此病先例,重视(双影、复视)现象可能不会痊愈,因为医学上没有可参考治愈的方法。医生的结论是残酷的,为了医治小女儿的右眼,苏方妈妈想方设法去各大医院寻医问诊,激光、针灸、推拿等可用的治疗方法全用过了。在治疗的同时,小苏方还在任承华教练的鼓励下做眼珠康复:每天看着任教练的手指,左右各转动500次。治疗的过程是艰难的,可是乐观的苏方却从来不担心自己是否会残废,在积极治疗的同时,她并未放弃训练。还好,老天保佑,小苏方终于坚持过来了。

说到那次受伤,张苏方至今心有余悸。她说,当初到底怎么会吐出血块而不是鲜血,医生也说不清。她至今想起那次经历都会头皮发麻。

等到眼睛有了好转,张苏方又勇敢地站到了跳马的起点——那是她经历灾难的地方,而她必须从这个地方找回自己的人生。

最终,经过不懈的努力,她在全国选拔赛上拿到了宝贵的第三名,如愿以偿地拿到了前往法国参赛的资格。在法国美丽的科西嘉岛举行的第一届世界中学生体操锦标赛中,张苏方不仅拿到全能和自由操冠军、平衡木亚军和高低杠季军,而且还获得了全场最高分的荣誉。

因为张苏方的出色表现,她顺利入选上海体操队。对于运动员来说,入选市队意味着完成了从业余向专业的跨越,可喜可贺。可是,张苏方犹豫了,她觉得,自己从来没想过要当职业运动员。她的心思还在读书上,根据她小升初的统考成绩,她可以进上海市最好的重点中学。此时,做教师的母亲反过来教育苏方:国家培养了你那么多年,出成绩是不容易的,所以,你应该服从教练的安排,去市体操队继续训练。

就这样,张苏方进入了市队,在上海体操队的七年中,她代表上海拿到了全运会团体第三名的成绩，也多次代表上海、甚至是代表中国出访，取得了各类比赛的冠、亚、季军。她还向我展示了在日本、法国、阿尔及亚等国家访问比赛的照片和奖牌。照片上的张苏方，端庄大方，漂亮的脸蛋洋溢着清纯天真。

中国驻阿尔及利亚大使夫妇宴请中国体操代表团一行（前排右三为张苏方）

结束运动生涯后，张苏方先是在上海体操队做教练，所带队员拿到全国少年比赛亚军的好成绩。

可是，张苏方是一个想法特别多的人。小时候，她的理想是做外交官。现在，这个想法又冒了出来。对于一般运动员来说，这样的梦想未免太幼稚了，但对于张苏方来讲，她觉得，那是经过努力可以抵达的。在经过一年多的补习后，她凭借30分的体育加分，考入了复旦大学，就读法语专业。

当时，国家刚颁布新规：大学毕业生要为国家工作5年才能辞职。如果不到5年辞职就要赔偿5 000元。她觉得工作5年后再有选择的自由，那时自己年纪大了，何况父母都希望她出国深造。所以，她没多加考虑，就退学回了家。父亲还以为她犯错误被学校开除了。

这就是张苏方，她就是一个自己拿主意的人。

"要说我的一生中，有什么遗憾的话，就是那次退学，我太任性幼稚了。"张苏方如是说。

张苏方喜欢挑战自我。一开始，张苏方在一个办公家具公司做销售，从展厅布置、贴标签，到与顾客交流、做方案、谈价格，再到送货搬运、现场安装，她都全程参与。那时，这种门店售卖、等客上门的模式是普遍的，还没有营销理念。一次，张苏方碰到她妈妈的一个学生，这个学生放弃了语文老师的职业，到友邦保险公司任职。她跟张苏方介绍友邦保险的经营理念和营销模式，这给了张苏方很大的启发，她也想试试这种营销模式。一开始她胆子小，不敢去拜访客户。营销学里这叫作"跑街"和"陌生拜访"，后来她敢于这么做，还得益于培训老师的系统训练。经过训练，她只要看到马路上有新建的房子，就有冲动，想去看看业主是否有家具需求。有一次，她来到位于高阳路上的上海自行车集团在建大楼，就跑进去，找到工程部王总监做需求调查。后来，王总监跟人说，当时看到张苏方，觉得这个丫头不可思议，小小年纪居然上门做推销。但当她坐下来谈产品、谈方案时，讲得头头是道。王总监觉得，这个小丫头不简单，于是给了张苏方一个机会，带她去公司深圳总部考察。最终，凭借产品的过硬质量和张苏方自始至终对客户热情得体的推介，顺利把这个项目接了下来。从此"丫头"这个称呼就在他们团队里叫响了，直到现在。

其实，了解张苏方性格的人都觉得，她一点也不适合做生意，因为做生意要迎合别人，而她的性格太傲，不愿迎合别人，这是大忌！她说她在做教练时，到了年底，单位发年货，有的同事将年货随手"孝敬"领导，张苏方就非常看不惯，于是她直接把年货送给传达室的老伯伯，以示清高。

一位在香港搞工程的前辈正告她：在国内做生意有两条路，一是足够专业，二是必须熟悉各种门道。对于张苏方而言，她只适合走专业道路，别无选择。

2002年，张苏方开设了自己的家具公司——上海风彩家具有限公司，诚信、守正、专业是她的公司经营之道，也是她的为人之道。

创业是艰难的。张苏方说，作为创业者，她没有任何背景、靠山。父母都是知识分子，从小教育她要自强、自立。她凭借家具销售中积累的经验，凡事亲力亲为。一开始，对公司业务她都自己把关，了解一切环节和客户需求，做到知己知彼。虽然是小打小闹起步，但凭着对家具行业的深度了解和精准把控，事业发展平稳，没有经历大的波折。到2007年底，她在一家装饰公司采购的介绍下，配合该装饰公司要在两周内完成三个酒店样板间家具配套设计。当时，没有家具图纸，设计师又是美国人。好在团队里有专业设计师，张苏方也可以用英文初步沟通，很好地完成了样板间家具的配套，业主还称其为"找不到缺点的供应商"。之后，风彩家具公司顺利中标承接了整个酒店的客房和公共区域的家具配套设计和制作。

完成该项目后，她觉得可以有更大的尝试。于是，她参加了和平饭店客房家具的投标。当时，和平饭店改建工程的主管是行业里的资深前辈，面对风彩家具这个小公司，他把丑话亮在前头：你要参与可以，先做两个样板房；若是质量不符要求，我们分文不会支付！张苏方是个有眼光的人，觉得机会比金钱重要，风彩家具公司要更上一层楼，必须进军高档酒店，以此来提高公司的知名度。张苏方与生俱来的自信和勇敢，让她获得了宝贵的机会。经过精心打造，两个样板房让业主很惊讶。与此同时，另外一家大公司也做得同样专业。为了保险起见，业主选择了大公司，但出于对风彩家具公司的尊重，他们把饭店公共区域的家具配套让其参与投标，风彩家具公司成功中标。

张苏方的公司打响了第一炮。随后，东风饭店改建、华尔道夫酒店的客房、美国洲际酒店集团外滩英迪格酒店公共区域以及行政套房等家具的供应，波特曼丽思卡尔顿酒店改建区域的家具供应，以及雅高集团铂尔曼、索菲特、诺富特、宜必思及美国豪生酒店集团温德姆国际大酒店、豪生温泉酒店等著名酒店的家具配套，风彩家具公司均顺利中标。

　　风彩家具公司在家具行业也算是做得风生水起，但张蘇方却不是一个追求安稳的人。她觉得，从业态分布来看，家具行业处于供应链的末端，她想做更前端的业务。有一次，她把想法告诉了朋友，朋友非常赞同，但又直言：隔行如隔山，你要在另一个行业里生存，要有足够的思想准备，那可比家具行业复杂多了。张蘇方勇于尝试，她的想法是，自己不专业，可以找专业的人，强强联手。基于这样的想法，她果断出手，联系了一家专业的装饰工程公司，准备投标宁波一家酒店的新建项目。这个项目由张蘇方负责承揽业务，由合作的专业公司负责招投标以及后续施工。但没想到的是，项目中标后，合作公司觉得利润太薄，临阵弃约了。面对突如其来的变故，张蘇方觉得天快塌下来了，因为她对施工管理根本一窍不通。但她很快镇定下来，心想绝对不能输掉这一仗。于是，她一边找行家学习，一边组织人员重新进行测算，她还拿着材料清单亲自跑建材市场，阀门、开关、电线、管线、水泥砂浆、油漆涂料、大理石、板材等品种成千上万，她对所需商品的价格一一进行询价、比价、测算，一样一样弄明白。显然，她是凭借着在家具行业积累的管理经验和刻苦勤奋作为底气，指挥这场看似本无胜算的战役。

　　在随后的一年中，她经历过包工头拿钱开溜、工人罢工、被敲诈人工费等种种困难，工程还是做下来了。但是，就在酒店开业的第一天，一个电话从宁波打来，业主称：装修工人来酒店闹事，酒店电闸被拉掉，无法开业，希望她火速赶过去灭火。

　　面对突发事件，张蘇方心想，遇到问题是躲不过的。她决定马上驱车赶往宁波。一路上，她在思考，怎样才能更好地解决无端的冲突。张蘇方一到饭店，一反常态，以气势压人，呵斥这批闹事工人，"如果想解决问题，退到饭店外面；如果不出去，一分钱都不会给你们！"这批工人也没想到平素和颜悦色的张总，怎么会如此泼辣？后来，张苏方经人提醒与属地派出所联络，要求警方协助处理事情。结果这批工人被"请"到了派出所，嚣张的气焰一下子收敛了，张苏方乘机以事实为依据，以理服人。最终，双方达成和解，张苏方以人道主义补偿作为条件，结束了这场危机。

张苏方没想到自己从事装修行业的第一仗是如此的惊心动魄。但有了这一次的经验，对未来的任何风浪，她都成竹在胸。

回首人生经历，张苏方没有用成功来形容自己的事业与人生。

"我觉得，自己只是比较幸运而已。14年的体操生涯，让我学会了吃苦耐劳，让我知道想要成功，就必须日复一日地付出努力，战胜自己，追求完美。在我踏上社会之后，我屡屡发现，只要你是一个努力的人，总有好心人会默默帮你一把。所以，之后自己带着团队在近几年内所负责承接的那些地标性装饰项目、上海市重点项目等，都是水到渠成的回报。

"我也特别感谢母校的培养，特别是我的教练们，他们能够宽严相济，给我这个倔丫头以成长的空间，把我送到世界体操舞台的领奖台上。"

在市少体校，有三位教练带过她，他们是李咏梅、徐年勋和任承华。张苏方希望在校庆时，能够看到自己的教练和每年评她为"三好学生"的文化课老师，也想找找40年前那些有趣而又深刻的记忆和痕迹。

采访完毕，细心的张苏方要开车送我们，我们坚决推辞。于是，她为我们叫了专车。在车上，徐年勋指导给我看他手上的表："这是我50岁生日时张苏方送给我的。我天天戴在手上，至今已20年了，从来没有坏过，只换过一次电池。"

人生只是一场相遇。相遇太美，只是时光太短。

## 陈　弘：
## "泳"往直前

没见过陈弘,但我对她印象深刻。她是满世界跑的人,用她教练的说法,她是"地球人",因为她总是在世界各地飞来飞去,是一个需要仰视的人。

她的师姐麦穗芳最早向我推荐她:"陈弘老优秀的,是真正的优秀。凭真本事考入交大,留学美国,后又去了西班牙,是跨国公司的高管,胡锦涛总书记和习近平总书记访问西班牙期间,她作为当地华人代表受

师生合影(前排左起为王春指导、姚中英指导,中间左起为陈弘、朱慧华、郑传兰、董红,后排左起为俞敏君、海峰、周琦)

到接见……"她的语速快,语气是不容置疑的坚决,流露出的是由衷的钦佩。

我了解到,潘玲教练是她的"伯乐",也是她在市少体校的第一个教练,但她现居澳洲,无法接受采访。于是,我联系陈弘的另一个教练姚中英,通过电话进行采访。姚教练对她的弟子赞不绝口:

"陈弘,训练很刻苦,是不折不扣的学霸,每年她都是'三好学生'。而且她非常自律,有管理能力,我就让她做队长……如果在国内发展,她的成就也绝不会低……"

每次听到校友的励志故事,我都为他们感到由衷的骄傲,也很想把他们的故事写出来。市少体校是一座金矿,可光凭我一个采矿工人,再大的本事,也只能写出百分之一二。但我容易被感动,总是不自量力地拿起笔。

我尝试着加陈弘的微信,她很快就通过了我的申请。我向她表达了电话采访的想法,但因为时差关系,更因为她工作繁忙,终是不能如愿。不过,她倒是给我发了一些照片和媒体报道。偶尔对我提出的问题作简洁的回复。于是,我约略知道她的人生轨迹。

陈弘于 1973 年进入市少体校游泳队,师从潘玲和姚中英指导。1978 年考入一所区重点中学就读,高中毕业后考入上海交通大学,取得计算机和工业外贸双学位。毕业后留校任教,两年后,前往美国攻读研究生。之后,在美国 ACS 软件公司任职,并升任副总裁。1993 年,随丈夫移居西班牙,任职于西班牙电信公司,经过十多年的磨炼,升任集团亚洲区总经理、集团公司董事长和 CEO 办公室总监等职。

陈弘有许多故事,都蕴藏在她提供给我的文字和图片中,这非常考验我的阅读能力。

有一张图片非常有意思。画面是这样的:两个小女孩坐在泳池边,两脚浸在水里,正在热烈地攀谈,右侧的女孩(陈弘)左手抬起,似乎在做划水的动作,她俩身后是上海跳水池的跳台。这幅画是陈逸飞创作

陈逸飞 1973 年画作《游泳池畔的小伙伴》（右为陈弘）

的。我在微信上问陈弘：这是大画家专门为您画的？陈弘给我一个动漫笑脸，回我一句："那时，陈逸飞可能还没我有名。"

据陈弘回忆，1976年的9月8日，全国少年游泳比赛在美丽的西子湖畔举行，她参加了女子100米自由泳、200米自由泳和部分接力项目比赛。预赛时，陈弘拿到了100米自由泳比赛的第一名，正当她准备参加次日的决赛、冲击期待已久的金牌时，传来了伟大领袖毛主席逝世的消息。电台反复播放《告全党全军全国各族人民书》，全国人民无比悲痛地缅怀毛主席。根据中央指示，全国所有文体活动停止，比赛取消。陈弘没能如愿拿到那枚她心仪已久的全国比赛金牌。后来，我在写她的简介时，原来的表述是"曾获得全国少年游泳比赛冠军"，但陈弘非常严谨，认为她拿到的是预赛冠军，建议改为"在全国少年游泳比赛中取得优异成绩"。

陈弘在上海交大的经历也是可圈可点的。考上交大那必须是才高八斗，而选学计算机专业，不仅是要高分，还要胆大，因为这是非常"烧脑"的专业，从事这项工作意味着无休止的加班加点。更为重要的是，随技术的进步，你得持续学习、终身学习，不断超越同行、超越自己！一旦停步，你就落伍了。

在交大，陈弘是真正的"女汉子"，她不仅学计算机专业，还经特殊选聘程序进入工业外贸专业，攻读双学位。当时，上海交大根据教育部指示，要培养一批能够到国外做贸易的经贸人才，在经过一系列竞聘之后，陈弘脱颖而出，成为交大管理学院的首届学生。

行文至此，读者以为这个"女汉子"必定是冷若冰霜的孤傲女神，但她其实还是文艺青年。她是交大学生会的文艺委员，一周要组织两次舞会；她还创办了校园刊物《交大歌苑》，组织志同道合的同学编曲作词，不知情的人以为陈弘是艺术系才女，而关于她的体育才能倒是被严重忽略了。

从交大毕业后，陈弘选择留校任教，但她的世界在远方。两年后，她拿到田纳西科技大学的入学通知书，并获得全额奖学金。在田纳西，陈弘仅用18个月就完成了3年的硕士课程。好多人夸她是天才，但她自认为更多的是勤奋。她说："有一段时间，我每个星期有80个小时在实验室工作，而别的同学一般是40小时。除了睡觉之外，我基本上都泡在实验室。"

研究生毕业后，陈弘进入美国一家实力雄厚的ACS软件公司，那是网上贸易的先驱，陈弘因超强的业务能力和创新能力屡获晋升，担任公司副总裁。

1993年春，因家庭原因，陈弘移居西班牙，事业又从零开始。她先要适应环境，学习西班牙语，还要生育孩子，面临事业和家庭的双重压力。但陈弘知难而进，在经历十年的"卧薪尝胆"和辛勤付出后，她再次进入了事业的腾飞期。她先是成为一家咨询公司的合伙人，后来又在世界五百强企业西班牙电信工作18年，曾任总裁办公室总监、亚洲区总经理等职。2004年，西班牙电信与中国联通合作，成立网通公司。这是一家由国家授权投资的机构和国家控股的试点单位，由中央直接管理，陈弘任候补董事和中国网通国家宽带实验室董事。后来，陈弘离开西班牙电信，担任西班牙国家科技创新基金会创新研发百人专家团成员，这是华人在西班牙科技领域的最高成就，受到西班牙国王卡洛斯的亲切接见。目前，她还是 Optimus Horizon 公司董事长、中西创投 CEO。

陈弘在西班牙华人中具有较大的影响力，她是西班牙中国会的创始人和首任会长，胡锦涛总书记和习近平总书记访问西班牙期间，陈弘均作为杰出华人代表，受到亲切接见。胡锦涛总书记访问期间，陈弘做客西班牙央视 24 小时新闻台，接受采访；习近平总书记访问期间，陈弘又作为特邀嘉宾，与西班牙国家电视台新闻主播联袂实况解说习近平访

陈弘参加市少体校
60 周年校庆留影

问西班牙盛况，纵论国际时势，展望中西关系。节目收视率爆棚，影响很大，陈弘也成为西班牙新闻热点人物。

陈弘对母校怀有特殊的情感，每次回国，她总要尽量安排时间探望恩师。她还发给我一组特殊的照片，一张是在美国和上海游泳元老陈功成、杨玉群和曹洪机教练聚会时的合影，另两张是与她的恩师潘玲指导和姚中英指导的合影，以及与游泳前辈步子刚、张临安夫妇及队友聚会的合影。她说，市少体校游泳队是一个大家庭，名师辈出，桃李天下。她在市少体校的五年，是她人生的起点，也是她生命中最美好的回忆。

为了回国参加校庆，陈弘特地安排了系列商务和学术交流活动。陈弘于9月上旬飞抵中国，她说，她的日程排得比较满，但9月15日的校庆，一定会到场。我在她的微信朋友圈，看到她已进行了两场活动，一场是上海交大的一个国际论坛，第二场是在长沙，她以中西创投CEO的身份，在长沙市委副书记朱健的见证下，签订合作协议，"中西创投岳麓中心"在长沙正式挂牌。

为了表达对母校的祝贺，她特地写来了贺信，信中有一段是这样写的：

"五年的体校生活，让我懂得了收获需要辛勤的付出，让我尝过了无数次失败的心酸和成功的喜悦，让我懂得了珍惜、友爱和情谊，让我学会了日程安排和自我管理。这几年的美好时光，在教练们言传身教的严格训练下，不仅锻炼了体魄，更磨炼了意志。我也由衷感谢文化课老师的耐心栽培和鼓励，使我这个体校'学霸'能够考入重点高中，并顺利考入上海交通大学。"

拳拳之心，绵绵情义，陈弘的世界很辽阔，无论她走多远，她的原点在这里。母校期待着游子的归来，我也期待无数个像陈弘那样的游子在昔日的校园里徜徉，沐浴金秋的阳光，重拾少年时的欢乐时光。

# 赵文杰：
# 不被辜负的人生

2018年6月16日，正值市少体校同学赴北大荒50周年回母校聚会，参加聚会的有52位校友兼"北大荒荒友"。上海交大赵文杰教授是这次活动发起者和组织者之一，他的一段开场白令我印象深刻：

"50年前的6月18日，《人民日报》刊发《关于建立沈阳军区黑龙江生产建设兵团的批示》，毛泽东主席在这份文件上做了批示，号召知识青年屯垦戍边，建设边疆，保卫边疆。在这样的背景下，我们满怀理想和激情，报名前往北大荒兵团。50年后的今天，我们回来向母校报到，汇报我们在半个世纪走过的人生历程。值得欣慰的是，我们没有被历史的洪流所吞没，而是勇敢地驾驭人生的小舟，破浪前进……今天，我们回到当初出发的地方，我们是来感恩的。"

2019年7月，在市少体校建校60周年庆典前夕，我向赵文杰约稿，他欣然应允，撰写了《我的母校——力量之源》一文，深情回顾自己从13岁到18岁在母校度过的5年美好时光，以及自己和新中国一起走过的峥嵘岁月，表达了对母校的至深至诚的感恩。

赵文杰的人生有很高的起点，他的命运随时代的洪流跌宕起伏，他的坚忍顽强，终使生命绽放出绚烂异彩。于是，我就一直想采访他，写出他的精彩人生。庚子年（2020年）冬月，趁他回母校之机，我采访了他，谈话的视角从他征文中的一组照片展开。

## 一、《新体育》杂志上的足球少年

这是刊登于 1965 年《新体育》杂志上的一张照片。

赵文杰身着绿色 T 恤、蓝色运动短裤,脚穿白色球鞋和红白黑相间的长筒袜,高高跃起,头顶攻门;赵文杰的嘴巴张开着,像雄狮怒吼,来球与头的距离大约有 20 公分,千钧一发,志在必得。这个镜头,给人留下极大的想象空间,那一瞬间,是力量、是技巧、是信念、是意志、是美感的结合。能够登上《新体育》杂志,那是何等荣耀的事情;

1965 年《新体育》杂志刊登的赵文杰照片

无疑，这个少年将是中国足球的希望之星。

55年过去了，这个曾经的足球少年就在我面前，赵文杰为我还原了那一段尘封的记忆。

1963年8月，赵文杰考入市少体校，与他一起的还有同样来自卢湾区瑞金二路第一小学（现为黄浦区海华小学分校）的同学徐国强（国脚），师从何家统、唐文厚教练。

1965年5月，北京科教电影制片厂要拍摄体育科教片《足球》，这是新中国第一部介绍足球运动的科普教育片。当时，电影制片厂找到国家体委，国家体委非常重视，派出年淮泗、陈成达、陈福来等国字号教练团队作为技术指导。经协商，决定抽调上海市少年足球队选手赴京拍摄。上海方面非常重视，派出市少体校足球队13~14岁组运动员。拍摄后期，有几组高难度动作，小运动员完成质量不高，所以15~16岁组的赵文杰、徐国强和周小毛被紧急抽调，来到位于北京体育馆路2号的国家体委运动员训练基地。

在拍摄时，上海足球小将在教练的指导下完成了带球、颠球、接停球、头球等基本技术和鱼跃冲顶、凌空抽射、倒挂金钩等高难度动作；也进行了分组比赛，演练技战术及相互配合。该影片拍摄完成后，因"文化大革命"开始而没有公映，一直到"文化大革命"后期，该片才在全国公映。也正是那次集训，国家队陈成达教练对赵文杰留下了深刻印象。

在拍摄期间，上海小运动员们还和天津少年队、北京八一学校及国家乒乓球队打了一系列友谊赛，其中，在与国家乒乓球队比赛中，世界冠军庄则栋、徐寅生和李富荣等悉数披挂上阵，踢得有声有色，给赵文杰留下极其难忘的印象。

在完成《足球》拍摄任务后，足球队尖子选手又应《新体育》杂志之邀，拍摄一组足球高难度动作的彩色照片并以《喜看新苗在成长》为题，发表在《新体育》杂志，赵文杰的那张照片就是其中之一。据

1965年，上海市少体校足球队与国家乒乓球队举行足球友谊赛
（二排右五为赵文杰）

说，《新体育》鲜少刊登彩色照片。

1965年，上海市少体校足球队1949年出生的同学大多被征调至上海队，而1950年出生的赵文杰和徐国强、周小毛因备战1966年全国少年足球比赛被留在市少体校。"文化大革命"开始后，体育训练被迫停止。两年后，赵文杰与同学一起踏上了前往北大荒的知青专列，成为黑龙江生产建设兵团的一名战士。

不过，在北大荒期间，赵文杰也曾有过三次重返专业足球队的机会。

"第一次是1972年初，当时，我还在黑龙江生产建设兵团战天斗地。因为'乒乓外交'的推动，中国体育开始复苏，当时全国各省市足球队重新组建。比我晚一年去北大荒的薛正章率先被黑龙江省队征调，任守门员。他到省队后，不见我的踪影，就向教练力荐：'上海知青中有个叫赵文杰的，是我师兄，球踢得不是一般的好，如果他能来，我们实力一定会大增。'于是，省队教练联系到我，要我去试训。但我因出身不好，在评优、入党、提干等许多问题上多次被喊停，又怕背上当时被批判的返城思潮，所以我不敢向连队汇报，更不敢请假。后来，我借一个理由去了省城，参加了测试，朝鲜族教练非常满意，要我尽快办理入队手续。但当时，我在兵团是农业户口，而农业户口转城市户口政策开始收紧，调入黑龙江省队的事被搁置了。

"第二次，大约过了半年，我因患甲肝回沪治疗。当时，沈阳部队联系我，要我去报到。我想黑龙江生产建设兵团归沈阳军区管辖，户口迁移应没有问题。而且，能够穿上军装，是我特别向往的。于是，我病未痊愈就赶往沈阳部队足球队所在的旅顺。因为是部队，又是个北方教练带教，特别强调训练作风纪律，体能训练非常恐怖，就是跑山头，从这个山头，跑到那个山头，我肝炎未好，身体吃不消，总是请假。我是集训队中公认技术最好的队员，但又担心如此强度的训练会导致肝炎复发，我只好主动向领队和教练提出回农场。

"第三次机会是1972年冬。国家队陈成达教练因受'文化大革命'冲击，下放河北，任河北省队教练。当时，他正好带队来到上海江湾足球场冬训，发现上海队没有赵文杰，觉得奇怪。因为有六七年未谋面，他也忘了我的姓名，问上海队的徐国强，65年踢前卫的那人怎么没看见？徐国强说，那是赵文杰，去黑龙江生产建设兵团当知青了。陈指导觉得很遗憾，问徐国强是否可以联系到我？徐国强就联系我。说来也巧，当时我正好在上海，于是，前去试训。陈指导见到我非常开心，说你既然来了，就随队训练吧。我说，我户口在黑龙江农村，恐怕调动户口有难度。他说没关系，手续我们会帮你办的。当时河北队执行教练尹秋文觉得奇怪，不试训就直接进队，没有先例。于是，他决定掂掂我的分量，他用砖头在地上画了半径一米左右的小圈，要我在圈里颠球，看我一分钟里失误几次，结果我颠了四五分钟也没失误。他笑着要我停下来，向我伸出了大拇指。我非常渴望进河北队，一是因为可以离开北大荒，回归足球；二是陈指导是大牌教练，在他的调教下，我的进步空间会很大；三是天津是我老家，生活也习惯。但我的户口调动始终办不下来,我只好忍痛离开,返回北大荒。"

虽然没有进入专业队,但赵文杰与足球的缘分一直没有中断,从1973年9月至1982年8月,他先后担任上海体育学院足球队队长、上海市高校足球队队长。进入交大任教后,他担任交大大学生足球队教练、领队等职,一直到现在还担任交大教工足球队主教练、交大校友足球俱乐部名誉主席和上海市老年足球专业委员会副主任。最近一次足球比赛是2020年12月,是上海市教育工会组织的上海市教工足球联赛,赵文杰率领的交大足球队一路过关斩将,荣获西南赛区冠军。更难能可贵的是,古稀之年的赵文杰,依然活跃在绿茵场,先后代表上海元老队、上海工人元老队等在全国和国际比赛中多次荣获冠军,并代表过闸北、虹口、长宁、黄浦、杨浦等区及市少体校校友队,在上海各类老年足球比赛中夺得金牌。

风烟散尽,回首人生,如果没有上山下乡运动,赵文杰人生的基本走向是市少体校——上海市队——国家队。只是人生没有如果,在那个特殊年代,每个人都是一粒种子,时代的风把你吹到哪儿,你就在哪儿扎根开花。

## 二、知青专列上突围的青春

这是知青专列离沪前同学抓拍的照片。

上海老北站,一列满载知青的专列即将启动,少男少女们把头探出车窗,向前来送行的亲友挥泪告别。女知青"梨花带雨",好男儿也是噙着泪花。可是,镜头中的赵文杰,落落大方,笑得特别灿烂,眼中充满向往。

然而,这个灿烂笑容的背后,却隐藏着不为人知的辛酸与挣扎。

赵文杰的父亲曾是国民政府企业中的高级职员,因为这一层关系,

1968年8月11日,赴北大荒知青专列从上海老北站出发
(左二为赵文杰)

所以在"文化大革命"中受到审查批斗,为此,给子女造成了巨大的心理压力和人生困局。每次填写履历表中"家庭出身"一栏时,赵文杰都黯然神伤。当时,解决困局的唯一途径,就是做一个"革命青年"并且要表现得比别人更积极。

1968年初夏,报名到北大荒在普通中学开展得轰轰烈烈,而市少体校中却很平静,赵文杰感到很失落。于是,他和吴佳令、郭嘉鸿等同学去问市体革委,回答是没有接到任务。无奈,他们就去咨询市劳动局,回复说所有指标都分到区里,市少体校和舞蹈、戏曲学校是培养特殊人才的,没有指标。于是,他们就折回到学校所在的虹口区劳动局,明确回复说虹口区的指标不够,不可能给他们!同学们像无头苍蝇,又撞向邻近的闸北区。说来也巧,或许是闸北区劳动局的领导被这群热血青年所感动,居然拿出名额满足了这些"革命小将"的请求。

赵文杰回忆:"虽然争取到了指标,我也填了表,写了决心书,但心里不踏实,原因是家庭出身不好——这在那个年代是一个人的致命伤。当时，政审的老师去外地调查我父亲，我父亲正受到批斗。但区里的负责政审的同志强调，重在个人表现，要我相信组织。当时，家里因为我的几个哥哥都在外地，故家人全部反对我去，但我义无反顾，就是一根筋，一心只想去黑龙江。

"其实，劝我的人还有很多。第一个劝我的是教练，但他看我'吃了秤砣铁了心'，也就同意了——毕竟反对知识青年上山下乡的帽子太大了。第二个劝我的是市体革委的一位人事干部，我在填表时，他一把将我拉到他的办公室，给我看调令，'赵文杰，市里已经下了文件，你被市足球队选中了，还报名去黑龙江干吗！'他看我用奇怪的眼神看他，又补了一句，'当然，你主动报名去黑龙江，精神可嘉，我是不反对的，我只是提醒你，去市队才是最好的选择'。

"第三个劝我的，是我的发小徐国强，我们俩从瑞金二路小学校队到卢湾区小学生联队，再到市少体校，一直是同队同学。当时他和我都在调入上海队名单中，围绕是去北大荒还是去市队，我和徐国强在学校操场跑道上兜圈，他劝我去市队，到市队前途光明，并且有机会成为国脚，可以为国争光；我劝他一起去北大荒，那是毛主席的号召，北大荒是我们进步青年改造世界观的广阔天地！这样，操场上兜了一圈又一圈，我们谁也说服不了谁。

"最终，我放弃了去市队的机会，徐国强则顺利被抽调到市队。若干年后，他上调到国家队，而我，成了北大荒的光荣一兵。在夜深人静的晚上，我曾通过收音机，收听国家足球队的比赛转播，每当解说员报到徐国强的名字时，我心里总是五味杂陈。"

回顾那一段历史，从现在普通人的角度看，赵文杰的选择实难理解，但人生的剧本从某种意义上说是时代写成的，在时代的疾风骤雨面前，你无法找到一个宁静的屋檐。这让我想起了纪录片《生于五十年代》中画家吴欢（吴祖光和新凤霞之子）所讲的一段话：

"当时，去北大荒是一个进步青年所应该选择的道路。我是一个出身于非常不好家庭（父母均为'右派'）的孩子，而政治上要求进步，去北大荒是我唯一的选择！也是最佳的选择！因为当时，只有当工人、当农民、当兵的地位是最高的，才是心理上的贵族，而我出身不好，不配当工人，不配穿军装，当农民是我最好的出路！"

## 三、持枪值守的兵团战士

这是一张在北大荒持枪值守巡逻的照片。

**赵文杰持枪值守**

赵文杰头戴军帽，上身着浅灰色的军装，下身是深色军裤，斜背着卡宾枪，英姿勃勃。在他背后，是高耸入云的输电铁塔和广袤的三江平原。

赵文杰分配在黑龙江生产建设兵团37团（856农场）工程连。在原来的想象中，美丽的三江平原鸥鹭竞翔，连绵的小兴安岭松涛阵阵，那是一片生机勃勃的土地。但是，当赵文杰和战友们站上这片土地时，他们才明白一个词：拓荒者。

工程连称得上是整个生产建设兵团最艰苦的连队，他们常年奋战在外，挖沟排管、修路筑桥、伐木架线，无论寒暑，终年在荒无人烟的野外，住的是简陋的帐篷，吃的是窝头凉水，繁重的体力付出和艰苦的生活条件，考验着这批城市青年青春的纯色。

作为拓荒者，赵文杰倍感使命的光荣。他凭着在市少体校练就的过硬的身体素质，发扬"一不怕苦，二不怕死"的精神，在工程连的工作中冲在前头，多次受到上级的表扬和奖励，也是全连队最早提拔为副排长的知青。但是，对他而言，真正的考验，并非是肉体上的痛苦，而是精神上的煎熬。

"因为表现优异，我被选为'团积极分子代表大会代表'，将赴团部参加表彰会。出发的那天，全连战士敲锣打鼓，夹道欢送，但就在即将启程的那一刻，连长接到团部急电：赵文杰因政审未过，取消代表资格。连长当众让人从拖拉机上卸下了我的行李铺盖，我像挨了当头一棒，各种猜疑、议论沸沸扬扬，我再一次感到人生的巨大挫败。

"像这样的打击还不止一次。因为表现突出，我被提拔为副排长职务，这是工程连知青中第一任副排长（排长规定由贫下中农老职工担任），但不久，我被莫名其妙地撤职，原因没有宣布。我知道，肯定又是我父亲的问题，上级领导显然是生怕在用人问题上犯错误。

"还有一次，是我的入党问题。当时，连队党支部全票通过了我的入党申请，而团部却不予批准。"

赵文杰说，在人生的艰难时刻，为了躲避人群，他曾经只身一人在冰天雪地的崇山峻岭里漫无目的地疯狂奔跑，以此来发泄情绪，反抗命运的不公。因为跑得太远，赵文杰差点迷路，遭遇不测。

在艰难时刻，赵文杰一次次忍住眼泪，他想到了一句名言："在人生的任何场合，都要站在第一线战士的行列里。"

赵文杰暗暗对自己说："或许，我永远感动不了别人，但我必须感动我自己！"

事实证明，赵文杰不仅仅是感动了自己，更是感动了连队的战友和领导，1973年初，在兵团选调优秀青年报考大学时，赵文杰被列入推荐名单，而且，这一次居然没有被否决！

"那一年，有个张铁生交白卷事件，影响很坏。其实，那一年我们都是正规考试的，考试的内容有政治、语文和数理化，我文化学习的基础比较好，所以自己信心满满，报考的第一志愿是复旦大学中文系文学评论专业。可是，团部领导觉得我有体育背景，适合报体育院校，而且体院招生不占名额，一定要我改志愿。于是我只好选择上海师范大学体育系——实为上海体院体育系，因为当时正处于'文化大革命'期间，上海体院、华师大和上海师范学院合并为上海师范大学，我和宋吉福（1998—2006年任上海市体育运动学校校长）是同学。临走时，我去了一趟黑龙江省队，跟省队教练说，我要回上海读书了，你们也不用调我了。教练很惋惜，问我是否毕业后再回黑龙江省队来踢球。我只是笑笑，旁边的张德英插话，'帮帮忙喔，还回黑龙江，不可能的'。"

据赵文杰班主任朱家琪回忆，赵文杰当时在班里文化成绩很突出，还担任语文课代表。赵文杰的哥哥，叫赵文豹，是市少体校第一批学生，踢中场，高中毕业后考取西安交大（当时无体育加分），后来是正高级工程师，曾获国家科技进步二等奖，是享受国务院特殊津贴的专家。和赵文杰一起赴北大荒兵团的围棋队黄建初，虽然是初中学历，但天资过人，恢复高考后，他居然考取北大法律系。在"文化大革命"之前，市少体校的运动员风气正、思想好、训练好、学习好是普遍现象。

1976年7月，赵文杰被分配到上海交通大学体育系工作，开始了人生的全新征程。

## 四、象牙塔里的理想坚守

赵文杰说，弹指一挥间，自己成为交大老师已经有 45 个年头了，至今还坚守三尺讲坛。

赵文杰是一个特别好强、特别有使命感的人。这是我在整个交流过程中，他给我印象最深的一点。

赵文杰深知，作为"工农兵大学生"，要在上海交大这所名校立稳脚跟，那就必须直面挑战，炼铁成钢。为此，赵文杰不仅坚持日常自学，还抓住一切进修和学习机会。他充分利用交大学习资源，"混进"特招运动员"科技英语班"课堂蹭课，参加各种教师进修的课程和讲座。他还报名考取上海外国语大学夜间大学，担任班长，一读就是两年半，每周三个晚上，风雨无阻，从不缺席。他就是一个与自己较劲的人，为了挑战自我，他学的课程，一律是非体育类课程。在他的心目中，他宁愿体育是自己的业余爱好！因为他的执着，在体育系同龄教师中，他是较早取得副教授资格的，也较早走上了体育系的领导岗位。

但是，赵文杰总是不满足于现状。为了解决教师职称问题，交大开办了由外籍教师执教的英语口语脱产学习强化班，赵文杰毫不犹豫地去报名。人事处同志直言：赵文杰，你已是副教授了，还是体育系的，就不要凑热闹了。赵文杰气不打一处来：副教授，难道就不需要学习？体育系，又碍你什么事，明明是戴有色眼镜嘛。他去找他曾经带教的校足球队学生——时任交大党委副书记的姜斯宪，姜斯宪觉得，老师要读书，应该支持，没有犹豫就给办了。

其实，赵文杰学习英语自有他的打算。他有足球运动员背景，希望在足球理论方面有所建树，但要赶在别人前面，就必须掌握英语，了解世界足球的前沿成果。改革开放初期，为了追赶世界科技潮流，各重点大学都筹资立项，来做国外科技情报的翻译和研究。赵文杰想要研究国际足球动态，也申请项目，但体育科研根本不在重点项目之列，无奈英雄无用武之地。

后来，人事处又为中层干部组织了工商管理硕士班（MBA），主要目标也是为了解决中层干部的职称问题，赵文杰又赶去报名。人事处又以同样理由打发他，赵文杰觉得人事处总拿"体育系"说事，涉嫌歧视，又向姜斯宪告状。姜斯宪觉得老师很可爱，又一次支持他！

谈起那段经历，赵文杰感触良多："那是我极其痛苦和煎熬的过程。高等数学、微积分、运筹学等理工科类课程，一听名字就头大，但你必须直面困难，因为这是你自己的选择。为了攻下课程，我几乎天天在办公室熬夜苦读。有一阶段，身体特别不好，前后胃出血 8 次，最严重的一次是在半夜，由于上吐下泻出血过多而休克，被急送至中山医院 ICU 输血抢救。"

熟悉赵文杰的人总是劝他，别太较真，累着自己，身体是自己的。但他信奉海明威笔下圣地亚哥的那句话："一个人可以被消灭，但不能给打败。"

交流中，赵文杰谈的更多的是为师之乐。他长期担任交大学生和教工足球队的教练、领队或顾问，他认为，足球作为团队项目，寓教于体，可以培养人的责任意识、协作意识、大局意识和集体荣誉感，是人格培养的绝佳途径。1994 年，他任教练兼领队，率领上海交大昂立代表队参加由中国足协和中央电视台主办的"恒源祥杯"首届全国足球知识电视大赛。当时，全国分 8 个赛区，上海赛区有 16 所高校组队参赛，上海交大队脱颖而出，进军总决赛。本次比赛不仅比体力和足球技能，而比知识和智力，需要由酷爱足球的铁杆球迷和拥有超强头脑、绝顶聪明的学生组成团队。赵文杰与学生们精心准备每一场比赛，层层闯关，最终一举夺魁，为上海争得了荣誉。当时，教育部"985"评审小组专家正在交大闵行校区召开现场会议，交大昂立代表队的凯旋，为交大学生综合素质培养交出了漂亮的答卷。

赵文杰喜欢他的学生,学生也非常尊重、敬佩赵老师。"经历了大赛的考验,师生间、同学间结下了深厚的友谊。学生们只要来上海,他们都会来看我。"言辞中,赵文杰充满自豪。

其实,要数经历过的比赛,在赵文杰45年执教生涯中,不下数百次。赵文杰说,上海交大校友足球队微信群成员达500人,年龄从20多岁到60多岁,都是交大历届足球队、足球协会等组织中的校友。

2019年3月10日,这是一个特殊的日子。上海交大校友足球队组织发起的"文杰杯"交大校友足球赛在交大徐汇校区足球场举行,共有8支校友足球队、100多位选手参加比赛,校党委书记姜斯宪为足球赛开球,上海市足球协会原副主席宋吉福、上海足球名将刘庆泉、顾兆年、陈安康、徐国强、杨建民等观摩了比赛,共同见证这隆重而美好的时刻。年已古稀的赵文杰披挂上阵,与昔日弟子共享足球快乐。赛后,赵文杰为获得前三名的队伍颁奖,并与全体参赛学生、亲友合影留念。

**交大党委书记姜斯宪（左）向赵文杰教授赠送特制的队服**

校党委书记姜斯宪为赵文杰送上生日礼物——一件印有赵文杰名字和"70"字样的 T 恤，并发表了热情洋溢的讲话。他说："我和在场参加活动的校友，无一例外，都是赵老师的学生，得到过他的教诲。交大的校训是'饮水思源，爱国荣校'，今天，我们交大校友足球队用这种特殊方式，来祝贺赵老师 70 大寿，来表达我们对赵老师在交大从教 43 年的感谢……"

户外活动部分结束之后，学生们又为赵文杰准备了生日午宴。活动组织者准备了巨型生日蛋糕，蛋糕上镶嵌着的一组足球运动员图案，突破、防守、铲球、奔跑，栩栩如生；一行饱含深情的文字夺人眼球："学堂育人，绿茵传芳——贺赵文杰先生 70 大寿。"这是赵文杰人生中最难忘的一天，学生们所做的一切都是那么体贴、周到、完美。

为了本次活动，交大校友足球队准备了两个月。据悉，学生自发组织如此隆重的祝寿活动，在交大历史上还是头一回，交大官方网站图文并茂地报道了这次活动。

其实，在交大，赵文杰上足球课、带足球队，仅是他工作的一小部分，他的研究生课程主要是"体育社会学"和"体育教学论"，承担全国哲学社会科学规划基金资助项目、上海市社科规划项目和国家体育总局文化发展中心重点项目等一系列重要课题，获得国家级精品课程、国家级优秀教学团队、国家级优秀教学成果二等奖、全国群众体育先进个人、全国群众体育科研先进个人等荣誉。他受市体育局和浦东新区体育局委托，担任专家组组长，完成"上海全民健身发展 300 指数"和"浦东新区社区体育评估指数"的编制。

在上海交大，赵文杰度过了生命中最稳定、最美好的 45 年。赵文杰说，他们一家与交大有缘，他自己是上海交大的老师，妻子毕业于上海交大，他的哥哥毕业于西安交大，他的侄女、侄孙女也是上海交大的毕业生，还有他的女婿也在读上海交大的 MBA。

## 五、人生回望是感恩

这是一张足球班学生为唐文厚教练祝寿的照片。

**唐文厚教练70岁生日宴会（前排中间为唐文厚教练，后排左一为赵文杰）**

照片上的唐文厚教练容光焕发、慈祥可亲，50岁不到的赵文杰和他的市少体校足球队的同学围在唐教练身边，其乐融融。

赵文杰说，照片拍于1998年的春节，这是他们第一次为唐文厚教练过生日。那年之后，赵文杰和同学们在每年的大年初九，都要为教练祝寿，连续进行了22年，从未间断。赵文杰对教练充满敬意，他说在市少体校的五年，唐教练培养了他顽强的意志和良好的足球技能，是他一生的贵人。虽然，自己最终脱离了专业足球的轨迹，没能成为一名专业运动员，但自己从足球中受益匪浅，影响一生。足球给了他太多美好的回忆。

这样的感恩事例还有很多。我看过赵文杰撰写的一篇回忆亲友师长的文章，读来令人动容。

他写瑞金二路第一小学班主任兼语文老师王次淑，王老师"严厉而慈祥"，一次他与小伙伴未完成作业就去踢球，被王老师严厉训斥。赵文杰觉得王老师的严格让自己少走弯路，"感恩她在我们人生起步阶段给予的良好启蒙教育，很多年来，每年大年初四，我相约同学一起给王老师拜年，一直到老人家过世"。

写小学教导主任周一奇老师，是满满的美好回忆。"我去市少体校后，一周回一次家。周老师每个周日都会给我准备好一个装着零食的食品罐，让我带到学校享用。有一次，我训练中脚骨折不方便回家，周老师得知后立即赶到市少体校看望我，令我意外和感动……'文化大革命'中，周老师成了'走资派'，但我不避嫌，从北大荒回沪时，我毫不犹豫地去看他。"

写小学体育老师黄炎明对自己的鼓励和帮助。"二年级时，他就把我招进校队，并委任我为队长。我很害怕当不好这个队长，没想到高年级的大哥哥们都纷纷支持和鼓励我。在全市比赛中，我们竟然干掉了杨浦、虹口、普陀等足球强区，一举夺得上海市小学生足球联赛冠军，创造了卢湾区小学生足球比赛的历史。1963年的《新民晚报》还刊登了题为《小足球队的红本本》的报道，'赵小弟'（赵文杰的曾用名）的名字第一次登上报纸……后来，黄老师调离学校，再也没有联系过，但我心里永远记得他。"

写市少体校语文老师陈士杰："我担任语文课代表，他对我语文学习影响颇大。陈老师是华东师大中文系毕业的高才生，《新民晚报》'灯花'栏目经常有他的文章。在他的指导和鼓励下，我的作文水平不断进步，还获得过学校作文比赛优秀奖。"

此外，他还写卢湾区体育场的严庭璋教练，市少体校的苏健校长、何家统教练、钱祖舜教练和丁民领队，写国家队陈成达教练，写北大荒的工程连连长李有、37团军务股股长赵景祥、37团团部专案组长张坤，一直写到上海体院的李宝耕、俞俊国、高荣发、茅鹤清、唐俊兴和上海交大的王道平等老师。他写的每一个老师，都有感人的故事，都倾注了赵文杰对师长的爱和无限怀念。

在采访中，我无数次被赵文杰感动，但当我读到赵文杰对师长的回忆文章时，我才恍然大悟，赵文杰能够有今天的高度，是他背后有爱的照耀，是情义的力量。而这种爱、这种情义，又是一种传递。于是，我也明白，在上海交大，为什么有那么多的学生为赵文杰庆生，那不仅仅因为是赵文杰指导过他们踢足球，更重要的是，赵文杰一定是用自己人格魅力在影响着一代一代青年学子。虽然，我并不知晓他和学生之间的故事，但我相信，有些故事会永远留在交大学生的记忆里。

在回忆文章中，赵文杰还谈到了他的父母、兄长、姐姐、妻子和女儿女婿等至亲。他说，他违背父亲的意愿去了北大荒，对父亲的感情更多的是愧疚，而在他去北大荒前唯一的愿望是能够见父亲一面，而父亲却被关押在"牛棚"。他回忆去北大荒，所见到的第一个人是他二哥（东北邮电学校毕业后留在辽宁工作）。二哥守在知青专列停靠的辽宁兴城车站，火车停留时间只有短短的几分钟，为了多说上几句话，二哥居然登上列车，不肯下站，赵文杰无奈在下一个车站，硬把二哥'赶'下了火车。赵文杰回忆大姐"长女如母"，最疼爱小弟弟，在自己50岁不到时，就张罗着为他过50周岁生日……我感受到，那是浓烈得化不开的情感内核，包裹在他心灵的最深处。

赵文杰对母校充满感恩。2020年4月的一天，他曾突然发了一张照片给我，我惊讶又感动。这是一面市少体校校友足球队的队旗，是他请交大校友设计的。上宽下窄的盾牌形状，整体色彩以蓝色为主基调；上方有"上海"两个红字，中间的3个"S"被设计成3个跳跃的海豚图案（"SSS"系logo核心元素，取上海、体育、学校3个词语英文的首个字母）；下方黄金分割线上压着一只黑白相间的足球；最下方是环绕的绸带，绸带上写着"市少体校校友"字样。看到这张照片，我回他信息："欢迎校友足球队回家，我建议你们与学校女足来一场友谊赛。"

私下里，赵文杰曾多次跟我说，希望学校趁 60 周年校庆，把校友的力量凝聚起来；他表示，只要学校需要，他愿意义务为学校服务。

我还记得，60 周年校庆前，他发动校友捐赠具有纪念意义的物品，如学生证、报到证、参赛证、食堂用餐券、成绩报告单、毕业证书、获奖证书等，这些珍贵的物品，后来都被展示出来，成为校庆的一个亮点。他还以校友代表身份，非常郑重地向学校提出，希望学校为苏健校长塑雕像，所需费用，他可以组织校友募集。

尼采说过："每一个不曾起舞的日子，都是对生命的辜负。"

我觉得，赵文杰从小学二年级担任足球队长那天起，他的人生似乎就被赋予了特定的使命。他的人生始终充满了激情，即使在那些青涩而艰难的岁月里，他都来不及过多感伤；而到了古稀之年，他依然在发光发热，像一片经霜的红叶，红得透亮，红得醉美。

姚振绪：
# 从追梦到领航

作为运动员，因时代和机遇的原因，他壮志未酬。他不是世界冠军，甚至在全国冠军的榜单上也找不到他的名字，但是，他在另一个维度上，登临绝顶，一览众山。他担任了四届奥运会乒乓球比赛国际乒联的技术代表和七届世界乒乓球锦标赛的技术代表兼仲裁主席。

他，就是国乒原领队、上海市少体校杰出校友姚振绪。

作为教练员，他先后在海军部队、八一队做过教练，还奉命前往巴基斯坦和泰国任援外教练；1985—1995 年间，出任中国乒乓球队领队，为中国乒乓球队的发展做出了贡献；从 1995 年起，他担任了中国乒协副主席、国家体育总局乒羽中心副主任、国际乒联技术委员会主席等职；2020 年 9 月 28 日，在国际乒联年度大会上，他被授予"终身荣誉会员"，这也是国际乒联第 11 位个人荣誉会员。

从乒乓球运动的追梦人，到国际乒联技术领域的领航者，姚振绪虽然也曾命运多舛，但他一路向前，执着坚持，终于成就斑斓人生。

## 一、少年追梦人

姚振绪就读于上海大沽路第二小学，学校有四张乒乓桌，由于打球的人太多，他总是被人挤下球台。于是，为了打球，他要么提前到校，要么摸黑回家。在家里，做完功课，他就在八仙桌中间放上长条凳当网，拉哥哥姐姐或邻居对垒。有一次，学校和一巷之隔的大沽路一小进行乒乓球比赛，他随校队前往观战。比赛即将开始，排在名单上的一名队员因故缺席，队员向体育老师建议让姚振绪顶替上场。真乃天赐良机，姚振绪得以挥拍上阵，结果，姚振绪将对手斩于马下。体育老师眼睛一亮，将他招入校队。一顺百顺，体育老师还推荐姚振绪担任班级体育委员，并让他在全校广播操时领操，给了他锻炼的舞台。不久，姚振绪相继参加了戴龙珠教练和李张明教练的乒乓球培训班，技术明显提升。其间，有一位中年男性和一位年轻女性曾多次来看训练。后来，姚振绪得知，这两位是少体校的乒乓球教练，是新中国第一代乒乓球国手，男的是李宗沛，即李富荣的恩师；女的是徐介德，后来培养了张德英等诸多优秀运动员。

1959年暑假，少体校在体育宫一楼公开选拔运动员，市队运动员和报考的学生一一过招，教练评分，姚振绪凭实力入选。但是，录取通知书成了甜蜜的烦恼。正值小学五年级升六年级的关键期，班主任和妈妈都很谨慎，主要是姚振绪读书成绩很好，而且三个哥哥姐姐（后分别考上同济大学、南京大学和北京航空航天大学）都很优秀，万一打球没出路，回头读书就难了。姚振绪决心很大，非少体校不去。妈妈看儿子态度坚决，且学校免费吃住，可以为家庭"减负"，就这样，同意他进了位于水电路176号的少体校。

少体校第一批乒乓队学生从小四到高二，有14男10女，男队有林明敏、徐中毅、刘桂林、胡懋庭、何正元、高五一、刘国新、王锡林、陈炳发、姚梅琛、葛海珊、周苗根、卢贤钊和姚振绪，女队有宋佩芬、沈爱莉、钟小苏、钟佩华、郑玲芝、赵金娣、陈云棣、朱洁人、吴爱芳和林福梅。在1960—1962年间，乒乓球队又招了于贻泽、孟雨生、陆名生、余柏年、江一平、段翔、周铁锚、鲁玉英、刘志娟、甘慧妹等人。在这一拨人中，后来于贻泽、姚振绪等人成为乒乓球国手，于贻泽

（施之皓、王励勤的教练）、姚梅琛（何智丽的教练）、卢贤钊（丁松的教练）等人成为世界冠军的教练，而有更多人成为上海市乒乓队的运动员和教练员。

进校前，姚振绪是直拍胶皮进攻打法，到学校后球拍有海绵了，改正胶海绵直拍进攻打法。由于姚振绪还会模仿直拍削球打法，李宗沛教练考虑队伍打法的多样性，决定让他改横拍削球防守打法。可是，在第一次内部测试赛中，由于没有形成技术打法，姚振绪在 14 名运动员中成绩垫底。到了第二次内部大循环比赛时，才在 24 人中打到了第 14 名。

1961 年 4 月，第 26 届世乒赛在北京举行，几位教练都去北京观摩世乒赛了。姚振绪和队友们偷偷溜进食堂办公室，打开收音机收听比赛转播。当听到中国男队夺得冠军的消息时，队员们都情不自禁地欢呼起来。

中国队的胜利，极大地鼓舞了全国人民的信心和斗志，对于中国乒乓界而言，更是破除迷信、解放思想的实例教育。据报道，庄则栋获得世界冠军时才 21 岁，李富荣才 19 岁。少体校开展了"树雄心立壮志"的主题教育和表决心活动，姚振绪考虑再三，大胆写下"在五年内进入全国前八名"的目标。后来，他鼓足勇气，将"全国前八"改成"世界前三"，但姚振绪自觉过于高调，也怕授人以柄，又悄悄地把决心书拿了回来。

经过两年多的锤炼，姚振绪的技术日臻成熟，在第三次队内测试中，以全胜战绩拿到第一。1962 年 9 月，姚振绪结束了在少体校三年的学习生活，进入上海队，向他树立的人生目标前进了一大步。

## 二、初露锋芒

1963 年 4 月，在第 27 届世乒赛前夕，姚振绪参加了上海举办的优秀运动员邀请赛，一共有 10 人参赛，打大循环，每星期三、星期六晚上各一场。比赛周期长，选手之间需互相算计琢磨，姚振绪陷入严重焦虑状态，老是失眠。于是，他到名中医田稻丰老先生处求诊，田医生诊治后直言，是你自己打垮了自己，只开了五味子养血安神糖浆。比赛打完，姚振绪成绩是六胜三负，计算互相间的小分后，他幸运地拿了冠军，蒋时祥第二，刘国璋第三。《新民晚报》和新华社上海分社也发了消息："上海优秀乒乓球运动员邀请赛结束，十五岁横握球拍小将姚振绪获男子单打冠军。"在上海队立稳脚跟，姚振绪向梦想又进了一步！

**徐介德教练与学生合影（后排右一为徐介德，前排右一为姚振绪）**

1963年下半年，全国少年比赛在太原举行，上海队的队员有姚振绪、袁海路、陈炳发、徐若玮、吴爱芳和林福梅。鉴于6名运动员中有4人来自少体校，上海男队由少体校徐介德教练带队出征。比赛分十个小组，先是小组赛，再是十个小组第一名进行大循环，决出一至十名。当时上海队是"超级团队"，1961年全国比赛上，李富荣拿了单打、双打、混双三个冠军；1961年第26届世乒赛的5位男团冠军成员中，除了容国团、庄则栋，徐寅生、王传耀、李富荣都是上海人；1963年第27届世锦赛的5位男团冠军成员中，又有徐寅生、李富荣和张燮林三个上海人，所以国内比赛大有"全国打上海"的味道。本次比赛虽然是后备梯队的角逐，但上海队的目标还是很大。姚振绪用的是有一定长胶性能的反胶胶皮，根据新的比赛规则，长胶一律不能使用，于是，姚振绪只好将胶皮从海绵上撕下来，用剃须刀将胶粒的圆柱体割断一点，成为"半长胶"，因为处理得不太干净，被人告了状。乒协主席陈先把教练和姚振绪都叫过去，明令禁用长胶。当时姚振绪已经赢了郗恩庭（第31届世乒赛男团冠军成员、第32届世乒赛男单冠军），保持全胜，但换胶皮后第一场，他以2∶3负于浙江的黄广林，最终屈居亚军。1964年，中国乒乓球队成立青年队，姚振绪意外落选。

转机出现在1965年11月，市体委接国家体委通知，调徐若玮、刘恒恕和姚振绪到国家队，杜前主任亲自召集3位运动员谈话。杜主任说，鉴于选调国家队的上海籍运动员退役后，要么被国家队留用，要么被外省市抢走，所以你们3人去北京不带户口、粮油等关系，工资由上海发，你们就是去打球，打完球回上海。姚振绪不明白其中的利害关系，然而恰恰是这个决定，在1968年中央对国家体委实施军管之后，没有户口和工作关系的一律回原单位，这断送了姚振绪留在国家队的机会，这是后话。

## 三、国手荣耀

能够进入国家队，就有希望身披中国队战袍，为国征战，这是每个运动员的最大梦想。虽然这个梦实现得有点晚，但姚振绪终于盼到了这一刻。

姚振绪记得，到国乒队报到的第一天是一个星期天。由于寝室床位没安排好，容国团又正好回家，领导就临时安排他在容国团的床上睡了一晚。姚振绪觉得自己沾了容国团的"仙气"，他的下巴与容国团酷似，牙齿都是"地包天"，所以与国乒大哥容国团很是投缘。

国家队有很多上海人，徐寅生、李富荣、傅其芳、梁友能、王传耀、孙梅英等都讲上海话，这让姚振绪非常放松。姚振绪带着"世界前三"的梦想，心里憋着一股劲。每天早上6点起床出操，先在田径场上集体跑圈，再由主管教练李仁苏带去单独训练，主要是练习削球的步法和攻球。藤编的球筐，一次可装500多个乒乓球，姚振绪每天早上要打七八筐球。

当时国乒队有88人，一层西边的六张球台属于庄则栋、李富荣、徐寅生、张燮林等国家队重点球员。男队除了六位主力外，其余的每周两次必须做女队陪练。姚振绪陪打过的女运动员有狄蔷华、郑敏之，因为他的球削得低、落点好、攻球沉，被女队员忌惮嫌弃，说他的怪球影响她们发挥，姚振绪正好解脱，可以心无旁骛地练球。俗话说，不想当元帅的士兵就不是好兵，当时，好几位队员因年龄偏大面临退役，这给了姚振绪出头的机会。1965年底，队里用六七千美元从瑞典买了一台斯蒂卡的发球机器。教练让张燮林先试，张燮林说，球太转，不符合实战，就没在机器上练。姚振绪乘机要来钥匙，打开机器练多球。他发现机器旋转和速度可以调节，非常有实效，练得不亦乐乎。训练对手强，教练抓得紧，就这样，去国家队没几个月，他进步神速。

1966年4月，姚振绪回上海参加全国乒乓球锦标赛，这是姚振绪入选国家队后第一次参加全国比赛。上海实力强劲，派出两支队伍。上海一队由徐寅生、李富荣、张燮林、于贻泽和余长春组成。姚振绪不满19岁，被分在上海二队，队友有刘恒恕、刘明权、张孚璇等。结果，上海一队登上团体冠军的领奖台，二队也拿到了团体第六的好成绩。团体赛后是单打比赛，姚振绪过关斩将，以3∶1胜周兰荪（当时世界单打第三名），1∶3输给世界冠军李富荣，获得男子单打第三名，而本次比赛的冠亚军，相当于世界比赛的冠亚军。可以这样说，这个名次已经非常接近姚振绪的梦想了，因为中国队的第三名，意味着有机会参加世界大赛；一旦入围参赛名单，能否成为世界冠军就看自己的造化了。

全国锦标赛后不久，姚振绪随国家队出访捷克斯洛伐克和叙利亚。在回国班机上，他看到《人民日报》头版醒目标题：《横扫一切牛鬼蛇神》。"文化大革命"开始了，国家队围绕政治任务，抓学习文件，抓思想斗争，训练逐步陷入无序状态。

1968年5月12日，国家体委实施军管并宣布：凡是户口不在北京的，一律清退回原单位。姚振绪在清退之列。接到通知，姚振绪欲哭无泪，当初上海市体委领导的一个不经意的决定，竟然让自己的梦想付之东流。

离京前，他第一次去了长城、颐和园、故宫等名胜古迹。他琢磨，只怕这辈子再也没有机会来北京了。

## 四、参与"乒乓外交"

"文化大革命"期间，乒乓队的主要任务是参加训练并接受"再教育"。所谓"再教育"，就是每周要参加生产劳动和思想教育，有时还要参加战备拉练。1970年夏天的一个晚上，乒乓队突然接到命令：全体成员从南京路出发，步行到青浦练塘公社。乒乓队运动员平时都很刻苦，对这种任务并不感到惊讶，经过近六七个小时的急行军，到达练塘时已是凌晨三四点钟，他们敲开农户家的门，在地上铺上稻草，倒头就睡，几个小时后，又集中参加生产劳动。

屋漏偏逢连夜雨。1971年，姚振绪被军管会专案组隔离审查，要求写交代材料。可姚振绪没有什么错误，于是天天练字，抄毛主席语录，书法大有长进，一手漂亮的仿宋体就这样练成的。被折腾了一百多天后，因查无实据，姚振绪回到乒乓队。

不久，朝鲜乒乓队访问上海，要与上海队进行友谊赛。国家队的余长春、于贻泽回上海，力邀姚振绪参加，原因是他在国家队时，他们3人曾赢过瑞典队、日本队，私交也特别好。姚振绪开始恢复训练，好在功底还在。结果，那场比赛上海队4∶5输了，姚振绪只赢了一场，余长春和于贻泽也因长期没有系统训练，打得不好。

1971年3月，中国在缺席了第29届（1967年）和第30届（1969年）世乒赛之后，参加了第31届世乒赛。在那届比赛中，中国队取得了男团（庄则栋/李富荣/李景光/郗恩庭/梁戈亮）、女单（林惠卿）、女双（林惠卿/郑敏之）、混双（张燮林/林惠卿）4枚金牌，获得空前成功。需要特别说明的是，上海籍运动员占据了冠军榜的半壁江山，在8位冠军中，李富荣、林惠卿、张燮林、郑敏之均为上海输送。看到这样的战绩，姚振绪既兴奋又遗憾，兴奋的是，中国队强势回归，笑傲世界乒坛；遗憾的是，自己已经不在国乒队效力了，而世界冠军榜单上的郗恩庭、李景光，当年自己战胜过他们。想到1968年因户口问题而离开国乒队，姚振绪百感交集。

在那届比赛中，庄则栋与美国运动员科恩的故事通过电波家喻户晓，毛泽东主席总揽大局，作出重大决策，"乒乓外交"从此开启大幕。

乘着"乒乓外交"的东风，美国、加拿大、英国、哥伦比亚、澳大利亚等国先后来上海交流访问，规定的流程是欢迎宴会、一场比赛和参观访问。根据统一安排，姚振绪参加了与美国队的接待和比赛。这项外事活动因为有"乒乓外交"的重要人物科恩的参加而备受瞩目。赛前，姚振绪陪同美国队参观马陆人民公社。那场比赛，姚振绪是最后一个上场的。上场前，军代表又一次叮嘱，比赛必须拿下！姚振绪非常有信心。前面四场比赛后，场上总比分是二比二，第五场是决胜场，姚振绪从容出场，对手正是跟庄则栋互赠礼物的科恩，美国队一号选手。姚振绪高度投入，一路领先，两局比分分别是 21∶12 和 21∶14。结束比赛后，科恩主动上前与姚振绪热烈握手。唐闻生、沈若云（两位曾任毛泽东主席的英文翻译）随即过来翻译，在场的还有国家体委的楼大鹏等领导。科恩说："非常感谢你和我进行了一场认真的比赛，我们是来向中国同行学习的。"比赛结束后，姚振绪陪同科恩，来到了彭浦新村参观，与上海市民互动。为了表示活动并非是中方事先布置好的，中方负责同志让科恩自己选择任意一个家庭参观。于是，科恩就随意点了一幢楼的一个窗口，姚振绪就陪他上去。轻轻地敲门，主人非常惊喜，全家正准备吃午餐，桌上有香喷喷的红烧肉。科恩礼貌地问：能否吃一块？主人笑着回答：当然可以啊！科恩还真的尝了一块红烧肉，边吃边竖起了大拇指。

姚振绪自己压根没想到，他能够参与"乒乓外交"这一世界重大历史事件。后来，在纪念中美"乒乓外交"二十、三十、三十五和四十周年庆时，姚振绪均应邀参加活动。2011 年，美国乒协又组织了一个代表团来参加纪念活动。当时科恩已去世，科恩母亲来了，从北京到上海，再到浙江，姚振绪全程作陪。姚振绪与科恩母亲热情攀谈，回忆自己与科恩的交往，对朋友的思念溢于言表。科恩母亲甚为感动，她没想到，儿子有那么多的中国朋友。

## 五、教练生涯

1972 年，为纪念毛主席题词"发展体育运动，增强人民体质"发表 20 周年，国家体委在北京举行五项球类运动会。姚振绪在上海队打内部大循环比赛是第一，理应去北京，但军代表找姚振绪谈话，认为姚振绪已经过了出成绩的最佳年龄，为加强基层教练队伍建设，决定调他去长宁区当教练。姚振绪血气方刚，愤然辞职，一度在家赋闲，靠找朋友练球保持球技，经济上靠东拼西凑勉强为生。

塞翁失马，焉知非福。1973年初，为筹备全军运动会。解放军各军种、大军区纷纷组建运动队，姚振绪报名应征，但市体委要求他服从分配，去长宁区当教练。姚振绪非常固执，最终，海军体工队的陈忠明队长带着海军副司令刘道生的批件，办理了他去海军的手续。

1973年，全国乒乓球锦标赛在武汉举行，身穿海军服的姚振绪英姿飒爽，与陆巨芳、李振恃等组成八一队，击败了包括上海队在内的众多对手，获得了男团亚军，再次证明自己的实力。

1975年，国家体委根据外交需要，要抽调运动员赴巴基斯坦做援外教练，姚振绪被推荐前往。在巴基斯坦执教的22个月里，姚振绪努力学习英文，了解当地文化，在教学和管理上付出了极大心血，在第三届亚非拉乒乓球友好邀请赛上，巴基斯坦男队取得了男团第六名和少年男单亚军的好成绩。回国前，巴方为姚振绪举行告别宴会，巴方教育部副部长、体育局局长和巴乒协主席、农业银行行长等参加了宴会。

1978年春，回到国内不久的姚振绪又接到任务，要他前往泰国执教。当时中泰刚刚建交，虽然泰国乒乓球运动也普遍开展，但起点低，水平不高，成绩不尽人意。令姚振绪难忘的是，当年邓小平副总理访问泰国，姚振绪参加了使馆的接待工作，负责行李押运工作，还主动"请缨"，负责摄影。电影纪录片《邓小平副总理访问泰国》中，就有姚振绪现场摄影的镜头。当时，泰国乒协赠送给姚振绪一块写着"银球传友谊，中泰一家亲"的匾额。40年后，姚振绪将这块珍藏的匾额，捐给了中国乒乓球博物馆。

1980年，姚振绪从部队转业，分配去向是去北京石景山中学当体育老师。因为心念乒乓球，他先是找到任国家体委干部司司长的老乡王传耀，又找了中国奥委会秘书长、中国乒协代主席宋中和国家队领队张钧汉。经权衡利弊，最终，姚振绪选择去公安部。由于公安部无乒乓球队，公安部又将他安置到前卫体协留守办，过起了一段赋闲时光。但他也没闲着，参加了政法大学第 17 期培训班，拿到结业证书。后来，国家体委成立中国体育服务公司，经理张伟廉力邀姚振绪"下海"，姚振绪以借调方式到中体服务公司。其间，他曾经参与负责第一届北京国际马拉松比赛的筹备和组织工作，后来，该项赛事成为中国最有影响力的马拉松品牌赛事。

1981 年，李富荣升任国家体委训练局局长，国乒队开始实行总教练责任制。为了加强运动员管理，总教练许绍发想到姚振绪，力邀他加盟，任副领队。当时，在姚振绪面前是两条路：经商赚钱，"钱途"无量；为国乒队做好后勤服务工作，而这是一份讲情怀的事业。当时，好多人反对他去国乒队，因为中体公司已做得风生水起，而且中体公司领导之一的郑凤荣有意让姚振绪出任中外合资中体深圳分公司的主管，但姚振绪不为所动，心中的国乒情结让他只有一个信念：虽千万人吾往矣。

## 六、国乒领队

1985 年秋，姚振绪正式走马上任国乒副领队，主要工作是做好后勤保障和运动员思想政治工作。当时，队里的运动员有江嘉良、陈龙灿、陈新华、戴丽丽、耿丽娟和焦志敏，新人有马文革、乔红、邓亚萍、陈子荷、高军。为国乒队保驾护航，姚振绪事无巨细，包揽了最烦琐的工作。队伍经常外出比赛，他要买车票、安排食宿、挑选服装球鞋，准备胶皮、海绵和胶水等。尤其是买车票，为保证运动员休息好，必须买卧铺票，这就要开介绍信给铁道部，人多的时候，要求加挂一节卧铺车厢，费神费力跑断腿。如果是出国比赛，就要跑外事、弄外汇、办护照、参加各种会议，全队粮草辎重压在一个人身上，有时运动员弄丢了火车票，他还需自己掏钱补上。对于领队的辛劳，运动员不一定能够体会。有一次，胡玉兰要移居法国，问了姚领队一个幼稚的问题："姚领，去法国要不要过他们的海关？"童玲退役后曾跟他说："现在我才知道，自己去弄一张火车票、机票那个难和烦啊！"

为了国乒队，姚振绪常常自我加压。姚振绪的工作从早上8点开始，到晚上10点结束，天天如此，年年如此。基层单位可能还有放假一说，但国乒队365天，几乎全年无休。1987年，第39届世乒赛在印度新德里举行，香港友人赞助了一台摄像机，但乒乓队没有专人摄像，姚振绪就自己接手这个活。为了给乒乓队提供更多的资料，他还借了几台摄像机，最多时，曾同时使用4台摄像机。比赛时，他不仅拍中国队，也拍重要对手。1988年，在日本新潟举行的奥运会预选赛上，因姚振绪四处拍摄，被日本媒体描述为"技术情报特务"，照片还上了当地报纸。每天晚上，姚振绪要额外加班加点，电池充电，整理带子，剪辑视频，配上文字。1992年巴塞罗那奥运会，乒乓队携带了上千小时的录像带。重要的比赛前，教练、运动员一起观看录像带，研究对手。例如，奥运会男双决赛，当时德国选手费兹纳尔在比分接近时，往往习惯发侧上旋球，吕林在与对手首局战至20：20平后，费兹纳尔发侧上旋球，吕林当机立断，挑了一个空档，取得关键1分。赛后他说："这录像不知看了多少遍，姚领，你拍的录像管用啊！"

运动员的思想教育一直是一道难题，姚振绪注重创新，迎难而上。1989年，国乒队组建二队，孔令辉、刘国梁和冯喆等进队，姚振绪开展了别开生面的入队教育。他找了大量重大比赛的报道和照片，譬如中国队夺得第26届世乒赛男团冠军，疯狂欢庆的观众扔下手套、围巾、帽子、鞋子等，足足有两大筐，充分体现了观众对国乒队倾注的热情和期望。他还将中国队历届比赛领奖的镜头剪辑在一起，把瑞典队战胜中国队领奖镜头编辑在一起，进行比较，激励小运动员，告诉他们，未来的任务就是为国争光。80年代中后期，中国体坛出现了留洋潮，乒乓队中，世界冠军陈静与何智丽以"留学"和"婚姻"的理由出国，其实最重要的是待遇问题。姚振绪积极建言并联系大企业，允许尖子运动员加入产业俱乐部，但重大国际比赛必须代表中国队比赛，这个举措可谓一石三鸟：运动员保持了竞技水平，也赚到了钱，又不代表所在国参赛。

姚振绪最难忘的经历是第 40 届世乒赛前的车祸。当时，出征在即，姚振绪骑行在上班路上，突然听到后面有人在喊自己，于是，一个急刹车，不料被后车撞上，人失控飞出，造成膝盖髌骨摔裂。但他打上石膏，拐上拐杖，依然登上了飞往德国的班机。

姚振绪在国家队的十年，乒乓队经历了艰难的转型，成绩由动荡到逐步向好。在奥运战场上，从汉城奥运会的 2 金、巴塞罗那奥运会的 3 金，再到亚特兰大奥运会的全部 4 金；在世乒赛舞台，中国队包揽了大部分金牌，尤其是 1995 年的天津世乒赛，中国队夺得全部 7 块金牌。

## 七、任职国际乒联

1995 年，经国际乒联主席徐寅生提名，姚振绪当选国际乒联技术委员会主席。到 2009 年为止，姚振绪任职达 14 年。在这 14 年中，他经历了 4 届奥运会和 7 届世乒赛。

作为国际乒联的技术官员，姚振绪有很大的话语权，但如何用好这个话语权，是对姚振绪的考验。作为国际乒联官员，姚振绪必须秉持公平公正的原则，要从有利于国际乒乓球运动发展的这个大局来考虑问题。另外，乒乓球"世界打中国"的局面是不争的事实，而世界打不过中国，他们就要从赛制、器材等方面去限制中国队。这既有合理的一面，也存在着某些不合理的因素，如何解决这些问题，考验着姚振绪的智慧。

2000年，奥运会在悉尼举行，中国队以4金3银1铜的成绩，继续傲视群雄。这时有人就提出，由同一国家的奥委会选手参加决赛不妥当。欧洲人提出，双打项目，一个国家只能有一对选手参赛，但亚洲国家包括日本和韩国都反对，观点相持不下。结果非洲人提出折中办法：同一国选手只能在同一半区，这样决赛就碰不到了。可问题还是解决不了，2004年雅典奥运会，中国队最终还是拿下了金牌、铜牌。最终，国际乒联决定将双打项目改为团体，更为科学，好处明显：一是电视转播时间加长，有利商业开发；二是一个国家只有一个团体，解决奖牌过于集中问题，皆大欢喜；三是国际乒联知道"乒乓大国"中国不会反对。奥运会乒乓球团体比赛的办法正是姚振绪为主席的技术委员会提出并通过的。

另一个核心问题，主要聚焦在球拍覆盖物上。球拍覆盖物主要分长胶和短胶。长胶胶粒细长，多用于防守，短胶胶粒短粗，宜于快攻。在球拍覆盖物使用上，国际乒联器材委员会主席哈里斯博士的观点最有代表性。他认为，球拍型号多，性能各异，尤其是胶粒长短参差不齐，种类繁多，不利于公平竞争，应该相对统一标准；比赛结果应该是水平的反映，而不应该是使用标准不同的球拍取胜；正胶胶粒如果在几何图形改变后速度和旋转减弱，这正好和40毫米球的改革不谋而合。姚振绪的观点是，不宜求简单的统一。第一，假设的新标准只是纸面上的，没有按照新标准生产的新覆盖物进行过实践；第二，长胶和短胶各有所长，新标准介于两者之间，胶粒不长不短，不粗不细，攻守均受限制，缺少个性化，比赛的精彩程度会打折扣；第三，不管哪种胶粒，击出的球都有规律可循，一旦被人掌握，使用长胶反受长胶的限制。在姚振绪的努力下，正胶胶皮的全部改革，硬是将执行新标准时间从1998年1月1日推迟到7月1日，后又推迟到1999年1月1日，直至推迟到2000年10月1日。不过，作为国际乒联技术委员会主席，姚振绪必须顾全大局，作出必要的让步。最终，1998年5月，国际乒联以19票同意对 18 票反对，接受把器材委员会关于球拍覆盖物正胶的几何图形口关于正胶胶粒的粒高和胶粒顶部直径之比，由 1∶1.3 改为 1∶1.1 的提案。结果是，长胶不怪了，正胶不快了，球拍两面颜色也不同，并开始使用大球，很多以变化、速度、旋转为主的选手退出了历史舞台。姚振绪认为，比赛的公平性应该得到支持，但用器材来限制的话，显然效果不佳。事实证明，这些限制，对中国队的成绩并没有造成多大的影响。

## 八、贝尔格莱德的日子

在姚振绪的乒乓生涯中，最刻骨铭心的事，莫过于只身前往南斯拉夫，在战火硝烟的背景下参与第 45 届世乒赛组织工作的经历。

"子夜 0 点左右，又是一声巨响传来，停在使馆院子里的汽车警报都被震得叫了起来……1 点半，我们得知是新建的贝尔格莱德竞技馆被炸，那是为准备原定于本月底举行的第 45 届世乒赛而建的，太可惜了！"这是许杏虎烈士 1999 年 3 月 25 日的战地日记中的一段。

战争爆发前 3 天，即 3 月 22 日，姚振绪登上了北京飞往南斯拉夫首都贝尔格莱德的 JU485 航班，3 天后，第 45 届世乒赛的团体赛抽签仪式将在那里举行。抽签原定于 3 月 18 日举行，但由于以美国为首的北约和南斯拉夫就科索沃问题和谈未能达成协议，故报名和抽签被延期。

3 月 23 日，姚振绪先到离首都较近的诺维萨德。诺维萨德是中国队的福地，1981 年第 36 届世乒赛上，中国队第一次包揽了全部 7 项冠军。

3 月 24 日，姚振绪回到贝尔格莱德，检查抽签现场的准备工作。他关注到，新建的贝尔格莱德竞技馆施工已进入最后收尾和冲刺阶段，1 700 多名工人夜以继日。当天晚上 8 点（北京时间 25 日凌晨 3 点），南斯拉夫乒协秘书长等人与姚振绪在洲际大饭店用餐，突然，城市上空警报骤响。不久，空袭开始，大家继续吃饭，谈论着战争，对世乒赛的前景充满担忧。大堂酒吧，乐手在钢琴上弹奏着悠扬的乐曲。此时，离世乒赛抽签仪式不足17小时。

北京时间25日上午9点，国际乒联主席徐寅生致电姚振绪：鉴于目前形势，第45届世乒赛可能无法如期举行，要他先向南斯拉夫乒协负责人透露一下，做好不抽签的准备，一切待傍晚举行的国际乒联执委会会议之后，再正式通知。距抽签仪式不到半小时，姚振绪接徐寅生急电：由于不可抗拒的原因，世乒赛改期易地，这是迫不得已的决定，国际乒联非常感谢南斯拉夫政府和乒协为世乒赛所做的大量工作。

26日，由于贝尔格莱德机场已被炸毁，姚振绪接到迅速撤离的指令，于是，他连夜坐大巴前往匈牙利首都布达佩斯。匈牙利乒协秘书长法拉古女士为姚振绪送来机票并转交他1 500马克。她说，这是南斯拉夫乒协的安排，用于机票和住宿开销。后来姚振绪得知，这是南斯拉夫乒协的工作人员自掏腰包凑的钱。在如此艰难的时刻，南斯拉夫乒协的同行还考虑得这么周到，令姚振绪非常感动。

时光荏苒，光阴似箭。2009年，第25届世界大学生运动会在贝尔格莱德举行，姚振绪以国际乒联技术代表身份参与竞赛工作。运动会开闭幕式均在当年为世乒赛建造的体育馆进行。姚振绪面对这个当初因北约轰炸而未能如期完工的建筑，看着运动员神采飞扬的笑脸，默念道：愿世界和平，愿战争不再！姚振绪还两次前往被炸的中国大使馆旧址，缅怀牺牲的烈士。

追忆往事，当年，其实他原本可以不去南斯拉夫，因为战争已无法避免。但是，他还是选择去，因为无论作为中国乒协的副主席兼秘书长，还是国际乒联技术委员会主席，如果不去，有可能被误会成对面临绝境中的南斯拉夫乒协工作的漠视和退却。

当年，有一个细节令姚振绪永难忘记。为了表达对姚振绪的关切，徐寅生主席特意叮嘱乒羽中心帮他多买几份保险。但是，事后姚振绪发现，保险文本上赫然写着："战争无效！"

## 九、视乒乓为生命的人

2007年，60岁的姚振绪本应卸甲归田、放马南山，但2008年北京奥运会进入筹备的关键期，国家体育总局和中国乒协需要这匹"老马"继续奋蹄，为北京奥运会乒乓球比赛保驾护航。

姚振绪受命担任北京奥组委乒乓球竞赛主任和北大体育馆常务副馆长。竞赛主任与以往国际乒联技术代表的工作完全不同，要求把涉及比赛的所有事情都落实好，哪怕是再小的细节。比如转场，要求每一步工作精确到分钟，忙而不乱，球台8变4，4变2，2变1；每一步不只球台在变，照明、麦克风、电线、观众座椅等都要同步调整。奥运会责任重大，工作节奏快，行事风格必须雷厉风行。每天早上7点，姚振绪到会议室开例会，听取意见并协同场馆主任布置一天工作，提醒注意事项；晚上11点比赛结束后，又是工作例会，总结白天工作，发现问题，及时向奥组委汇报情况，力求做到万无一失。北京奥运会前夕，时任中共中央政治局常委的习近平同志在国家体育总局局长刘鹏、北大校长许智宏的陪同下，视察了北大体育馆，姚振绪作为北京奥运会和残奥会乒乓球竞赛主任，向习近平同志汇报了奥运会乒乓球比赛方式和筹备工作的情况。

在北大体育馆的团队中，姚振绪年龄大，资历最深，冲锋在前。他每天只睡三四个小时，人整整瘦了一大圈，掉了15斤肉。正是因为姚振绪率领团队拼搏奋战，北京奥运会乒乓球的竞赛组织工作取得了圆满成功：北京奥运会和残奥会的乒乓球赛场内外，没有发生一起因赛事组织造成的意外事件；创造了团体赛和单打人数最多、比赛单元历届最多、电视转播率历届最高、收视率历届最高、票房收入历届最高等一系列纪录。

为了北京奥运会,姚振绪整整投入了两年时间,虽然年逾花甲,但重燃激情岁月,经历了他一生中最忙碌的阶段。团队中的一位北大志愿者是这样留言的:

"您是个亲切时髦、和蔼风趣而又儒雅的长者,您始终保持游刃有余的精神状态,您用无微不至和身体力行赢得了所有人对您的敬重,您用毕生的心力,打造了托起辉煌乒乓的精彩舞台,您用完美的赛事组织,为您的乒乓生涯绘出华美的重彩,写下历史的感叹号!"

在国际乒联 2020 年度大会上,姚振绪以《乒乓是我的生命》为题致辞,他深情地说:"乒乓球是我的生命。在我 73 年的人生中,乒乓球伴随了我 63 年。从儿童到老年、从业余到专业、从爱好到职业、从运动员、教练员到中国乒协官员,再到 ITTF 官员。正如 ITTF 推广乒乓球的口号:Table Tennis. For all. For life!"

第四辑

**球场内外**

# 我与足球

我对足球的认知是从高中开始的。

改革开放之初，乡镇学校没有足球。有一个穿牛仔裤的高年级同学不知从哪里弄来了一个黑白相间的东西，带着几个同学在操场上乱追乱踢，而我们竟然有百来号人在围观这种新奇的游戏，认为这几个人必定是"神经错乱"或"流氓分子"，因为看不出任何章法，也没有什么技术可言。

高中最后一年，学校分来一个体育老师，想不到他竟然也和"流氓分子"沆瀣一气，一起踢起这种被叫作"足球"的玩意，并且有许多同学被拉下了水。而我为高考而冲刺，无意于玩那种不太"正经"的游戏。时间到时了1982年6月，学校电视室里人数骤增，嘈杂之声不绝于耳。我每次走过如避瘟疫，躲之唯恐不及。可有一次鬼使神差，我竟驻足偷窥了一下！唉，世界上还真有那么多"神经错乱"的人在围着一个球东奔西突！渐渐地，我被粘在电视室门口，并搬来凳子，再垫上砖块，眺望那个"群魔乱舞"的世界。距离实在太远了，比赛的场景根本看不清楚，只有给特写镜头时才能看清运动员的带球、传球和射门的动作。从那时起，我认识了一个名叫马拉多纳的矮个子运动员，他所展示的球艺显然是我们学校操场上那位"牛仔"所不及的。

大学期间，我一开始喜欢篮球，并且率领班级篮球队，相继夺得中文系和全校班级联赛的冠军。但当时大多数人渐渐喜欢踢足球，于是，我也追着乱踢，最大的成就是帮助8402班取得中文系比赛的亚军。最难忘的是毕业前夕，我在与兄弟班的毕业友谊赛上上演"帽子戏法"，帮助本班以3∶0完胜对手。这是我乏善可陈的"足球生涯"中的闪亮一笔了。不过，最有趣的还是寝室间七人制比赛。一个寝室有8个人，人人都想上场，有的宿舍就以抽签形式产生"首发"阵容，没有抽中的那个就是"超级替补"。

告别象牙之塔，我有幸分配到嘉兴市少体校。报到那天，我来到三楼校长室，面见校长。寒暄之后，看到倪倬勇校长桌面上压着马拉多纳的画像，便耐不住问校长是否喜欢足球，也是球迷？什么时候一起试脚切磋？倪校长笑容可掬，"算是个球迷，可以可以"。后来方知，倪校长可非等闲之辈，他曾是国字号球员，与徐根宝、迟尚斌一起并肩作战，驰骋沙场，我辈岂可与之切磋？！

人总归要告别一些东西，譬如青春，但有一种情结却愈来愈浓，那就是对足球的情感。结婚以后，足球成了我和妻子之间的"第三者"。1990年夏天，妻子有孕在身，需要安静，而世界杯却如期而至，轰轰烈烈。当时，我住的是集体宿舍，只有一间房间，半夜看球严重影响妻子的休息，于是我溜到邻居家里看。看完比赛回到家里，妻子满脸不高兴，问我比赛结果如何，我说："0∶0"，她笑道："一个球也不进，有啥好看的！""还蛮好看的，要不明天咱们一起看？""帮帮忙，出我钞票也不看！"

2002年，世界杯又来了。与以往不同的是，我有了一个有力的支持者——12岁的儿子，他还写了一篇题为"我们赢了"的看球文章，发表在《行知报》上。现在，作为球迷，我们早早着手准备32支队伍的资料。有一天，妻子神秘兮兮地跟我说：

"书店有一本售价38元的书蛮不错的。"

"什么书？"

"《世界杯观战指南》！"

2002年5月27日《嘉兴日报》

## 初生牛犊"勇"字当头

俗话说"初生牛犊不怕虎"。中国队在米卢的调教下，经历了中乌、中荷之战的考验，笔者以为要赴东瀛取回真经，应"勇"字当头，赴汤蹈火，有一种"不成功，便成仁"的英雄豪气。

首战对加勒比旋风最为关键。哥斯达黎加队相对较弱，总体实力与我伯仲。热身赛输给哥伦比亚，士气不旺；又惧老法师米卢，心存狐疑；再者，届时数万面五星红旗占领光州体育场，那气势可夺其魂魄。我队宜从气势上压倒对手，盯死万小虎，施展整体攻防术，当能力斩对手于马下。

次仗与巴西可放手一搏。我队输球理所当然，平局可称天方夜谭。故我全体将士可放下包袱，进行殊死一战，且巴西队虽球星云集、脚法秀丽，但其目光直指大力神杯，故必轻敌，仅使五分功力。对此，我队可尽遣拼抢凶狠的力量型球队员与之抗衡，越玩命越让对手心惊，让桑巴舞者遭遇一次蒙面盗贼的劫难。最终，让其乖乖地让出一半的象牙蕉也未必不可能。

最后一仗是对星月弯刀军团。土耳其队有大批球星转战于欧洲战场，实力不可小觑。但土队对我队缺乏了解，又过早地将3分记于账下，故求胜心切，必大兵压境。我方可采用以稳固后方为主、力拼中场为辅的策略，并积极创造反击机会，争胜保平。热身赛我队与荷队一役表明，只要"拼"字当头，有精气神，有自信，技术发挥也会超水平。荷兰队主帅在中荷对抗赛后也称："合理的结果应为1∶1。"看来，凭米卢的狡诈与土队打个平手应有五成把握。

总之,只有"勇"字当头,灭旋风、剥香蕉、切比萨,并非南柯一梦,上演的三出戏中,我想,有一场应是阿拉伯童话。

(2002年6月17日《钱江晚报》)

# 墨美球迷场外斗法

2002年6月，本人作为浙江《都市快报》特约球迷记者，亲历盛会，感受世界杯足球赛如火如荼的壮阔场面，留下许多难忘的回忆，其中墨美之战的场外戏精彩纷呈。

6月17日早上9点左右，我们3人小组从安山新罗城饭店出发前往全州世界杯赛场，观看当天下午举行的墨西哥和美国队争夺8强席位的比赛。中途，在水原地界的一个休息站内稍事休息。此时，墨西哥球迷分秒必争，正利用20分钟的休息时间，在东西两侧摆开战场，"MEXICO，啪啪啪；MEXICO，啪啪啪"，而身披星条旗的美国球迷如散兵游勇，无意短兵相接。

面包车再次风驰电掣般行驶在高速公路上。中午12点半，我们终于到达了全州体育场。离开赛还有两个多小时，体育场外已是人山人海。但见头戴草帽、身着墨绿色衣服的墨国球迷已在体育场四周布下"天罗地网"。他们三五成群，或高声呼喊，或敲锣打鼓，或与各国球迷合影留念。其中，有几组人马专门向韩国有组织的中小学学生团队发起猛烈的宣传攻势，而身穿红衣战袍的韩国球迷则被"墨西哥草帽"的作战方式所深深吸引，也模仿起墨国球迷的口号与动作："MEXICO，啪啪啪；MEXICO，啪啪啪。"美国球迷当然也不甘寂寞，他们手舞星条旗在人群中穿梭，但无论其脸部化妆还是着装、口号、动作都难与墨国球迷匹敌。不过，几个袒腹露肩、身披星条旗的美国少女笑容可掬，赢得一部分球迷的支持，合影留念成了她们笼络朋友的主要手段。

下午 2 点 30 分,美墨之战终于拉开了序幕。开场仅 10 分钟,美国队便先下一城。此时,看台四周的墨西哥球迷如热锅上的蚂蚁,只见西侧主席台上的墨国球迷的呼喊声一浪高过一浪,东侧看台上的球迷则群起响应,南侧看台上的墨国草帽也是一呼百应。在我身边的北侧看台上,一对墨国夫妇虽人少势弱,但配合娴熟,夫喊"MEXICO",妇便猛击腰鼓"咚咚咚",随即北侧看台各国球迷为之感染,齐声呼应"MEXICO,啪啪啪……"

在全州世界杯足球场与韩国警察合影

比赛结束前,美国队又下一城。此刻,墨国球迷则一起喊起他们球星的名字"布兰科——布兰科——"。只是布兰科略显老态,引起了一个老美球迷的嘘声。不知怎的,三个墨国球迷矛头直指这个身材魁梧的美国小伙。一个矮胖的墨国球迷伸手去揪美国帅哥,被反应神速的韩国警察劝开。不料一波未平,一波又起,终场哨声刚响,处于看台第一排的墨国球迷"前锋",将一支圆珠笔掷向美国门将弗里德尔。所幸墨国

> 五环下的遇见

球迷的手上技术与场上墨国国脚一样缺少准星。此刻,一直闲庭信步的弗里德尔却有不俗的发挥,他向墨国球迷做出手刮脸皮的动作。显然,这个动作惹得墨国球迷恼羞成怒,那个矮胖的墨国球迷挥动铁拳,怒目相向,只是韩国警察又一次前来灭火,这场开演不到 2 分钟的另类中北美德比之战草草收场。

(2002 年 6 月 21 日 《都市快报》)

## 汉城今夜无眠

当安贞焕以有力的头球,攻破布冯把守的意大利国门的那一刻起,汉城上空礼花绽放,汉城四百万身着红魔队服的球迷沉浸在欢乐的海洋中,庆祝来之不易的胜利。汉城今夜无眠。

在汉城市政广场,数以万计的球迷全体起立,共唱球迷歌曲,用力挥舞着红色的节拍棒,早已为胜利而准备的彩色纸屑漫天飞舞。乐天大楼的顶楼,烟花四射。

明洞附近的交通要道上一辆辆汽车鸣响喇叭,人们纷纷探出车窗,一面喊着"KOREA、KOREA",一面舞动着手中的国旗。最为疯狂的是,那些带着红魔面具的飙车族以极限速度呼啸而过,而一旁的韩国警察形同虚设,脸上显现出快乐的无奈。

我们入住的太平洋大酒店的员工在总经理的带领下,在第一时间冲上街头欢庆胜利。总服务台两名值班小姐也穿着红魔队服,脸上画着韩国国旗,一脸喜气洋洋。当得知我们是中国记者时,她们用生硬却很礼貌的中文说:"你好!中国队加油!"其实,中国队输得连裤衩也没了,早已打道回府,无油可加了。

随着人流,我们来到乐天大厦后面的步行街。这里,每隔二三十米就有一个自然围成的舞台,韩国球迷手拉着手,里三层,外三层,中间有几个球迷在指挥,那阵势,一看就知道训练有素。我们来到一处由韩国延庆大学生参与的庆祝场所,他们时而高呼加油口号并齐刷刷地挥舞红色的节拍棒;时而由口号转为歌唱:"OH,KOREA;OH,KOREA",并随着"O—H，O—H，O—H"的节奏，身体前倾，双手向前，歌、舞、口号、手势汇成一片。与此同时，不同肤色的各国球迷也不甘寂寞，在两侧的台阶上站成一排。尤为注目的是墨西哥球迷的热情参与：墨国球迷化用"MEXICO，啪啪啪"口号加节拍，改为"KOREA，啪，啪啪，啪啪"。此刻，韩国球迷如梦方醒，被墨国球迷的友情参与所感动，一起齐唱："OH，ME—XI—CO；OH，ME—XI—CO，O—H，O—H，O—H……"作为中国球迷，我们也被墨国球迷所感染，挥舞中国国旗，与韩国球迷一起为墨西哥歌唱加油。其实，墨西哥队也已在一天前的比赛中提前出局，但"天下球迷是一家"，虽然自己的国家队已告别了世界杯，但球迷的世界杯还在继续。

"胜固欣然，败亦可喜"，足球有输赢，也有境界。球迷亦然。

已是午夜 2 点，早晨 6 点我们将踏上归程，我们在快乐的疲惫中返回寓所。

（2002 年 6 月 22 日《体坛报》）

# 在红色风暴中感受足球

为感受世界杯韩国对阵意大利之战的气氛，我们特地改签机票，推迟归期。当然，大田是可望而不可即的，人民币2万元一张黑市票是无法承受的，但我们还有汉城可期。据称，韩国球迷协会已发总动员令，汉城将汇集全国各地赶来的四百万红魔啦啦队员声援国家队。无疑，汉城将写下史无前例的篇章。

早上8点，我们打开电视，韩国电视台多个频道都在做足球专题报道，其中有一个是访谈节目，球星安贞焕的母亲作为嘉宾，主持人和所有来宾都身穿红魔队服。韩国的央视新闻节目正在现场报道，画面中，一些偏远地区的球迷穿着韩国队猩红的队服，正排队登上前往首都汉城的大巴。

上午10点，我们驱车前往仁川机场。一路上，我们才知道事情的严重性，因为前往汉城的车辆实在太多，许多路段发生堵车。原来只需要两小时的车程却用了整整三个小时。下午1点，我们来到机场，发现这里也在红色的包围之中，那些温柔谦和的韩国小姐也都是一身戎装，英姿飒爽。我问一位名叫安艺琳的韩国小姐："你觉得韩国队能冲垮意大利的混凝土防线吗？""在红魔面前没有防线！"安小姐的回答毫不犹豫，令人吃惊。看来今天意大利确实遇到了前所未有的对手，因为这个对手有数以百万计、众志成城的铁杆球迷——他们是国家队的另一道铜墙铁壁。

下午2点，我们进入汉城市区，这里许多地段都已交通管制。大街两侧摆满了叫卖红魔队服的小贩，每件8 000韩元。一队队的红魔球迷在急匆匆地赶往不同的集结地点，那鲜艳而流动的红色，简直是奔涌的血液。导游小姚是韩国本土出生的华裔，我问他这样的情形以前是否有过。小姚目光凝视前方，神情严肃，说："没有，今天我们将创造历史！"

下午3点，我们来到了汉城市政广场。离韩意大战尚有5个半小时，但整个广场已被红魔球迷挤得水泄不通。四周建筑物的顶部已被摄像机占领，空中执行航拍任务的直升机在盘旋。广场中央矗立着朝向不同的大屏幕，屏幕上不时发出主持人声嘶力竭的喊声："Korea fingting！"下面几十万球迷头缠印有"KOREA"字样的红色头巾，脸上画着国旗图案，身穿红魔队服，手舞国旗和红色节拍棒。他们随着主持人的叫喊，时而起立、时而坐下；时而歌唱，时而舞蹈；时而手指前方，时而挥舞国旗和节拍棒。那样的步调一致、训练有素，真是让人难以置信，其"技术水平"和"战术纪律"一点也不逊于希丁克率领的韩国国家队。这不能不使人联想：这究竟是一次为国家队营造气氛的强大宣传攻势，还是彰显民族精神的大练兵？

下午6点，所有连接广场的路口都已被红魔球迷占领。在乐天大厦前面宽阔的街道上，红魔们席地而坐，呼喊声一浪高过一浪。突然，广场中心掀起一阵红色人造波浪，由远而近，一直向明洞方向扑去；我因身着绿色运动上衣，站在这红色的海洋中，宛如一片绿叶随波而起。何等的壮观，何等的美丽！我顿时觉得，在这里，虽然没有大田体育场那样的现场感，但市政广场近百万人的场景，又岂是只能容纳5万人的大田足球场能够比拟？！

晚上8点30分，决战终于打响。令韩国球迷始料未及、大惊失色的是，意大利锋线尖兵维埃里在18分钟的锋利一刀，使红魔流淌出殷红的鲜血，红魔啦啦队心如刀绞，广场一下子陷入死一般的寂静。但红魔啦啦队慢慢缓过神来，每到"太极虎"触球，红魔啦啦队便又山呼海啸般地吹响进军的号角，而场上的红魔们在阵阵烈火般燃烧的呐喊中愈战愈勇，终于在 88 分钟时攻破了特拉帕托尼布下的铁桶阵。大屏幕下红魔啦啦队随即掀起狂浪，空中满是飘舞的彩纸，千万面国旗迎风招展。

比赛进入加时赛下半节，意大利人明显体力透支，名将安贞焕抓住机会，用有力的头球洞穿布冯把守的国门。霎时，汉城上空礼炮声起、烟花四射（当时国际足联采用"突然死亡法"，故先进球一方为胜方）。红色的血液迅速扩散到大街小巷，道路上几乎所有的车辆都按响喇叭，一组组摩托车方阵呼啸而过。人们的庆祝方式多样：或敲锣，或打鼓，或舞国旗，或手拉手歌舞，有人脱掉衣服在空中挥舞，也有人拿一个纯净水桶当作腰鼓敲打。当然，最典型的是韩式庆祝法：先是口号和手势，红色的节拍棒直指苍天；随后是唱"OH—KOREA，OH—KOREA"；随后是双手向前、身体前倾的形体舞蹈并伴歌唱"O—H，O—H……"；最后是一阵高频率的欢呼，伴随集体舞动国旗。如此往复，以至无穷。

在欢乐的人群中，来自世界各国的球迷也积极参与到韩国球迷的欢庆队伍中。在太平洋酒店对面的马路舞台上，一群由墨、美、英、荷、中等球迷组成的"多国部队"沿街而立，他们被韩国人的庆祝方式深深吸引，纷纷自动加入；而韩国球迷也被各国球迷的热情参与所感染，现场改版庆祝内容，把 KOREA 改为 MEXICO、CHINA 或 ENGLAND 等，其他元素基本不变，气氛非常搞笑。

汉城的夜色分外迷人，今夜属于韩国，也属于所有的球迷。这是真正的节日，历史将永远铭记。

(2002 年《体校大看台》第 2 期)

## 地陪小姚

小姚，华裔韩国人，祖籍山东，是我们赴韩国观摩世界杯的地陪。小姚28岁，身材魁梧，板刷平头，头发直竖，眼睛炯炯有神，脸部有大漠之印、刀斧之痕，难觅春光。

当我们一行3人步出仁川机场出口，小姚已经举着牌子等候多时了。在握手寒暄之后，小姚领我们走向泊车处。在一个很窄的路口有一个红绿灯，此时恰好没有来往车辆，同行的柱子已急不可耐地要穿越马路，但小姚一个手势把他拦下，"别急，这里要守交通规则"。

我心想：看来，这个山东汉子还挺心细、挺守规则的！

我们上了车，小姚戴上墨镜，回头对我们说："现在下午1点，水原的球赛在晚上8点30分，我先带你们去汉城逛逛。"我们有些小激动，因为《都市快报》跟我们签合同时，跟我们说明，到韩国只看比赛，不安排游览。小姚显然是熟谙我们的心理，尽地主之谊吧！车子在高速公路上奔驰，但见公路上几乎都是清一色的韩产现代、起亚、大宇车，很少看到进口车的身影。小姚介绍，韩国人还是很爱国的，而且体现在行动上，政府官员、企业家和明星带头，上行下效。在经过汉江时，我们有幸目睹了300多米高的冲天水柱和著名的63大厦。

小姚先把我们带到汉城世界杯专卖店，"这是韩国唯一的世界杯纪念品专卖店，你们去看看吧！"我们心里嘀咕：纪念品商店独此一家，谁会相信？带着这样的疑问，我们走进店里。真是不看不知道，一看吓一跳！一个布制的吉祥物"教练"，在我们看来至多10块钱人民币，但标价 8 000 韩元（相当于 50 多元人民币），块把钱的钥匙圈要价 20 多元人民币，不能还价！这把刀够狠。我们都是明白人，三十六计，走为上计。

小姚倒是不动声色，戴着墨镜继续开车。下一站是明洞，这是汉城最繁华的小商品市场，相当于上海的城隍庙。我们有 1 小时的购物时间。除了看看韩国特产外，也不忘留意世界杯吉祥物——一方面还是想要买点世界杯纪念品，另一方面也似乎为了证实那个专卖店的坑有多深。但令人惭愧的是，我们确实是戴着有色眼镜，地毯上的吉祥物虽然略微便宜一点，但做工粗糙，同样是那个吉祥物"教练"，邋遢不堪。

看过小商品市场，来自杭州华塑的朱裕挺提出去看一下电器商店，他想买摄录一体机。小姚就将我们带到三星电子的专卖店。这次我们虽然对小姚放心一些，但当小姚与店老板一阵韩语嘀咕后，小朱对买摄录一体机还是有些狐疑。再看一下价位与心理价位相差两千来元，觉得价格还是偏高，最终没有买。

因汉城已无客房，当晚，我们住在离汉城有一百公里之外的安山，在宾馆看世界杯直播。

第二天，我们的行程是去全州观看世界杯的中北美德比——美国对墨西哥的比赛。

从住地安山到全州大约有三个小时的车程，但小姚却开了近四个小时。原因不是因为堵车，而是韩国高速公路每隔一定间距就有一个休息站，小姚逢站必停，整整停了三次。我们试着问小姚这休息站是否可少停一站，小姚耸耸肩，"还是停下好，这是为你我的安全考虑，韩国交通规则就是这么要求的，绝不能疲劳驾车"。一路上小姚很少说话，精神集中，车开得快而稳当。再看一下，韩国高速公路上的车辆比国内多得多，车速却快得有些心悸。从昨天到今天的几百公里的路途，我们没有发现一起交通事故。这或许是韩国人做事认真、一丝不苟的体现。

6 月 18 日是韩国与意大利的八分之一决赛，朱裕挺负责观战和报道，我和柱子则没有任务，也没有球票，回程的机票也已买了。但世界杯已如火如荼，我和柱子都有些依依不舍，特别是意韩之战的赛前气氛异常，似乎空气中也弥漫着火药味，韩国主流媒体甚至打出"四百万球迷汉城决战"的标题。我们意识到这将是一场火星撞地球的比赛，于是我们决心再留一天，前往汉城，观摩韩国球迷动态。但我们一打听，要改签机票必须到机场办理，而安山到机场有三个小时高速公路的车程，我和柱子觉得希望渺茫。但还未等我们开口，小姚拍拍我的肩膀，说："大哥，想留下来？行，我带你们去改签机票！"这是我们在韩国听到的最为感动的一句话。就这样，小姚不辞艰辛，额外为我们多开了六个多小时。当我们要与他单独结算这一趟费用时，小姚有些不悦，说："大家都是中国人，再说今天我本来就是为你们服务的，只是多开一点路罢了！"朴实的话语让我们如沐春风，两天来我们对小姚的误解烟消云散。

匆匆地离别，正如我们匆匆而来。7月19日上午11点，我们又来到在四天前小姚向我们挥手的地方。突然，我想起四天中我们还没有与小姚合过影，于是，招呼大家一起合影。小姚站在中间，把手搭在我和柱子的肩上，那副墨镜下的面容显得非常酷。

人生就是一段段旅程，我的世界杯之旅，能有那么多美好的相遇，真的不虚此行。

2002 年 6 月 25 日

# 与韩日世界杯的因缘

2002年韩日世界杯是迄今为止唯一一次在亚洲举办的世界杯比赛,因有中国队参加而倍受国人关注。作为球迷,我有幸作为特约球迷记者身份前往世界杯赛场采风,经历了那一场风花雪月,回忆美好往昔,恍若昨日。

那是2002年5月1日上午,我和妻儿一起去上海探亲,在火车站候车时,闲着无聊,买了一份之前从未买过的《都市快报》,一则征文启事映入眼帘:

为支持中国队出征韩日世界杯,《都市快报》举行征文比赛,征文优胜者进入海选环节,若海选胜出,将作为《都市快报》特派记者,前往韩日观摩世界杯比赛,所需费用均由主办方提供,中国联通杭州分公司还将赠送全球首发的摩托罗拉V680 CDMA手机一部,价值3 600元。

看了征文启事,我神秘兮兮地跟儿子说:"老爸要去韩国看世界杯啦。"儿子用手摸摸我的额头,说:"唷,烧得厉害!"

当晚,我就写了征文《我与世界杯》,次日便寄往杭州体育场路218号的都市快报社。我对自己的文章有信心,但这种活动有许多人为的因素,作为球迷重在参与吧。

5月8日上午,我还在上课,这时,同事急匆匆地过来:"周兄,你出名啦,《都市快报》有关于你的新闻!""不会吧,你有报纸?"我问。"我没买报纸,是别人打电话过来的。"我知道,是我进入《都市快报》应征海选名单了。于是,下课后,我马上到附近的报亭买当日的《都市快报》，结果竟然断货。于是，我又立马赶到勤俭路邮政局购买，还好还剩10余份报纸，我全部买下。

据报道，参与本次征文的有1 000多人，进入海选的有20人，以高校教师和学生为主，也有作家、记者和其他方方面面的球迷，我熟悉的浙江《体坛报》记者应悦也进入候选名单。年龄最小的是浙江大学生物医学工程系的韩浙，23岁；最大的是毕业于华师大中文系的崔盐生，已经65岁了。比照20名候选人，我觉得自己的体育经历和文字能力有优势，但年龄偏大，外语和计算机能力是弱项。综合分析：有希望，无把握！

5月14日，《都市快报》公布了海选投票后的入围名单，本人和其他9名应征者光荣入选。我们分四组出征，我在第三组，除了我还有浙大研究生徐祥柱和浙江华银塑料集团的朱裕挺。

6月17日，我们3人小组从上海浦东国际机场出境，一个半小时后，飞机降落于汉城仁川机场。出了机场，地陪小姚专车接我们前往宾馆。由于汉城和全州等世界杯举办城市宾馆客房均已售罄，我们被安排在没有比赛任务的安山市，与世界杯赛场有4小时的车程。所以，我们的行程安排非常吃紧。次日上午8点30分，我们出发，前往全州世界杯赛场。到达全州大约是12点30分。比赛时间是下午2点30分，我们利用这宝贵的2小时，感受世界杯赛场文化，考察球迷活动。下午2点30分，美国队和墨西哥队的八分之一决赛正式打响，美国队在上下半场各进一球，以2∶0拿下对手。虽然结束时间尚早，离晚上12点发稿截止时间还有6个多小时，但我们没有料到，从全州到宾馆开了整整5个小时。到了宾馆，我们顾不了疲惫和饥饿，匆匆用凉水洗脸提神，马上打开电脑写报道。经过一个半小时的奋战，通讯稿《墨美球迷场外斗法》终于完稿。但当我用电子邮件向报社发稿时，发现电脑无法上网。询问前台人员时，这个四星级宾馆的服务生的英语比我还差，说得最多的是"sorry"，说是晚上没有技术人员，爱莫能助！于是，在和报社编辑沟通后，改发传真。而当这一切完事时，已是凌晨2点了。

6月19日，我们赶往汉城，观看当晚韩国与意大利的八分之一决赛。领队小姚买不到球票，黄牛票高达人民币2万元一张。于是我们决定和韩国球迷一起，在市政广场席地而坐，观看大屏幕。广场周围的街区自下午4点就已封锁，警察布满了广场四周，几十万穿着红色战袍的红魔球迷，井然有序地坐满了广场。球迷手持韩国国旗，遮天蔽日，"韩国必胜"的口号响彻云霄。这是我见过的最具震撼力的场景，置身其中，就会立马领悟，韩国足球走在亚洲前列，与民众对足球的热爱和对国家队的支持是分不开的，从中也能感受到韩国民族所蕴含的精神力量。在那晚的比赛中，韩国队对阵老牌劲旅意大利队没有丝毫胆怯，攻守有度，战术纪律严明，在90分钟内与对手打成平手。加时赛时，安贞焕以一个漂亮的头球，将意大利送回了老家。虽然那场比赛裁判莫雷诺受到黑哨指控，但不能否认，韩国队的两个进球是靠实力踢进的。

2月20日，我们结束采访任务回国。在世界杯期间，我在《钱江晚报》《都市快报》《体坛报》《嘉兴日报》和《体校大看台》等报刊，分别发表了《初生牛犊"勇"字当头》《墨美球迷场外斗法》《汉城今夜无眠》《在红色风暴中感受足球》《我与足球》等文章，与广大球迷读者互动。最为遗憾的是，在那届世界杯上，中国队小组赛三战被灌9球，以一个孤独的背影黯然离别。

2014年7月12日

第五辑

**岁月留痕**

## 故乡洪溪的篮球往事

对于故乡，每个人都会极尽赞美之词，毕竟一方水土养一方人，谁不说俺家乡好?!

嘉善是我的故乡，位于浙北平原最东头，与上海金山、青浦接壤，水网纵横密布，土地肥沃，在素有"鱼米之乡，丝绸之府"的杭嘉湖平原，有"金平湖，银嘉善"之美誉。改革开放后，县域经济总量一直稳居全国前50强，尤其是随着长三角经济一体化国家战略的推进，嘉善被列入长三角核心区，迎来了历史性机遇。

但是，在20世纪六七十年代，我印象中的故乡，非但不富庶，也全然没有"人人尽说江南好，游人只合江南老"的诗意，如何解决温饱，依然是乡民的人生拷问。土地被超负荷利用，地力不足，亩产很低。为了给田增肥，乡民割草自制有机肥，以致出现田野上"寸草不留"的怪象，称为"三面光"，即路基的上面和两侧，草被割得精光。为了割草，生产队居然组织村民摇船去上海，一个来回，差不多五六天时间——这在今天看来是无法想象的笑谈。而到每年青黄不接时，一些人家要借米为生，常常是一日三粥，聊以度日。那时，正值"文化大革命"，一切以阶级斗争为纲，生产力严重下降。一个村民因为偷了生产队的粮食，被多次批斗。

不过，在那个时代，有一件事却让大家从饥饿和迷茫中找到快乐，那便是篮球运动。

说起洪溪的篮球运动，绕不过"洪家滩五兄弟"：吕幼元、吕稚元、吕瑞泉、吕炳泉、吕正明。五兄弟喜欢篮球，就自己动手用水泥灌铸篮球架，用木板拼成篮板，用钢筋和渔网制作篮圈篮网。那时，农民没有其他的娱乐活动，篮球场一建好，自然吸引了村民的参与。当时，公社领导看到这项运动的积极意义在于吸引青年人，既可以强身健体，还可以改掉平时打纸牌、搓麻将、打架斗殴的坏毛病。于是，在全乡范围内推广篮球运动，并定期开展竞赛活动。在公社的倡导下，1968年，洪溪公社篮球队正式成立。同年，在全县举行的农民篮球比赛中，洪溪队夺得头名。1970年，洪溪篮球队参加了嘉兴地区农民篮球比赛，又是第一名。洪溪也因此荣获"嘉兴地区体育先进人民公社"和"浙江省体育先进人民公社"称号。

洪溪篮球的崛起中，有一个"五吨胜万吨"的传奇故事，被人津津乐道。

1972年6月的一天，吕幼元、吕瑞泉一行7人，摇着两艘5吨水泥船到上海割青草。当时，上海郊区相对富裕，草也多；草最多的地方是那些城郊接合部的大工厂，地广草盛，没有人割。但工厂保卫森严，不让农民进入。为了割草，乡民一般要到大队部开介绍信。吕幼元一行就特地开了介绍信，来到了上海重型机械厂。当时，上海重型机器厂正好与闵行轴承厂举行篮球友谊赛，吕幼元喜上眉梢，心想，这岂不是一举三得的好事？他们乘机看了一场球赛，还主动找到上海重型机器厂领导，提出要跟对方打比赛以及割草的事宜。重型机器厂球队领导看着这帮衣衫褴褛的农民兄弟，眼神中既有同情也满是自负，"球场无戏言，只要你们能赢，草随便割！"当晚，上海重型机器厂灯光球场华灯齐放，厂队的小伙们身着统一的运动服，脚穿万力球鞋，英姿飒爽。而他们对面的农民兄弟，衣服五花八门，鞋子破旧不堪。这分明是一场高下立判的比赛。但比赛刚进行四五分钟，洪溪农民队就以6∶2领先。而且，农民队组织有序，配合默契，运球熟练、传球巧妙、上篮精准，一看就知道是一支训练有素的球队。最终，农民队以净胜36分的绝对优势赢得胜利，让对手心服口服。要知道，上海重型机器厂是上海的重点大型国有企业，是当时我国第一台万吨级自由锻造水压机的生产企业，该厂篮球队在上海也算是名声在外，但偏偏输给了几个割草的农民。为了挽回面子，第二天，上海重型机器厂又调集分厂的高手助阵，但还是输给了这帮农民兄弟。

这个故事被时任嘉善文化局局长的徐彩鹃获悉，她专门写了一篇《五吨胜万吨》的文章，从此洪溪篮球队名声远播。洪溪公社也凭借篮球运动，频频开展"篮球外交"，直到今天，洪溪篮球一直是洪溪的一张名片。目前，洪溪成为全国小康村篮球比赛的永久举办地。最近几年，洪溪还打造了"辣妈宝贝"品牌，为球队呐喊助威。"辣妈宝贝"先后登上了中国达人秀舞台和中央电视台，还应邀参加了在西班牙举行的第41届国际民间艺术节，风头已经盖过了洪溪农民篮球队。

随着洪溪篮球队影响的扩大，20世纪70年代初，新华社、《新民晚报》、《体坛周报》等众多媒体的36名记者集体到洪溪采风，迎来了洪溪体育的高光时刻。洪溪篮球队曾两度摘得浙江省农民篮球比赛的桂冠，还打入了"丰收杯"全国农民篮球赛的决赛阶段。

其实，相对于洪溪篮球队，我更熟悉的是沈七篮球队，因为我所在的就是沈七大队。

在洪溪公社，洪溪大队篮球队一枝独秀，地位无法撼动。我所在的沈七大队，篮球水平也不差，但因为有了洪溪大队，沈七大队就是"千年老二"的命。

那时，沈七大队有7个生产队，每个生产队都建了球场。除了农忙季节，只要不是刮风下雨，生产队的球场永远人气满满，从小学生到六七十岁的大爷，都会来几下。我所在的陆家兜，友甫、金明是沈七大队的主力，属于大咖；下面是阿文、金芳、国良和惠甫、龙根、海根等人；再小一拨，就是关根、锦华和我了，我们是同班同学。

每年九十月份，各种比赛层出不穷。县的层面，有各公社间的篮球比赛，洪溪公社年年第一；公社层面，有生产大队之间的比赛，因为洪溪大队有吕氏五兄弟，其他队只能争第二；在大队层面，有各生产队之间的比赛。除了这县、乡、队三级比赛之外，还有各种各样的邀请赛，譬如为备战全公社的篮球赛，洪溪公社的沈七大队与天凝公社的东方红大队打友谊赛。最别开生面的是，大队还组织了家庭篮球友谊赛，一方是钱文荣书记家庭，另一方是退休的邵书记一家。钱家有钱书记的舅子金明（大队主力）、金芳的参与，实力较强；而邵家有洪溪公社主力邵玉生，大有以一敌五的气势。钱家一开始领先优势明显，但比赛进入收尾阶段时，钱书记示意放慢节奏，增加了主动失误。最终，钱家以微弱优势胜出，比赛在一派欢乐祥和中结束。

在那个年代，篮球深刻影响了乡村生活。70年代的洪溪，似乎只有两种人：一种是打球的人，另一种是看球的人。晚上，只要村里有比赛，每家每户，男女老少，只要走得动路的，都往球场赶；球场里三层外三层，那个火爆的场景，不输现在的中国职业篮球赛。观众不仅有来自本村的村民，附近乡镇的村民也会专程赶过来观看。记得，当时只有十一二岁的我，跟着大人最远到八九里外的杨庙公社翁村大队看球，我因人矮，球没看着，只好在外围"听球"。

洪溪的学校篮球也蓬勃开展。公社组织了全乡学生篮球比赛，分小学组和初中组。记得1975年左右吧，我和关根、锦华、友芳、园芳等人组成沈七学校队，教练原本是我们的语文老师蔡嗣方（他也是沈七篮球队的教练），但蔡老师无法分身，由大队兽医"小五官"（系大队主力）临时担任教练，我们沈七小学队取得了第二名的优异成绩。比赛结束，传闻我有可能选调到县少体校集训，但沈七小学最终只有杨关根一人选调。

那是一个令人难以描述的时代，时代留下了伤痕，但我们有幸遇到了篮球，这让我觉得那也是一个多少有些神奇的时代。虽然我并没有直接从篮球运动中获益，但它或多或少影响了我的人生。大学录取时，面试我的是林正芳老师，当时我报的是汉语言文学专业，他大约是看了我面试表格中有篮球特长，林老师建议我改报政史专业（林老师是政史系辅导员），但我没有思想准备，婉言谢绝。想不到，我到湖州师专报到时，我的班主任徐静茜老师又跟我提起林老师要我转系一事，我受宠若惊，自己居然还能被人如此器重，那种感慨不言而喻。

读大学时，我也打篮球，曾率领班级篮球队拿了中文系的冠军和全校的冠军。但当时我似乎更热衷于足球，一个寝室有8个人，全部喜欢踢球，参加全校宿舍间的七人制足球比赛。可是，总有一人上不了场，急得像热锅上的蚂蚁，是这个世界上最为落寞的人！

后来，我也玩过乒乓球、排球、游泳、羽毛球、网球，也尝试过软式棒垒球、气排球和高尔夫球，属于"三脚猫"，可能是小学篮球运动的经历，让我在体育方面的悟性要比别人好那么一点吧。

体育给了我最初的快乐，让我结交了许多朋友，培养了勇敢和坚韧。师范大学毕业后，我有幸分配到嘉兴体校，后来又调到上海体校，一生与体育结缘。如果我有什么成绩的话，那是我从故乡的野球场开始的。

# 让爱留住生命

6月的嘉兴,绿色葱茏,繁花似锦,嘉兴市民为迎接建党80周年和中央电视台"心连心艺术团"的到来,正夜以继日地打扮着禾城街景。人们笑逐颜开,洋溢在节日的气氛中,喜迎八方来客。据称,此次"心连心,兴嘉兴"慰问演出,是新中国成立以来嘉兴首次举办的如此高规格的演出。届时,央视著名节目主持人朱军、周涛和著名歌唱家彭丽媛等明星将莅临现场,嘉兴观众将一睹明星风采,享受一场高质量的视觉盛宴。

## 一、一个母亲的哭声

6月19日下午,央视"心连心艺术团"将在新建的市政广场隆重献演。当天上午,嘉兴市少体校全体师生都早早穿起"心连心,兴嘉兴"的文化衫,喜形于色。可是,上午9点多,一位40多岁,衣着朴素、面容清瘦、眼睛红肿的妇女轻轻敲开了校长室的门。还没有等我抬起头来,她已泣不成声地跪在我的面前。我突然感觉事态严重,立马上前搀扶,"起来,有事慢慢说,天塌下来,我们一起顶!"

这位妇女是我校女子柔道队中专三年级学生庄莺的母亲。她向我叙述了不幸遭遇:企业不景气,自己下岗在家;丈夫所在的企业也濒临破产,也是下岗在即;4月份自己因骑车不慎,右肘关节骨裂,缝了十多针，住院一个多月还未康复。但祸不单行，一向活泼可爱的女儿，眼看马上要中专毕业，却突感身体不适，半月前去第一人民医院诊治，被诊断为"淋巴瘤"。为进一步确诊病情，她又陪女儿去上海肿瘤医院复诊，结论是"恶性淋巴瘤"，较大的肿瘤有 3 处，最大一处为 8.3 厘米×4.5 厘米。为救孩子的生命，庄莺母亲今天上午到市一医院办理入院手续，被告知第一期化疗费为 2 万元，但她身边只有 1 万多元，女儿的后期化疗费用将难以估算……说到这里，庄莺母亲已泣不成声。她向学校提出两个请求：一是学校曾办过学生住院保险，请学校尽快办理；二是住院费一时无法凑齐，学校能否借支，凑齐 2 万元，可以马上实施治疗。

这是一个母亲的声音，也是一个下岗女工的普通要求，这个声音虽然弱小，但应该有千千万万个回声。

## 二、爱的回声

送走庄莺母亲后，我很快就起草了募捐倡议书，并将庄莺身患绝症的情况和庄莺母亲的要求通过电话向出差在外的杜国成书记和吕萍校长作了汇报。两位主要领导明确：一是学校先垫付第一期治疗费的缺额；二是迅速与保险公司联系，办理保险赔付事宜；三是做好与运动队教练和班主任的沟通工作，然后将倡议书贴出去。

在学校主要领导的关心支持下，学校迅速召开了党政工团联席会议。会上，成立了以杜国成同志为组长的"心连心，献爱心"救助工作领导小组，并部署了有关工作。19 日晚，团支部书记钱弘、班主任顾惠英老师到医院看望了庄莺同学，献上由百合和玫瑰组成的花篮，带去了全体师生的关爱。20 日，由校党政工团联合向全校师生发出捐款倡议书。倡议书贴出后，全校师生纷纷捐款。技巧队教练章克敏的妻子长期下岗，女儿即将上大学，第一学期的学费还在筹措，但他毫不犹豫地捐了学校刚发的端午节福利费；老校长王正明和倪倬勇也打来电话，询问情况，委托捐款；王修德等几位外聘老师也加入捐款行列；退休职工、老党员郭兰芬冒着36℃高温，专程来表达爱心。捐款热潮也在学生中涌动：初一班27名学生共捐款680元，班里最调皮的叶青捐了20元，还动员家长捐了200元；中三班学生已离校，但班主任将电话一一打到每个同学的家里，通报庄莺同学的病情，同学们得知情况后，纷纷返校，献上爱心。需要说明的是，这批中专毕业班学生正面临着待就业的困境，但他们表示，要和庄莺一起，经受特殊的考验。

庄莺同学的遭遇引起众多好心人的关注，学校旁紫阳杂货店的老板看到倡议书后，捐了50元；来校参加会议的嘉兴市老年体协6位同志留下了300元，没有留下姓名；庄莺班主任顾老师的爱人在月河社区工作，他动员社区干部捐献爱心，并及时将筹措的1 000元捐款送到庄莺父母手上。

短短几天，全校近200名师生和社会爱心人士捐款1万多元。虽然，这笔钱只是庄莺治疗费的一小部分，但它充分体现了全校师生和社会的关爱和期待。

## 三、各级组织的关爱

一石激起千层浪。随着"心连心，献爱心"活动的深入，在上级党组织的领导下，这次献爱心活动得以在更大范围开展。

6月22日，校主要领导向嘉兴市体委主任、党组书记赵友生同志作了专题汇报。赵主任在听取汇报后，充分肯定了市体校开展这项工作的意义，要求市体校把此次"心连心，献爱心"活动作为"凝聚力工程"

来抓。赵主任亲自带头捐款,并发动市体育局机关和直属单位加入献爱心行列,帮助庄莺渡过难关。市级机关党委书记邵建华了解到市少体校的爱心活动后,亲自打来电话,要求学校将有关活动情况向市级机关党委汇报。随后,市级机关党委《机关通迅》以特刊形式,刊发有关嘉兴市少体校救助庄莺同学的消息,并发出了捐款倡议。邵建华书记带头捐了 500 元,民丰造纸厂物资部捐助 5 000 元,市公安局捐助 18 000 元,团市委捐助 5 000 元,市水电农机局捐助 8 770 元⋯⋯另外,市主要领导派秘书专程到医院送来捐款并致慰问,指示全力做好救治工作。黄济华副市长召集相关部门多次召开专题会议,嘉兴电视台也作了连续报道,还制作了特别节目《面对面》,引起了社会各界的广泛关注。节目播出后,一位市府机关女同志到医院匿名留下 500 元;庄莺的小学老师也来到病房,探望昔日学生;一名署名"一滴水"的嘉善看守所服刑人员来信,"从报上看到你的病情,深感痛心,我捏着拳头为你加油";一名经过嘉兴的外地摄影记者特地到医院探望庄莺⋯⋯

随着活动的深入,浙江《体坛报》派出了 4 名记者赶到嘉兴作实地采访,并带来了省体育局陈培德局长和《体坛报》全体员工的 5 850 元捐款。8 月 15 日,《体坛报》以整版篇幅刊登了有关庄莺救助情况的长篇通讯,并向浙江省体育局、各直属单位、各地市体校发出捐款倡议。主编李烈钧还专门撰写了编后记《倾听来自基层的呼声》,文中写道:

"庄莺这个可爱的姑娘不是奥运冠军、亚运冠军、全运冠军,省运会她也只是第四名,体育健儿的浩瀚星空,她星光微弱,甚不起眼。然而,千千万万个庄莺才汇成星汉灿烂,繁星满天,才形成竞技角逐中不断涌现的一颗又一颗璀璨明星⋯⋯"落款的时间是 8 月 14 日凌晨 4 点。

当充满爱和温暖的报纸送到庄莺病床头时,庄莺的眼中噙着泪花。在写给《体坛报》的感谢信中,庄莺是这样说的:

"当我看到'咱们自己的骨肉''咱们自己的孩子'这样亲切的字

眼时,我感到从未有过的激动,我感到了体育大家庭的温暖,任何语言都表达不出我对这个大家庭的感激和热爱,只有激动的泪水代表我内心的一切。"

## 四、惊心动魄的较量

病榻上的庄莺,脸色苍白,极度虚弱。在经历了一阵又一阵、一次又一次的病痛折磨之后,她依然不失花季少女对生活的乐观和向往。学校钱老师来看望她时,她笑着对老师说:"瞧,床头牌子写得好可怕呀!"钱老师一看牌子,心如刀绞,心想这恶性淋巴瘤怎么能让小孩知道。但钱老师马上笑着对她说:"我身上也有瘤,是乳腺瘤,暑假开刀,没事的。我看你的病并不一定比我严重,过半个月我可能和你是病友了。"其实,钱老师患的是乳腺结节,为了安慰庄莺,才把病情说重了。

庄莺是一名在运动场上生龙活虎的柔道运动员,在 1998 年浙江省柔道比赛中获得 48 公斤级第四名。由于长得漂亮,待人亲和,加之平时学习训练都很刻苦,庄莺深得老师和同学的喜欢。运动员的好强性格,使她把一般的病痛当作小事一桩,未加重视,直到 5 月底的一天,疼得实在坚持不住,父母才将她送入医院。

结论是残酷的。庄莺的父母流着眼泪问上海肿瘤医院的专家:"许教授,庄莺希望如何?"许教授先是沉默,然后意味深长地说:"百分之五十的希望吧,如果我们共同努力,生的天平就会倾向我们。"

其实,庄莺对病情的严重程度还是缺少认知,毕竟她太年轻了。她脸上总是不自觉地露出笑容,有时,她还跟妈妈说:"妈,你不要太严肃嘛,我还不是好好的吗?" 7 月 13 日,化疗中的庄莺戴着耳机收听北京申奥的消息,当听到北京获胜的消息时,她激动得几乎要从病床上跳

> 五环下的遇见

起来，全然忘却自己正与死神较量。

我们期盼着这场生死较量，我们相信，庄莺一定能够在另一个赛场战胜自我，战胜对手，赢得这场无数人为你牵挂的比赛！庄莺，我们为你加油！

## 幕后故事

救助庄莺，那是一个无数人为一个 19 岁的生命陪跑的故事。

作为庄莺的语文老师和学校领导，我觉得，能够和学生一起追赶生命，那是人生中难以忘却的美好回忆。

2001 年的 6 月 19 日上午，当我将来访的庄莺母亲送出校门后，我就关上办公室的门，在半小时内就写好了募捐倡议书。写好后，我向主要领导通电话，汇报情况，并建议为庄莺捐款。学校主要领导非常重视，他们都一致同意我的建议。于是，我在第一时间贴出了倡议书。

始料未及的是，一张小小的倡议书，居然引发一场涉及嘉兴，乃至浙江省体育系统的声势浩大的救助活动。

捐款倡议的对象是本校师生，但它迅速扩展到了学校退休职工、代课老师、食堂临时工、学生家长，连小卖部店主阿良也慷慨解囊；参与捐款的还有当天来学校参加市老年体协会议的 6 位老同志。这是捐款的第一波。

之后，嘉兴市体育局系统发动捐款，庄莺母亲原单位嘉兴民丰造纸厂物资部送来捐款。这是捐款的第二波。

捐款的第三波，是嘉兴市级机关党委组织发动的，这也是最强的一波。由于学校党支部隶属嘉兴市级机关党委，学校捐款活动报道引起了市级机关党委的关注，党委书记邵建华非常重视，要求学校向她专题汇报爱心救助活动。听取汇报后，邵书记带头捐款，并发动市级机关、市公安局、市团委和农机局等单位组织捐款。令人感动的是，市主要领导带头捐款，并指示分管文教体卫的黄济华副市长负协调庄莺的治疗工作，《嘉兴日报》和嘉兴电视台等媒体作追踪报道。

这次爱心活动，还引起了省体育局的高度关注，省体育局陈培德局长捐了款，并指示《体坛报》跟进报道。杭州、温州、宁波等兄弟体校也组织了捐款。这是爱心活动的第四波。

据不完全统计，为庄莺募集的善款超过20万元。这么大规模地为个人捐款，据说在嘉兴历史上没有先例。

有一位捐赠者特别令人感动，他就是被誉为"中国跟踪拍摄第一人"的浙江日报社高级摄影记者、浙江摄影家协会名誉主席徐永辉老先生。徐老在报上看到庄莺患病的消息，觉得这孩子好像挺眼熟，结果一查摄影档案，原来是嘉兴庄氏家庭的女儿——庄家是他跟踪拍摄的十个家庭之一，已整整跟拍了40年。于是，年逾七旬的徐老不辞辛劳，赴嘉兴看望这个"外孙女"，送去"老外公"的关爱，鼓励庄莺战胜病魔。

整个救助过程也经历了难以描述的艰难。庄莺原本要赴上海肿瘤医院手术，但嘉兴市第一人民医院组织了医疗攻关团队，并请来了上海肿瘤医院专家，应该说，嘉兴市第一人民医院为庄莺进行骨髓移植手术倾尽了全力。手术虽然是成功的，但庄莺的癌症属于晚期，手术后，还是发生了排异现象。2002年5月13日，在历时将近一年的长跑之后，庄莺跑到了生命的终点。

一年下来，救助行动从一开始的轰轰烈烈到无奈落幕，我们真的是身心俱疲。让人不安的是，这次活动也引发许多病患向政府机关、向市领导写信，要求救助，无形中为领导增加了工作压力。市领导倒是勇于直面问题，专门指示市卫生局和民政局，要求加强对这些重大病患社会保障机制的研究，做好弱势群体的救助工作。

为了做到有始有终，作为学校分管此项工作的领导，我带着部分教师和学生参加了庄莺同学的告别会，也算是为我们爱的护跑画上一个句号。在告别仪式上，我讲了这样一段话：

"虽然庄莺同学离我们而去,但她是带着无数人的爱和感激而走的,我相信,她在天堂一定会过得开心。对于我们这些见证这个 19 岁青春、与病魔顽强拼搏的人,我们更应倍加珍惜生命,懂得生命的意义,体会体育大家庭和社会主义大家庭的温暖。要记住,生命唯有爱的照耀,即便身处黑夜,我们将永不孤独。"

# 紫阳街 8 号

紫阳街 8 号是嘉兴市少年儿童体育学校的旧址（后为紫阳街 272 号），和曾经的中山厅校址一样，它已消失在人们的视线中，成为嘉兴体育尘封的记忆。

学校坐东西向紫阳街，北临斜东街，东侧是府南街，南面一墙之隔是紫阳公寓。学校空间非常逼仄，占地仅 17 亩，形状大致像一把手枪。一走进校门，北侧是行政教学楼，南侧是宿舍楼。在两幢楼之间是花坛和通道，花坛是由体育运动造型的水泥护栏砌成，高大而茂盛的广玉兰作为行道树，大气兼具阳刚之美。通道的尽头是一棵高大的雪松，雪松前面是旗杆，每周一的升旗仪式就在这雪松前举行。

紫阳街名字很气派，我并不了解地名的由来。我以为，"紫阳"寓意"紫气东来，艳阳高照"，应是讨个吉利吧，且有道家渊源在。其实，紫气没有进来，阳气倒是很充沛，藏龙卧虎，凡是进得体校的人，你再平庸也会把你练成金刚。

嘉兴体校三集中形式始于 1987 年，我也是在这一年夏天来到紫阳街 8 号。和我同批进校的文化课教师还有何震亚、张著炯、董玲珠、金尧英。后面几年，又有张天民、朱耘、蔡樟兴、赵传信、刘瑞玉、马红霞、林觉芳、李刚、钱弘、徐文芳、顾惠英等陆续加盟。我是新手，而其他几位第一批进来的老师都是从普通中学挑选过来的行家里手。

赵传信老师是具有影响力的人物，他和他夫人一起从教育强县、西施故里诸暨引进到嘉兴，夫人是嘉兴三中校领导，赵老师则任体校训练兼教务科长。金尧英老师系杭大俄语系毕业,执教英语,功力深厚;其爱人是市教委基础处处长汪胡熏,系中科院院士、水利专家汪胡桢的侄子。董玲珠老师执教化学,性格率直,快人快语,教学有方。张著炯和张天民老师都教数学,分别从海盐西塘中学和嘉兴七中调入。她俩是最厉害的角色,如果与她俩搭班,你只好甘拜下风:到教室抢课,根本不是她们的对手;论考试成绩,有她们,你只能争第二。朱耘来自名校嘉兴三中,是嘉兴三中最年轻的一级教师,仅凭这一点,你就明白,他绝非等闲之辈。

嘉兴体校文化课教师中有几位与体育还有着特殊的渊源。语文老师何震亚曾师从武当第十七代传人爱新觉罗·溥儇,著有《武当内家特技:太乙五行拳实战精解》(与李喜庆合著)一书,1996年以武术特殊人才移居美国。政治老师蔡樟兴原是嘉兴少体校足球班学生,后考入湖州师专,在大学时代,因球技精湛,被尊为师专的"马拉多纳",粉丝无数。90年代初,他在下海浪潮中先是南下深圳,再后来就任性地闯荡到美利坚,仿佛世界就是一只足球,任他杂耍。物理老师钱弘在新疆读高中时,曾有过女足运动的经历,踢得一脚好球,如果她成长在上海(她系上海知青子女)这片女足热土,说不定也是国字号选手。所以,我在体校也只能算是个体育积极分子,基本上是业余中的业余。

似水流年,紫阳街8号留下了弥足珍贵的记忆。是我们这一帮人,为体校的文化教育默默耕耘,付出了努力,也收获了成果——虽然,这种成绩与教练员培育的冠军相比显得微不足道,但我们在体校人才培养链条中,甘愿做一颗螺丝钉,孜孜以求,这样的奉献同样值得尊重。

嘉兴体校90届初中毕业班是值得骄傲的一届。当时,20多名毕业生中竟然有3人考取省一级重点中学——嘉兴一中。刘琦、吴文元是体操队学生,加上体育特长生的20分被录取;足球队吴强成绩位列班级第一,不用特长生加分就已达到分数线。91届,虽然只有8名毕业生,但游泳队李刚加20分考取了嘉兴一中,中途退训的钱江琴后来考取省一级重点中学——海宁高级中学，也是相当不易。随后几届，基本上年年都有考取省一级重点中学的学生。印象最深的是 94 届初中毕业班，当时有两个学生文化成绩特别优异，一个是刘跃手下的张大为，一个是殷少华手下的周理崖。那一届如果单从文化考试成绩来看，是非常突出的一届，在全市初中毕业统一考试中，少体校六门学科有五门学科的合格率达到 100%，位列嘉兴市属初级中学前茅；我执教的语文学科，平均分达到 76 分（各学科满分均为 100 分），位列嘉兴市属初级中学第二名，而张天民老师执教的数学平均分超过 78 分，位列市属初级中学第一名。这一届学生，周理崖因输送到省体校，没有参加升学考试；在浙江省少年田径比赛中获 400 和 800 米亚军的张大为被省一级重点桐乡高级中学录取，超过该校录取分数线达 30 多分，其中数学获得满分。另外，97 届学生虽然班级整体成绩不算最好，但那一届 30 多名学生中，有 10 多人考取了师范类中专，其中平湖师范就去了 6 人。当时，如果没有文化课教师团队的努力，那几乎是不可能取得的成绩。

其实，体校重视学生文化成绩有良好的传承。嘉兴一中原校长阮望兴是市体校第三届体训班学生。在他的回忆文章里写道：

"在学校领导与老师的关心与辛勤教导下，我们体育班在学习、劳动、体育锻炼等方面，始终走在年级六个平行班的前列。62 年下半年，我们体训班 45 名同学完成了初中三年的学习任务，有 16 人考入嘉兴一中。"

对 1987 年以前的校史，我是孤陋寡闻、几乎一无所知的，只是通过网上校庆征文才知道阮校长和夏辇生（中国作家协会会员，《嘉兴日报》主编）是同班同学。他们那一代体育人，运动成绩好，文化也好，究其原因，从领导、教练、教师到家长，都有共同的理念，那就是体育是特长，文化是基础，两条腿走路，多元发展，故文体融合，成为并蒂莲。最为奇崛的是，嘉兴少体校体操队走出了 3 位作家：夏辇生、王旦玲和姚云（曾任浙江省作家协会副主席）。

1987年，在范巴陵副市长和市体委章通法主任的关心支持下，体校创办三集中。在市教委的大力支持下，选拔优秀教师到嘉兴体校执教，在开始的十年间，几乎每一届初中毕业生都有学生考取省一级重点中学（没有特招生政策，只有20分的体育特长加分）。记得94届的张大为，当年中考成绩下来，刘跃教练既高兴又有些失落：学生有这么好的文化天赋，实属难得；但输送近在眼前，让他回桐乡读书，4年的心血白费了。这是考验胸怀的一件事，留，肯定是为了孩子，只是前景和变数不可预期；走，似乎更易看到海阔天空。最后，刘跃听从家长的意愿。一年后，桐乡高级中学还特地发来张大为获得奖学金的喜报。田径教练殷少华也有同样优秀的运动员赵婧，训练和文化成绩同样出色，殷教练宁愿牺牲训练时间，也要保证她的文化学习时间，结果赵婧被复旦大学录取。出人意料的是，殷老师为上海奉献了一名体教结合的典范，赵婧在复旦取得了巨大成功，在复旦期间，经过专业训练，赵婧代表上海参加第12届全运会，一举夺得800米和1500米两枚金牌。有一次，上海体育局郭蓓副局长还跟我们聊起赵婧的事例，当时，因为离开嘉兴体校已多年，我还不知道赵婧原来是嘉兴体校培养的。

　　紫阳街8号的主角当然是我们的大教练们。足球项目多次获得省运会冠军，每次凯旋，《嘉兴日报》总会以整版的篇幅报道。田径队是最佳团队，在省少年田径比赛中，嘉兴体校的田径成绩甚至一度超过了杭宁温（杭州、宁波和温州）三家。有作为才有地位，后来，田径队吕萍和戴峰被提拔为校长和副校长，高传珍、殷少华、刘跃、张庆国、沈保民教练每个人都有两把刷子。体操、技巧是嘉兴的传统项目，以美女教练詹英、李红、陈艳和顾鸣麟、章克敏、雷卫峰、叶世强和蔡志强等老黄牛组成教练团队，培养了大批优秀人才，省体操队的一半教练是嘉兴体校培养输送的。当然，这里不能不提老校长王正明，他是嘉兴体校元老、体操高级教练、国际裁判，在业内有影响力和话语权，前面提到的三位体操队的女作家都是他的爱徒。还有老书记杜国成，曾经军旅生涯，在广州军区体工队担任过体操运动员，只要他在场上一站，陌生人也能感知他是将才。摔跤项目教练姚国强由足球教练转行，与男足教练赵振东并称"双星"，姚国强擅长唱歌，外表神似当年日本影星寅次朗，憨厚聪明；赵振东则颇具表演天才，是名副其实的笑星，被称为"赵本山"，每次学校联欢会，赵振东总有保留节目。倪俾勇校长总能与群众打成一片，他乐意陪年轻人去歌厅，听我们唱歌，自己竟从未唱过一首，还在一旁默默鼓掌。摔柔项目起步相对较迟，教练大都是转行的，除了姚国强外，还有韩荣荣（武术教头）和何震亚（文化课老师兼任）等；2000年以后，具有专业背景的岳智辉、夏强、张建忠等新人的加盟，嘉兴体校摔柔项目有了长足进步。今年夏天，我去天津观摩全运会柔道比赛，意外发现，浙江男子柔道队竟然有4名选手来自嘉兴体校，我真的为嘉兴体校新一代教练的成长而感到由衷的高兴。

嘉兴体校是一棵扎根于岩石的黄山松，虽然生存空间极其狭小，土壤极其贫瘠，但坚韧和倔强的秉性催生出极其顽强的生命力。学校田径队只有一个风雨棚，没有田径场，运动员沿着马路跑步，进行耐力训练；蹦床项目没有场地，在宿舍楼前搭了一个疑似违章建筑的训练房，开展蹦床训练；足球算是一个有点"霸道"的项目，"霸占"了学校最大的面积，但充其量也只是一个七人制小场地……后来易地建校之后，训练场馆有了很大的改善，但好多训练项目也只能挂靠在普通学校。训练场地设施落后，工资待遇在很长一段时间内与局系统其他单位和普通中学也有一定差距。但我觉得，能够照耀体育人前行的，只有生命的自尊、自爱、自强，他们心中永远有一团火——那团火，没有什么奢侈的大道理，只有出自本真的情义——那就是对学生的高度负责任、对事业的一份执着。

前几天，我从学校微信平台看到一张照片，是女子帆船世界冠军高海燕回母校探望张庆国、龚雅琴教练。这张普通的照片背后隐藏着一个动人的故事。高海燕原先是由高照乡体育老师邹燕群（系张庆国学生）推荐给张庆国教练的，张庆国为此还亲自冒雨骑车去乡下考察。在训练一段时间后，张庆国觉得高海燕更适合投掷项目，于是把爱徒推荐给了吕萍和龚雅琴教练。后来，省帆船队教练来嘉兴招生时，吕萍、龚雅琴看到新兴项目有更广阔的前景，就把高海燕推荐给了省帆船队教练，一个世界冠军就这样在体育人的不断接力中诞生了。从这条冠军诞生的路线图中，我们看到了体育人的敬业、团结、互助和无私奉献。

紫阳街上的嘉兴少体校，虽然条件特别简陋，但最后回想起来，还是有些"紫气"的。学校总务科的几位大姐可称"镇校之宝"，她们为人谦和、热忱、乐于助人，当我们年轻人有困难时，她们会主动帮衬。其实，她们的先生可都是市委办局和市级银行的领导。若是现在，就算用轿子抬也请不来这样的贵人了。

嘉兴体校的大发展要归功于嘉兴市体育局历任领导的励精图治。2006年易址迁建后，项目由7个增加到17个，竞争力迅速上升，培养了一大批全国冠军、亚洲冠军和世界冠军，为嘉兴体育开启了新时代。

离开嘉兴体校后，我也曾两次回访过紫阳街8号，但第二次去时，那里已是工地，面目全非，只有后面的子城像一个故人，巍然却又亲和。

在紫阳街8号，我曾住过职工宿舍的一楼，结婚后又搬到四楼，与张著炯、朱耘老师是邻居，94年又搬到斜东街体育局家属楼六楼。站在六楼阳台，纵目远眺，碧波荡漾的游泳池、红色尖顶的体操房、绿草如茵的足球场尽收眼底；远处的环城河像绸带环绕，南湖中的烟雨楼和新的市政府大楼历历可见。但在当时，并没有"景观房"一说，似乎也并不感到有什么风景，但现在想起，那是确凿无疑的风景，在照片里，在深秋的斜阳里，也在那一片不经意被风吹起的落叶中。

# 厨师老杨

老杨是单位食堂的厨师，1米70的个头，有点胖，整天穿一件可以随时挤出油来炒菜的工作服。老杨头发过早地脱落，所以大家都戏称他"聪明绝顶"。实际上，用这个成语来形容老杨非常准确。

老杨确实有不少过人之处。比如算21点（纸牌游戏），别人要想破脑袋才有结果，而老杨却只要轻轻一撸光头便有了答案。有人不信，要与他比，结果总是"落荒而逃"。为了证明自己的实力，他向来食堂就餐的每一个文化课老师发起挑战，特别是那几个数学老师。也因为这个原因，许多人见他便不战而降："杨师傅，我们都来你这儿吃饭的，赢了，这饭我们吃起来不舒坦；输了，我们担心老师的饭碗不保。"

老杨唱歌有一绝，这在单位中是公认的。一次，单位与部队搞军民联欢，节目单报到我手中，一看有老杨的大名，居然还放在最后，心想老杨烧菜还行，唱歌就免了！我大笔一挥，像剁掉一片多余的肥肉一样，将老杨的名字划去。一旁的小翁急得跺脚："人家杨师傅是主动请缨，跟我说过三次，而且也听说他歌唱得不错，将他排除实在不好意思。"我说这是学校形象问题，又不是在包厢里乱吼！话传到老杨耳里，老杨竟来找我，笑嘻嘻地约我一起唱卡拉OK。我真服了，让他唱！结果联欢会那天，歌倒是唱得不坏，一曲《青藏高原》引来学生和战士们的阵阵掌声，但他的感觉实在太好了，在学生们起哄似的"再来一个"的叫喊声中，老杨居然像刘德华那样挥手不止，并且豪情万丈地称："多谢！多谢！下面我再为大家献上一首《北国之春》。"来参加活动的局领导委婉地说："让部队的同志也唱几个。"我想，这回可真算领教老杨了。

老杨最拿手的是麻将与红10，与他交手的人只有准备铜板的份儿，要想从他那儿虎口拔牙是一件难事。有一次，他看我夫人带孩子去上海过节，便向我发出邀请。我戏谑道："学费多少？""什么话，我们从不玩钱，你问小刘！"小刘冷笑着不拿正眼看他。我说行，舍命陪君子！晚上到茶室拣了个雅座，老杨迅速拿出老K牌。说好的不玩钱，但老杨摸了一下光头，眼珠子一转，其他人立马人心领神会。"周老师，到这儿打牌都有规矩，没有彩头就像喝酒没有下酒菜一样；不过今天我们无论如何不放彩头，只是谁输了，谁付茶钱请客吃夜宵！"我想，我也不打无准备之仗，便对老杨摆出高姿态："今天本来我请客，但老杨今天可能不会让我付。废话少说，战斗！"可能是老杨过于轻敌，他的牌，疲软得没有骨子，结果竟然是老杨埋单。这是老杨娱乐生涯中的一次滑铁卢，但这成了他以后找我打牌的理由。

老杨还有很多的优点。譬如老杨的乒乓球技术在学校教职工中是可以进前三的。足球是他的弱项，但学校要组队参加嘉兴市足协杯比赛时，老杨一定要当替补门将，到了正式比赛时，却吵着要当主力，非上不可，弄得大家哭笑不得。

当然，老杨最为自豪的还是他的炒菜手艺，在食堂吃饭，只要领导、老师多说几句好话，第二天的菜他肯定炒得更好。但他铁定不变的那句"今天的菜味道不错吧"，有时会让我们倒胃口，于是便要怼他几句，"吃多了鱼翅，还不如吃泡饭；看你的衣服，我们已经吃饱了"。

有一次，我有朋友来，要老杨掌厨。想不到老杨让我们都大吃一惊。他特地戴上白色尖顶的大厨帽，身穿一件印有"南湖饭店"的厨师服，腰系洁白的围裙。朋友们见大饭店的大厨驾临，嫌过于隆重，多有责怪。实际上，老杨作为南湖饭店的厨师已是十多年前的事了，从他那珍藏行头的细节可以看出老杨是一个爱面子、重荣誉的人。

### 五环下的遇见

老杨已经是五十三四岁的人了,离退休只有五六年光景。但令人意想不到的是,在我离职后不到半年,老杨大约是吃错了药,也主动辞职了,单位从职工到领导,谁都劝不住。走后去向不明,电话也联系不到。

离开嘉兴后,我倒是还在惦念着,什么时候可以再吃老杨烧的菜。但有一天,同事来电,老杨"走"了。问如何"走"的?同事说,他也不知道。

# 与《体校大看台》一起走过

《体校大看台》原名《体校佳作选》，1994年，由苏州体校发起，上海、苏州、重庆、无锡四所体校联合创办。上海体校张允文、李大用，苏州体校杨承烈、陈荣根出席第一次编辑会议，无锡体校、重庆体校因故未派出代表。

《体校佳作选》创刊号由苏州体校主编，苏州体校校长蒋辛逸写了刊首寄语并题词，上海体校叶蓓伦校长、无锡体校朱家林校长、重庆体校徐青校长分别题词。创刊号共发作品50篇，其中，苏州体校学生作品最多，质量也较高，其中有7篇还在《姑苏晚报》发表过。

1995年，我作为嘉兴体校语文教师，参加了在上海举办的第二届年会。当时，《体校佳作选》会员单位，除了上海、苏州和无锡三家发起单位（重庆因故退出），新加入的单位有南京体校、杭州陈经纶体校、嘉兴体校、南通体校、连云港体校、淮阴体校、镇江体校、常州体校、唐山体校、上海二少体、上海竞技体校，主要以长三角城市群的体校为主体。此后，队伍不断壮大，先后加入的单位有浙江、吉林、江西、贵州、广东、北京、湖南、湖北、天津等省级体校，石家庄、广州、合肥、南昌、太原、武汉、福州、昆明、郑州等省会城市体校，以及温州、宁波、金华、扬州、徐州、盐城、滨州、常州、承德、襄樊、红河州、张掖、吉安、萍乡、揭阳等地市级体校，还有像山东邹平，江苏如皋、海安等县级体校也纷纷加入。

《体校佳作选》的宗旨，是配合体校的语文教学，为体校学生提供练笔平台和学习借鉴；同时，也为体校间的交流提供帮助。所以刊物最初的名字是《体校佳作选》。后来，除了学生作文，《体校佳作选》也刊发主办学校办学经验介绍、教师练笔和教学管理方面的文章，故更名为《体校大看台》。

《体校佳作选》开始为内部刊物，1999年开始正式出版，一年两期。

《体校大看台》的生命力，来自体校这片被沙化的土地。虽然绝大多数体校还是遵从训学并举、全面发展的办学方针，但体校毕竟姓"体"，文化教学的弱化是不争的事实。对于文化课教师，他们一方面也为运动员在训练上取得优异成绩而欣喜，另一方面，对运动员的文化素质不足和部分运动员道德素养的缺失有着切肤之痛。他们有自己的教学理想，但受制于学训矛盾，无法找到解决问题的有效途径；体校文化教学虽受教委的业务指导，但教学水平与普通学校不在同一层面，缺少针对性。另外，国家体育总局层面，因体校的文化教学千差万别，几乎放弃了对系统内体校文化教育的工作指导。在这样的背景下，几所体校校长敏锐地发现体校文化教学的内在需求，发起创办这份民间刊物，为体校文化教学搭建了一个交流的平台，故一呼百应，应者云集。

为鼓励这破土而出的幼苗，各地体育主管部门领导也非常支持。上海市体委金永昌主任欣然为第二期《体校佳作选》题词："提高文化素养，攀登体育高峰。"苏州市体委主任何志仁、无锡市体委主任王建新、嘉兴市体委主任陈越强（后曾任嘉兴市副市长、市人大副主任）等领导也曾分别为本刊题词。《体校大看台》还得到了多地作家的支持，上海市作家协会副秘书长毛时安、苏州作家吴凤珍等还为本刊写过文章。

《体校大看台》受众对象主要是运动员。作为体校生，他们一样有多元的需求，他们之中的一部分，有较好的文化基础，再加上有特殊的人生历练，所以给他们一个舞台，他们会给我们意想不到的惊喜。体校生的文章很难在主流刊物上发表，但《体校大看台》为小运动员提供了交流的平台，当他们看到自己的文字能够发表在刊物上，内心充满了自豪，也激励了他们在文化学习上不断进取。特别是一些优秀运动员的作文，展示了他们拼搏超越的体育精神，以及他们体育训练、文化学习和业余生活的心路历程，具有榜样的力量，比起我们教师的苦口婆心，更有说服力和感染力。上海市体校的孙雯（世纪足球小姐）、赵燕（国家队门将）、范志毅（亚洲足球先生）的文章都入选过《体校佳作选》。其中，孙雯的《我要读书》、赵燕的《我拿青春赌明天》、范志毅的《重塑自我》分别在第二和第三期中重磅推出，在体校生中引起强烈的共鸣。孙雯的《我要读书》还发表在《新民晚报》上，引起广泛关注，也推动上海市体育局对运动员文化教育工作有关政策的制定。或许是对文化的一份执着，孙雯复旦大学毕业后的第一份工作是《新民晚报》记者。运动员文化上的优势，在很大程度上为他们人生的"下半场"提供了强有力的支撑。

  开过许许多多的会议，多半显得程式化，非常机械，会议过后，你几乎记不住参会者姓甚名谁。但是，《体校大看台》年会却更像一个家庭聚会，非常有向心力。由于刊物的民间性，编辑之间更多的是坦诚、务实、开放。每次年会的预备会议，日程安排是半天，但往往要开上一天。记得2000年的年会在嘉兴召开，预备会下午开了三个半小时，还是不能统一意见。吃过晚饭后，会议接着从七点半开到了十一点整。1999年的南京会议和2001年的厦门会议也是如此。为此，年会主办单位的领导，对编辑们的敬业精神总是又感动又感慨。是啊，体校教师其实他们太需要一个平台，他们之中的大部分是很敬业的。他们大多是孤军奋战，当他们聚在一起交流时，往往有电光火石般的撞击，交流的范围不再囿于语文教学和写作，他们谈学生管理、谈体校困境、谈运动员素质培养的重要性，探讨突围的路径，充满了强烈的忧患意识，传递了对体校教学的责任坚守和改变现状的渴望。当然，会议不可能给编辑们提供实际的支持，但匆匆一晤，胜过春风十里——虽然，春风吹不绿江南，但它就在你的心里。

《体校大看台》走过了24年的风雨历程。从一本只有60页的略显粗糙的小册子，到300多页装帧漂亮的厚实书籍，《体校大看台》凝聚了体校语文老师的心血。因为种种原因，主办工作经历了由苏州体校、南通体校、襄樊体校、南京体校、江西体校、上海体校的更迭，主要是由于刊物没有固定的经费保障，编辑工作多为义务性质，一旦主办学校领导变更，刊物都会经历一次考验。另外，虽然该刊是民间性质，但由于编辑素养问题，有过人事纷争和团队危机。目前，《体校大看台》又面临困境，由于各地体校政策不同，订数不足，导致2018年的《体校大看台》出版延期。这里，需要特别说明的是，至2017年为止，《体校大看台》的售价仅为15元，是编辑们和主办学校的巨大付出，才有《体校大看台》的一路走来。在此，也要特别感谢南京体校和周洁副校长，在刊物面临困境时，屡次勇担使命，使《体育大看台》重获新生。

作为编辑，我与《体校大看台》一起走过，见证了它的初始和蓬勃发展过程。我想用"参与比胜利更重要"这句奥林匹克格言来表达对《体校大看台》的感恩。我觉得，这句格言需要我们用一生去领悟。我从《体校大看台》这个平台，结识了许多同行朋友，也从不同学校办学经验中得到借鉴和启发，无论是语文教学还是教学管理，对自己的视野和职业成长获益良多。我觉得，我可能是这个平台获益最大的一员。如南通体校的冯德全老师，他关心年轻编辑的成长，当我们遇到困难时，他总会悉心指导。我从嘉兴体校引进到上海体校，也是借助这个平台。2003年，上海体校宋吉福校长及几位编辑同人向我伸出了热情的双手，改变了我的人生轨迹。近几年，我撰写的《体育三字经》《点燃心中的圣火》等书籍也借助于这个平台，得到了体校同人的大力支持，吉林省体校、南京体校、萍乡体校、盐城体校、连云港体校、广州伟伦体校、嘉兴体校、上海二少体等单位都使用了我的书籍，对运动员进行体育精神的教育。总之，因为参与，我们结识了朋友、师长；因为参与，我们才有比较、自省和提升；因为参与，我们赢得了发展的路径和成功的可能性。

记得1997年的《体校佳作选》的刊首寄语是浙江省体校丁福南校长亲笔所写的。文中，他回忆了小学时的一篇习作《我想当侠客》，这篇习作得到语文老师的表扬，还被公布在习作栏内，成为他学好语文的巨大动力，也成为丁校长人生中的美好回忆。我想《体育大看台》历经20多年，发表了4 000多篇优秀作文，影响过几十万名体校读者，在推动体校语文作文教学和学生人格成长两个方面起到润物无声的作用。今天我的文章，也是为了唤起我们体校生的集体记忆——岁月无情，青春易逝，但在我们滚落的汗水里有琥珀色的思想光芒；我们不仅仅在赛场上拼搏过，也在人生旅程中思考过、探索过。

《体校大看台》，有你，有我，有成长。

## 最真的奉献，最好的未来
——上海市轻音乐团来校慰问演出侧记

为激励上海一线运动员在第 12 届全运会赛场上奋勇拼搏、争创佳绩，2013 年 5 月 24 日晚上，上海市轻音乐团来我校慰问演出，指挥家屠巴海携艺术家们为市体校全体运动员和教职工倾情奉献了一台精彩纷呈的文艺演出。

晚 7 时，文艺演出在器乐合奏《梦想与光荣》中拉开帷幕，这是市轻音乐团萨克斯管演奏家汤迎特意为上海体育健儿出征第 12 届全国运动会而精心创作的作品，它以恢宏的气势、强烈的节奏和激越奔放的情感渲染，表达了上海体育将士为备战全运而千锤百炼、蓄势待发的豪迈情怀。荣获意大利锡耶纳第五届国际声乐比赛优秀奖的青年歌手肖蕊演唱了《我爱你中国》和《英雄赞歌》；乐曲昂扬向上，倾诉了对祖国的无限热爱和对勇士保家卫国、激战沙场的崇高礼赞。青年歌手朱梓溶先是演唱了《心语星愿》，引来阵阵掌声和欢快的口哨，显示了流行歌曲的魅力；继而，她又演唱了时下最为流行的《我的歌声里》，将运动员们带入洋溢青春浪漫的河流：

　　肩并肩一起走过

　　那段繁华巷口

　　尽管你我是陌生人 是过路人

　　但彼此还是感觉到了

　　对方的 一个眼神 一个心跳

一种意想不到的快乐

　　好像是一场梦境　命中注定

　　你存在 我深深的脑海里

　　……

　　音乐百转千绕，触动了青春最温柔的部分，歌手和观众融为一体，将演出推向高潮。

　　器乐合奏《红色娘子军连连歌》和《快乐的女战士》两支歌曲，由于时代背景较远，运动员对音乐家的演奏缺少深层次的理解，但那欢快、昂扬的曲调还是深深吸引了大家。女声独唱《一杯美酒》，洋溢着浓郁的新疆风味，而电影《音乐之声》的主题曲《哆来咪》，弥漫着异国风情，活泼、温情、欢快。国家一级演员、中国歌剧歌曲大赛二等奖获得者钱慧萍奉献了《父老乡亲》和《祝福祖国》，歌声具有极强的穿透力，把祖国和人民的期盼融在歌声中，传递给运动员；期待运动员宇记嘱托，点燃心中圣火，为实现人生理想拼搏超越。

　　最后，压轴出场的是国家一级演员、全国首届"金唱片奖"获得者、著名歌唱家孙青，她的歌曲是《好好爱我》和《掌声响起》。

　　"运动员们，大家好！"

　　一声春天般的问候，赢得阵阵掌声。她并没有急于开唱，而是深情回顾了自己的学生时代。

　　"我也曾是一名田径运动员，练的是五项全能，虽然只是在校级运动会上展露身手，但切身体会到了运动训练的艰辛和在运动场上体现人生价值的自豪和快乐！在此，我要把自己最美的歌声献给将要在全运赛场奋勇拼搏的上海运动员和教练员们，祝你们为上海人民赢得荣誉，也为自己的人生写下绚丽篇章！"

　　台下，掌声再度响起，那是发自肺腑的掌声——不仅献给台上的歌唱家，也是献给承载青春梦想的自己。

　　音乐会的最后，宋冬娜、朱沁蕙等小运动员，在校团委书记兼音乐指导汤文懿老师的带领下，演唱了《最好的未来》：

  这是最好的未来

  我们用爱铸造完美现在

  千万溪流汇聚成大海

  每朵浪花一样澎湃

  这是最好的未来

  不分你我　彼此相亲相爱

  千山万水证明着关怀

  幸福永远　与爱同在

  ……

歌声回荡在校园，镌刻在每一个青春萌动的心灵里。第 12 届全国运动会即将拉开帷幕，但愿我校体育健儿，为荣誉和梦想，为曾经写下的誓言，心手相连，砥砺奋进，一往无前。

（后记：上海市体育运动学校输送的 250 名优秀运动员参加了第 12 届全运会，共取得 12 金 10 银 7 铜的优异成绩。）

## 心有菩提花自开

老曾是我十多年前的同事,一个并不显山露水的人。在一般人看来,老曾虽然兢兢业业,但平平淡淡,乏善可陈。不过,我却以为老曾不简单。

老曾的外貌有些特别,在文化课教师中,1米80的身高,又很壮硕,用"魁梧"形容他并不过分。因为生过皮肤病的缘故,他的脸上有些白的色块没有褪尽,但并不影响其俊朗的形象。

生活中,总有人会劝导你不要太"认真",但老曾偏偏是个"认真"的人。虽然学生不太喜欢读书,但他觉得,教学对象不是自己可以选择的,而做老师是自己的选择,所以不能马虎。论备课,无论是语文课,还是客串的历史课,他的教案字迹工整,一丝不苟。论上课,他最卖力,声音洪亮,力透墙壁,以至于隔壁班的任课老师对他颇有微词。但意见最大的是他班里的捣蛋鬼,他们总想乘文化课"养养精神",而老曾常常毁了他们的美梦。论敬业奉献,老曾堪称榜样。老曾好几次腰椎病发作,要拄着拐杖方能行走,但他居然不请假,一个人拄着拐杖挤公交,像蜗牛一样行走。这样的牺牲精神,现在似乎很难看到了。

作为普通老师,老曾甘于寂寞,看淡得失。他习惯于当一个平平凡凡的老师,在我的记忆中,老曾似乎与学校评比的"先进""优秀"不沾边。特别是年度考核,因为按规则,连续三年考核优秀者可以涨一级工资,所以凡是考核优秀的人大多会谋个"三连任"。老曾是个明白人,什么也不争。

老曾很热心肠。平时话不多，像老僧入定，头也不抬。但若是你与他有交流的意愿，他会立马放下手上的工作，目光炯炯地正视你，让你有一种威严的感觉。在你谈某个问题时，他一般不插话，等你讲毕，他才开始发表看法，那种气势像九孔全开的新安江水闸，滔天涌浪。有时，上课铃声响起，你不得不离席进教室，但他还会追上一段，把他的意见补完整。有时，老曾的热情甚至会让你有些尴尬。记得一个冬天的晚上，晚自修结束后，老曾告诉我，他买了个保健按摩脚桶，我顺便问了句："不知是否好用？"他二话没说，拆开包装，倒上热水，调匀水温，让我试试。我说："那怎么行，你回家有一小时路程，赶紧回吧；再说，这新的给我试了，等于买了个二手货！"但他非常诚恳地要我试试。恭敬不如从命，脚是舒服了，但我心里着实有些过意不去。

老曾爱较真。他女儿特别有孝心，总是给他买这买那，从不心疼钱。女儿知道老爸只喜欢便宜实用的东西，所以每次都说不贵，擅自把价格压低一大截。但有一次，女儿为他买了条牛仔裤，手感极佳，被同事说穿帮了，结果，他非常生气，表示以后再也不穿那糟蹋钱的玩意了。

老曾在家是妇唱夫随，是标准的上海好男人，烟酒不沾，工资上交。最难能可贵的是，他非常支持夫人的工作，很少从个人的利益考虑问题。他原住在北外滩里弄，因为夫人是"小巷总理"——居委会主任，市里有重大工程，需要干部带头拆迁。夫人征求他的意见，老曾没有二话，就一个字："搬！"结果，若干年后，早搬的人明显吃亏，有人挪揄老曾太善良，但老曾说："我们这种人从来就没有占便宜的想法，也没这个本事。"

老曾的善良，有时超出我们的理解。有一次，学校门卫因为一次过失而被集体炒了鱿鱼。这事被老曾听说，他特地去超市为师傅们每人买了一份食品，以示安慰。其实，门卫师傅们对老曾不熟，甚至连姓名都叫不上，但这样一个跟自己沾不上边的人来雪中送炭、嘘寒问暖，门卫师傅们感慨不已。

在单位，老曾似乎是一个有些古板、不苟言笑的人，似乎没听说他有什么特殊才艺。但退休之后，老曾可谓枯木逢春，业余生活可用"绚烂多姿"来形容，吹口琴，弹钢琴，加入老年合唱团，参加老年时装表演，跳踢踏舞，担任电声乐队指挥，等等，每周差不多有10场活动，忙得不亦乐乎。

2020年，老曾好消息不断，一是暂停多时的各种演出活动又要启动了；二是他的女儿和外孙参加了中外家庭戏剧大赛，受到黄豆豆、贝贝老师的好评；三是他哥哥曾宪仁家庭被评为全国"最美家庭"，已进入公示阶段，而且是蝉联该项荣誉，在上海实属凤毛麟角。

其实，和那些一直被环境所迫，活得小心翼翼、战战兢兢的人相比，老曾才算是活出了自己。

# 水电路 176 号的双子星

在新中国体育史上,上海体育扮演了重要角色,星光璀璨,自成星系;而位于水电路 176 号的上海市体育运动学校为上海体育贡献良多,源源不断地为上海体育扩充版图。今天,我们来梳理一下从水电路 176 号升起的那些双子星。

1959 年进校的第一批学生中,足球队的胡之刚和王后军,师从足球名将唐文厚,相继进入上海队、国家队。胡之刚镇守国门,曾是亚洲杯预选赛"最佳门将",威风八面;王后军是中国队队长,司职边锋,攻城拔寨,舍我其谁,人称"飞将军"。退役后,胡之刚担任了 12 年的国家队守门员教练,先后辅佐年维泗、苏永舜、张宏根和高丰文四任主帅,有"胡老二"之美誉;王后军则盘踞上海,运筹帷幄,人称"小诸葛",上海队也一直是中国足坛的一支劲旅。

1963 年进校的王良佐和韩祖鹤,一个练网球,一个学游泳。王良佐一帆风顺,相继进入上海队、国家队,后掌国家队教鞭,升帐发令,如有神佑,其主带的郑洁、晏紫取得历史性突破,获温网、澳网女双冠军,带训过的孙甜甜、李婷摘取 2004 年雅典奥运会女双桂冠。韩祖鹤的经历相对曲折,退役后先在上海市体育俱乐部当游泳教练,80 年代赴美留学,逆境攀登,从大学游泳队助教开始,最终跻身美国国家游泳队教练行列。2008 年,他随美国国家游泳队参加北京奥运会,最终,美国队豪取 12 金 9 银 10 铜,让世界为之惊叹。

1972 年 6 月,市少体校复校,同是 1955 年出生的沈富麟和孙海平分别进入市少体校排球队和田径队，作为运动员，两人都入选上海队和国家队。1981年在日本东京举行的第四届世界杯排球比赛中，中国队获第五名佳绩，沈富麟还荣膺本届比赛的"最佳二传手"，功名更显。两人后来都担任教练，重新角力。孙海平培养了刘翔、史冬鹏、谢文骏、陈雁浩、谈春华等一干猛将，在国内跨栏项目中称霸30年，让同行发出"既生瑜，何生亮"的感慨。沈大帅则执掌上海男排，年年是冠军，别的球队想觊觎王位，实是非分之想；就是到了64岁高龄，他还掌中国队帅印，临危受命，令人肃然起敬。

王文娟和郭蓓是射箭队姊妹花，师从著名教练傅家新。生于1956年的王文娟，曾创造一年内13次打破全国纪录的奇迹，她还3次打破世界纪录，将众多荣誉归于名下，曾任全国人大代表，凌烟阁里留英名。郭蓓小王文娟1岁，也曾打破世界纪录，退役后从基层干起，一步一个脚印，勤于学习，韬光养晦，取得博士学位，曾任上海市体育局副局长、巡视员，成为上海体育领军人物，率领沪上体育兵团，迭创佳绩。

朱政和史美琴同在1972年进体操队，共居一室。因为练体操的缘故，出道早，若以先进山门为大，她俩与大哥哥沈富麟、孙海平完全可以平起平坐。朱政的体操之路有些曲折，曾因体检不合格而遭退训，而史美琴则直接横向输送给了上海跳水队。但这对体操双姝殊途同归，在不同项目中为上海体育争得荣誉。1980年，朱政在美国举行的世界体操邀请赛上，勇夺高低杠冠军；史美琴则摘取英国跳水邀请赛跳板跳水冠军，并于1981年拿下了第二届世界杯跳水赛的跳板冠军，成为中国跳水"梦之队"的开山第一人，开启中国跳水辉煌征程。她俩也都留下遗憾，莫斯科奥运会中国体育兵团戎装待发，却因国际社会抵制，令英雄扼腕。如果那一届能够参赛，两人应是奥运金牌的热门人选，上海市本校也极可能提早20多年就诞生奥运冠军。好在20年以后，她们的弟子弥补了师傅的遗憾。朱政弟子眭禄获2011年东京体操世锦赛平衡木冠军和2012年伦敦奥运会平衡木亚军；史美琴弟子吴敏霞则在四届奥运会的跳水项目上豪取5枚金牌，成为中国获得奥运冠军最多的女运动员。

田径项目中的杨文琴和王智慧，都曾是80年代中国田径的闪亮明星，也是中国女子田径队的颜值担当。女子跳高的杨文琴在跳高项目上一枝独秀，曾在1985年一年内，以1米94、1米95和1米96的骄人成绩，三破女子跳高亚洲纪录；1986年，杨文琴荣膺"亚洲最佳田径运动员"。同一时期，跳远运动员王智慧与杨文琴在同一个田径场，相互致敬。1985—1986年，王智慧连续两年收获全国田径锦标赛女子跳远亚军，并在1987年亚洲田径锦标赛上，以6米70的优异成绩，打破亚洲纪录，登上亚洲之巅。想必，那一时期，吴浣校长梦中也会笑醒。

吴金贵和沈克俭是78届的同班同学。这个班的学生由足球队和田径队组成。沈克俭主攻中长跑，走上了专业运动员道路；吴金贵则负笈游学，考上北体大，后又到德国科隆体育学院深造。后来，两人都走上教练岗位，吴金贵凭足球学养底蕴和精通英文德文的优势，任国家队教练，辅佐过六位外籍主教练，还曾率申花队获末代甲A冠军和2017年足协杯冠军。沈克俭退役后，先后担任了上海现代五项队教练，中国现代五项队教练、主教练和总教练等职，系连续六届全运会冠军教头，也是世界冠军钱震华的教练。2021年7月，沈克俭作为中国现代五项队的领队，带队出征东京奥运会。

70年代中后期进校的丛学娣和李国君，虽然不是同年进校，但两人一个是女篮队长，一个是女排队长。当时，篮球和排球室内训练场是打通的，在同一个训练馆内。中午时，别人都午休了，但她俩总是各自霸占一片训练场，丛学娣在投篮训练，罚球线、三分线，球"唰唰"地进，而不远处的李国君，则对着墙壁，"嘭嘭嘭"地砸。若干年后，两人都来到国家队，一个是中国女篮队长，一个是中国女排队长，两人在国家体委训练基地照面，丛学娣向李国君做扣球动作，李国君做投篮状，相视一笑。赛场上，丛学娣拿到了1992年巴塞罗那奥运会银牌和1984年洛杉矶奥运会铜牌；李国君则勇夺1990年世锦赛和1991年世界杯亚军。

同样是80年代进市体校、90年代叱咤中国足坛的范志毅和孙雯，则是足球双子星。范志毅曾任中国队队长，被尊为"五星将军"，其大哥风范，中国足坛无人能出其右，"亚洲足球先生"称号实至名归。"铿锵玫瑰"孙雯是市体校队长、上海队队长，后来成为国家队队长，1996年奥运会和1999年世界杯，中国女足拿到亚军，距登顶仅一步之遥。2000年，孙雯加冕"世纪足球小姐"，为中国足球留下最美记忆。

若论市体校的奥运双星，非刘子歌和许昕莫属。1989年出生的刘子歌获得2008年北京奥运会女子200米蝶泳冠军，这是北京奥运会中国游泳队收获的唯一一枚金牌，尤显珍贵。1990年出生的许昕，则在2016年里约奥运会上登上了团体冠军的领奖台，迄今为止，狂揽21个世界冠军的头衔；2021年东京奥运会，许昕在混双决赛中，与刘诗雯搭档获得亚军，在男团决赛中与马龙、樊振东拿下乒乓球男团冠军。

在市体校61年历史上，也有许多另类的双子星。

1959年，市体校足球队的王仁华和赵文豹（后改名为赵阳），弃武从文，王仁华被华师大提前录取，赵文豹考入西安交大；两人读的都是物理系，大学里都是校足球队队长，两人还分别代表上海和陕西在全国大学生足球赛中狭路相逢。大学毕业后，两人都搞科研，都获得过国家重大科技成果进步奖，获国务院特殊津贴。特别是王仁华，是科大讯飞股份有限公司的创始人、首任董事长兼首席科学家，是我国语音合成技术领域的翘楚，带领团队在中美角力的智能语音合成领域抢得先机。

市体校学生赴黑龙江生产建设兵团是一段非常特殊的历史。那批知青共有68人，有两位不能不提的人物，那就是乒乓队的张德英和围棋队的黄建初。张德英是1 680万知青中唯一的世界冠军，也是上海市体校培养的第一个世界冠军，曾五次荣获国家体委颁发的体育运动荣誉奖章。同样是 1953 年出生的黄建初，虽然赴北大荒时才初中毕业，但他在恢复高考后的 1978 年，以高分考入北京大学法律系。毕业后，他长期在全国人大工作，参与了 50 多部法律的起草和修订工作，并担任过全国人大代表、全国人大预算工作委员会副主任等要职。

上海市少体人才济济，后浪推前浪，主要原因之一是有一大批优秀教练员。以足球为例，有何家统、唐文厚、包瀛福、刘庆泉、范九林、李必、朱广沪、马良行、水庆霞、黄坚雄等知名教练，其中尤以朱广沪和马良行名声最显。男足的朱广沪，曾先后担任国少队、健力宝队、国青队、国奥队和国家队主帅，以其勤奋敬业，立德树威，在最难管理的男足享有良好声誉，堪称本土主帅中的佼佼者。女足的马良行，以治军严明著称，深耕上海女足事业，8 年中取得 19 项全国冠军，并为国家队输送了水庆霞、孙雯、谢慧琳、高宏霞、浦玮、白莉莉等一大批优秀运动员，为中国女足的崛起，立下赫赫战功；两度出任中国女足主帅，率队获得亚洲杯冠军等诸多荣誉，可谓"天下谁人不识君"。

关于水电路 176 号的双子星，我仅是浮光掠影，难免挂一漏万，其实，他们的故事远比我写得要丰富百倍。

女足运动员白莉莉在她的《我的水电路 176 号》一文中写到她的一件"糗事"：有一年的迎新联欢活动，学校组织歌咏比赛，她们班演唱曲目是《南泥湾》，白莉莉和一名男生担任领唱，但她因过于激动，居然第一句就卡住了，好在男生机智地接唱，才避免尴尬。后来，白莉莉成为中国女足队长，率队获得亚洲杯冠军。目前，她就职于吉隆坡亚足联总部，任女足事务部主管。那名男生则是田径队的罗文桦，现任上海市体育局分管竞训工作的副局长。

# 围棋助力人生

2018年6月16日上午，市体校赴北大荒50周年校友聚会在教学楼2号会议室举行。知名校友、全国人大代表、全国人大预算工作委员会原副主任黄建初参加了同学会，他是本次同学会中行政级别最高的一位。

他说："离开母校50年了，今天是来向母校交卷的。"

1960年9月，黄建初就读于虹口区第一中心小学（也是围棋国手华学明的母校），校长李鸿钧是一个围棋爱好者，学校开设围棋兴趣班。读三年级时，黄建初报名学棋，开始了他的围棋人生。

1965年初夏，黄建初即将小学毕业，正准备小升初考试，市少体校的围棋老师到学校招生，并到黄建初家里来征询意见。家长有些犹豫，但黄建初却铁了心要进体校。入校以后，黄建初师从职业四段赵之华，师兄有华以刚、邱鑫、韩启姚等人。赵老师要求甚严，要求学生记谱，每天写训练日记，还用红笔批注，如"此着甚好，妙手""此着大恶，俗手"。在赵老师的精心培育下，黄建初的棋艺进步神速。有一次，上海围棋界名师刘棣怀为他下授三子的指导棋，黄建初小胜，这盘棋后来刊登在1965年《围棋月刊》第12期的"少年园地"。

在学校老师看来，黄建初就是神童，不仅棋下得好，文化学习成绩也是拔尖，每次考试都是第一，一颗围棋新星即将冉冉升起。可天有不测风云，1966年"文化大革命"开始，围棋不能学，文化课也上不了，这种状况一直延续到1968年夏天。

黄建初说:"我的实际文化水平是初一,因为'文化大革命'开始后,几乎没读什么书。"

"到农村去、到边疆去、到祖国最需要的地方去。"随着一声号令,刚刚初中毕业的黄建初满怀一腔热血,主动报名去了黑龙江生产建设兵团,开始了一段理想与激情相伴、光荣与苦难同在、坚守与突围并存的青春岁月。黄建初被编在一师一团三连,同行的还有体校20多人。在兵团,他先后当过战士、班长、司务长,兼任出纳、统计、文书等工作。

1977年底恢复高考,像春风吹绿大地。千千万万知识青年奔走相告,只有初中文凭(其实只有初一文化底子)的黄建初,心潮起伏。他觉得,底子太薄,高考前景渺茫,但他意识到青春必须突围,人生必须重建。他全力以赴地投入复习,凭着过人的领悟力,仅用半年多时间,就自学完高中课程。1978年7月,黄建初在黑龙江北安县城参加高考,居然一举中的,而且考取的是北京大学法律系。

回忆往事,黄建初不无感慨:"高考改变了我个人的命运,也改变了整个国家的走向。"

在北大荒的十年,黄建初没有摸过围棋,那个梦太遥远了,每次想起在体校学围棋的时光,他的心都会隐隐作痛。

进入北大,黄建初与围棋重续前缘。北大有众多围棋爱好者,只要一有空闲,黄建初就与同学摆开战场,在棋盘上燃起战火。凭借着童子功,黄建初屡战屡捷,取得校运会围棋比赛第一名、北京市高校围棋比赛第五名的优异成绩,他也因此成为北大的名人。要知道北大学子可都是天之骄子,能够成为北大学子中的明星,这又是何等荣耀!

1982年6月,黄建初北大毕业,分配到全国人大常委会机关工作。他从普通机关干部干起,先后任经济法室副处长、处长、副主任、主任,参与了统计法、会计法、森林法等50多部法律草案的起草工作,为中国特色社会主义法制体系的形成作出了应有的贡献。2011年,黄建初升任全国人大预算工作委员会副主任,在更高的平台上参与国家治理与建设。

虽然有非常繁重的工作任务,但围棋一直陪伴着黄建初。全国人大机关有弈友围棋社,围棋氛围浓,名誉会长是开国上将叶飞和全国人大原副委员长阿沛·阿旺晋美,社长是宋汝棼。黄建初在棋社如鱼得水,不仅结识了不少师友,还代表全国人大在国内和国际交流中为全国人大机关赢得了众多荣誉。

黄建初与校友华学明(左)、华以刚(右)合影留念

在自传中,黄建初这样写道:

"围棋使我树立了自信,懂得了输赢,学会了顺其自然,围棋是我心灵的港湾。围棋不仅仅是竞技游戏,更是艺术和哲学……先与后、快与慢、轻与重、大与小、厚与薄、弃与取,处处闪耀着人类辩证思维的智慧之光。"

## 珍贵的捐赠

市体校校友赴北大荒 50 周年回母校聚会安排了一个捐赠仪式。校友捐赠的物品有很多，如入学通知书、报到须知、饭票、学生证、成绩报告单、训练日记、运动员证、获奖证书和第一任校长苏健签名的毕业证书等。

最令人感动的是，杰出校友、曾任北京房山区副区长和北京市国资委国企监事会主席的余海星先生，向母校捐赠了珍藏 51 年的老校牌拓印件。

当盛茂武校长代表学校缓缓打开这份珍贵的拓印件时，所有参与活动的校友和体校职工都起立、鼓掌。

左起：赵文杰、余海星、劳建华、汪宝山、盛茂武、黄学华、张德英

1967年10月14日，《关于大、中、小学校复课闹革命的通知》下发，要求全国各地大、中、小学一律立即开学，一边进行教学，一边进行改革。为顺应要求，根据上级要求，学校领导班子将作调整，上海市青少年体育学校的牌子也将被摘除。

在一个初春寒冷的夜晚，余海星和几名同学聚在一起，当聊起老校牌将不复存在时，大家心里非常失落。余海星突发奇想，向同学建议一起去拓印老校牌。没想到，其他几名同学一拍即合。于是在夜幕掩护下，他们说干就干。他们找来纸张，拿着工具，打着手电筒，悄悄来到了学校大门口。还好，传达室没有灯光，大概值班师傅早就睡大觉了。余海星端详着眼前这块白底黑字高高悬挂着的校牌，心里充满着别样的激动。余海星有写写画画的小天赋，所以对拓印略知一二。他自告奋勇，尝试拓印：先将事前准备好的纸张覆盖在校牌的字面上，再用稍稍沾湿的毛巾捏成一团，轻轻拍打，等纸上慢慢印出字体的轮廓来，赶紧用铅笔轻轻地勾画出字体，然后只要将它带回家用毛笔涂黑、晾干即可。

但是，在拓印时，余海星还是遇到困难。由于校牌挂得比较高，最上面的几个字够不着，余海星只好骑在同学肩上。大家搀扶着，余海星一张纸、一张纸慢慢拓印。经过大家的齐心协力，最后用了五张大纸才完整地拓印下了"上海市青少年体育学校"这十个苍劲有力的大字。趁着夜深人静，余海星和小伙伴们顺利地完成了校牌的拓印任务，满载而归，高兴得像打了胜仗。

1968年的深秋，余海星和同学们登上了前往北大荒的专列，他的行李箱里，随带着校牌拓印件。十年后，他又把校牌拓印件从北大荒带到了北京。

从1967年到2018年，余海星把它珍藏了整整51年。

其实，余海星并不十分了解校牌的珍贵，他只是想做一件有意义的事，想把拓印的老校牌作为一种永久的纪念。没想到，51年后，余海星又回到母校，并亲手将它捐赠给母校，成为上海市体育运动学校最珍贵的文物。

  老校牌的珍贵之处在于：这块校牌由老一辈无产阶级革命家、将军书法家舒同撰写，而舒同也是新中国第一任书法家协会主席；老校牌早在历史的风烟中遗失了，而余海星捐赠的这份老校牌拓印件，是我们见到的唯一的真迹；当然，更为珍贵的是，老校牌拓印件象征了体校学子对母校的赤子情怀。

# 另一种回归

2018年6月18日，赴北大荒50周年校友回母校同学会在上海市体育运动学校举行。当年意气风发的少男少女，从青丝到白发，跨越半个世纪前来赴会，人生不会有比这更奢华的重逢！

乒乓世界冠军张德英来了，她是全国1 680万知青中的唯一一位世界冠军。

围棋队的黄建初来了，他曾任全国人大预算工作委员会副主任、全国人大代表。他说，阔别五十载，他是来向母校汇报的。

网球队的余海星来了，他曾是北京市国资委国企监事会主席，带来了51年前他亲手拓印的母校校牌拓印件，并作为礼物，赠送给母校——无疑，这是最珍贵的捐赠。

1968—1969年，体校有6批次共68名学生前往黑龙江生产建设兵团；50年后返校的游子有52人，而其中的半数同学，是从美国、加拿大、新加坡等国及国内其他地区赶过来的。

每个凯旋的生命都肩荷使命，穿越了时代的硝烟，他们都是母校的骄傲。他们欢笑如初、一脸灿烂。

在聚会上，好多人都说起一个人，是原航模队的学生，他叫吴佳令。

吴佳令是黑龙江生产建设兵团第37团的笔杆子，是上海知青中最优秀的一员，整个兵团的人都知道他的名字。

我很想走近这位校友，采访他。但是他们说，他早在2000年就"走"了。关于他的一切都成为过往，除了至交友朋，谁又在乎一个生命的匆匆而过？

通过吴佳令的同学、北大荒"荒友"，我约略知道他的人生轨迹。

吴佳令小学就读于徐汇区第一中心小学，学业优秀，曾屡获由韩慧如校长（李白烈士遗孀）签发的奖励书，后被上海市青少年体育学校招收为运动员，学业成绩优异，相继在市少体校完成小学、初中和高中学业。1968年9月，他响应毛主席的号召，赴北大荒插队，被编入四师37团，担任通讯员，因他撰写的通讯稿经常被师部和兵团录用，被称为"铁兵秀才"。1978年恢复高考，他考入大学，毕业后分配至中国远洋总公司，从普通船员干起，做到远洋轮的政委，并升任中国远洋总公司房地产公司的副总。1997年初，由于北京远洋大厦筹建工作推进缓慢，吴佳令被中国远洋总公司火线征召，调任北京远洋大厦总经理，主持远洋大厦筹建工作。远洋大厦紧邻中国教育电视台东侧，占地17万平方米，建筑面积11.6万平方米，是北京市重点工程，也被称为北京向世界展示其现代化面貌的代表建筑。吴佳令不负众望，经过艰苦努力，1999年底，坐落于长安街上气势恢宏的远洋大厦正式落成。但正当吴佳令的事业正迈向巅峰时，2000年2月，他突遇车祸，不幸告别人世。

在"荒友"李秀人撰写的《吴佳令在北京的最后日子》一文中，她回忆了几件事。

为加快远洋大厦的建设，吴佳令的汽车后备厢里永远备着一件棉大衣，那是为晚上到工地巡视和值班准备的。吴佳令力求细节的完美，为了大厦门口树立一块独特的文化石，他亲自出马，在怀柔山区翻山越岭，费尽周折。现在，矗立在远洋大厦门口的那块色彩斑斓的巨石，无声地诉说着当年的故事。还有，为了大厦建设，他离乡背井3年，可谓呕心沥血，他甚至没有让妻子和孩子来北京，陪他们在长安街上走一走，看一看。

吴佳令对"荒友"和黑土地一往情深。1998年，北大荒知青曾在北京广播剧场举办了联欢晚会，吴佳令因远洋大厦建设正处攻坚阶段，工作繁忙，没有答应前往。但当晚会开始时，他还是赶来了，虽然一脸疲惫,可他的眼神中充满了重逢和回归的喜悦。他没有随知青专列重返北大荒,但他特地为《青山恋》小报撰写了诗歌《铁兵,你在那里》,字里行间,流露了他对北大荒、对铁兵、对"荒友"的无限眷恋与怀念。

吴佳令曾说,等他老了,他想去小青山 856 农场生活,那里有他太多的青春记忆。

在吴佳令过世的第十个年头,2009 年 8 月,邬慧莉等 4 名"荒友"回了一趟北大荒。在赴北大荒之前,他们特地到吴佳令的墓前取了泥土,权当带着他的英魂回到小青山 856 农场。

2018 年 6 月,"荒友"劳建华(曾为中国联通总公司董事长秘书)在网上看到了吴佳令的遗物正在拍卖的信息,这引起了他的密切关注。其中一张是吴佳令的小学毕业证书,落款是"上海市青少年体育学校",有校长苏健的亲笔签名和印章,时间是 1961 年 7 月。学校的红色印章非常清晰,毕业证书上的吴佳令,稚气未脱,天真灿烂。这张小学毕业证书品相极佳,用毛笔填写的字,艺术感强,堪称书法佳作。

时光流逝,物是人非,沧桑百味,还有谁在乎你曾经的芳华?劳建华顿生无限感慨,他在心里默念:佳令,市少体校的校友赴北大荒 50 周年回母校活动,我们刚刚举行过,只有你和少数同学缺席了。还好,今天网上看到你,我想带你回家,好吗?

劳建华没有丝毫犹豫,拿起手机拨通了拍卖网站的电话。

2018 年 7 月 6 日,劳建华专程赴母校,将吴佳令的小学毕业证书捐赠给了上海市体育运动学校。

吴佳令回到了母校,那是他人生出发的地方。

**吴佳令的小学毕业证书**

# 后　记

2019年9月，在上海市体育运动学校迎来60华诞之际，本人和摄制团队一起，采访了一大批从水电路176号走出的体育明星和其他各行各业的精英。在采访过程中，我被他们的事迹和精神深深打动。正是这种美好的遇见，让我有了写作的冲动，我希望在我笔下呈现的，不仅仅是一个个励志故事，也是一份史料、一种精神的传承。

上海市体育运动学校建校60余年，桃李天下，硕果累累，对写作对象的取舍成为甜蜜的烦恼。本书的原则是，不设框框、新老兼顾、文武并蓄，体现学校训学并举、术德兼修的文化传承；内容上既要体现奥林匹克运动拼搏超越的核心精神，又要表现体育人心怀理想、热爱国家、坚忍执着、遵守规则、知恩图报等美好品质。

全书共有五辑。第一辑"星海璀璨"，有体坛新锐，也有体坛名宿，他们在运动场上取得的成绩为世人瞩目。第二辑"薪火传承"，是对七位名教练的专访，揭示了上海体育绿洲欣欣向荣的深层原因。第三辑"风景独好"写了从水电路176号走出的体育少年，在新的人生征途上展现体育精神的美好图景。第四辑"球场内外"和第五辑"岁月留痕"记录了我与体育的特殊因缘。这些五环旗下的故事，展现了奥林匹克精神照耀下生命的斑斓色彩。其中前三辑中的人物按照姓氏笔画排序。

成稿过程得到了学校领导的大力支持，张星林书记和盛茂武、王勇健、匡佐圣三任校长都非常重视学校文化建设，为我创造了良好的工作环境；学校工作团队陈鸿宇、陆炜栋、崔菲菲和陈佳敏等同事，为我做

# 后　记

了大量的辅助工作；在采访过程中，我得到了新禹体育文化传媒有限公司薛翔总经理和他的摄制团队全力配合，他们高质量的服务，为我的工作提供了有力保障，在此一并致谢。

在写作过程中，我还得到了众多校友的大力支持，特别是稿件的修改，往往需要采访对象的反复补充、修正和确认。这种深度的交流过程，也是互为信任、互相砥砺的过程。从某种程度上说，是我的采访对象一次次唤醒、激励我，让我直面困境，逆风而行。

最后，还要真诚感谢江振新、徐雁华两位编辑老师，他们不仅给了我非常棒的建议，而且严谨细致的工作让书的质量有了很大的提升。

限于个人能力和客观因素，书中不当之处，还望方家指正！

2022 年 1 月

于上海